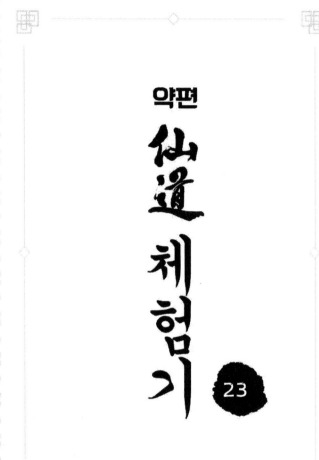

약편

仙道 체험기

23

신선神仙되는 길이 보인다
경이적인 현상이 눈앞에 펼쳐진다!!
선도수련의 현장을 체험으로 파헤친 충격과 화제의 소설

글터
GEUL TER

약편 선도체험기 23권을 내면서

    절품된 『선도체험기』 1권부터 103권까지를 약편으로 편찬하는 프로젝트가 이번 권으로 끝난다. 그래서 이제 책임을 내려놓는구나 싶었는데 나머지 104권부터 120권까지도 약편으로 만들어, 전체 30권의 『약편 선도체험기』를 간행하기로 하였다. 다시 책임감이 커졌지만, 의미가 있는 작업이기에 임해 보고자 한다.

    이번 『약편 선도체험기』 23권은 『선도체험기』 101권부터 104권까지의 내용에서 선별하여 구성하였다. 시기적으로는 2010년 11월부터 2012년 9월 사이에 일어난 삼공 김태영 선생님의 선도 체험 이야기, 수련생과의 수행과 관련한 주제의 대화, 이메일 문답 내용이다. 그중 몇 가지 글을 아래 열거한다.

    "마음, 몸, 기 공부를 꾸준히 해 나가면서 언제나 자기 자신의 참나를 관하며 이타행을 하면 자기도 모르는 사이에 어느덧 욕심의 화신인 거짓 나는 사라지고 자성(自性)과 하나가 될 것입니다. 생사와 시공을 벗어난 자성이 바로 진아이고 우주의 핵심입니다.

    몸과 마음은 생성하고 소멸하는 무상한 것이지만 자성은 변하지 않습니다. 시작도 끝도 없으니까요. 자성이 항상 중심에 자리잡게 되면 우선 근심 걱정에서 벗어날 수 있고 부동심과 평상심을 갖게 될 것입니다. 윤회에서 벗어나는 지름길입니다."

"내가 『선도체험기』를 써 나가는 목적은 일상생활을 남 못지않게 열심히 잘해 나가면서도 바로 그 생활 터전을 도량으로 삼아 어떠한 역경 속에도 굴하지 않고 하나하나 깨달음을 얻어 나가자는 것입니다. 『선도체험기』를 처음에 쓸 때 나는 과연 이것이 가능한 일일까 하고 의구심을 품어 본 일도 있었습니다.

그러나 지난 21년 동안 삼공재를 운영해 오면서 나 자신과 수련생 여러분을 면밀하게 그리고 꼼꼼히 관찰한 결과 그것이 가능하다는 자신을 얻게 되었습니다. 출가 수행자들보다는 재가 수행자 쪽이 오히려 더 수행에 대한 심지가 굳고 그만큼 알찬 성과도 더 많이 올리고 있다는 것을 알게 되었습니다. 출가자들을 능가하는 이들 수행자들 때문에 나는 『선도체험기』를 만난을 무릅쓰고 써 나갈 수 있는 자신감과 용기를 갖게 됩니다."

"주어진 환경을 바꾸는 것은 내 마음을 바꾸기보다 어렵다는 것을 알게 될 것입니다. 환경은 내 마음대로 할 수 없어도 내 마음만은 내 마음대로 바꿀 수 있으니까요. 어렵겠지만 내 마음을 내 마음대로 바꾸는 공부가 바로 수련입니다.

마음을 주어진 환경에 적응시키는 것이야말로 수련에서 한소식하는 것임을 잊지 말기 바랍니다. 수련과 생활을 일치시키는 수행자야말로 진정한 수행의 승리자입니다. 모든 일은 마음먹기에 달려 있습니다. 자기 마음을 환경의 변화에 따라 자유자재로 적응할 수 있는 구도자야말로 성통공완한 대자유인입니다."

위와 같은 훌륭한 내용으로 가득찬 『약편 선도체험기』 23권을 편찬함에 후배 수행자인 일연, 대명, 별빛자 님들의 도움이 컸다. 전권까지 따지였던 분은 그간 현묘지도 화두수련을 완료하여 대명(大明)이라는 선호(仙號)가 부여되었으니 축하드린다. 그리고 그동안 23권의 『약편 선도체험기』를 발행해 주시는 것만도 고마운데 다시 30권까지 세트로 만들자고 제안해 주신 글터사 한신규 사장님에게 무한한 감사의 뜻을 전한다.

단기 4355년(2022년) 8월 14일
엮은이   조 광 배상

차 례

〈101권〉

다음은 단기 4343(2010)년 11월 26일부터 단기 4344(2011)년 4월 20일 사이에 있었던 필자의 수련 과정과, 필자와 수련생들 사이에 오고간 수련과 인생에 대한 대화 그리고 필자와 독자 사이의 이메일 문답을 수록한 것이다.

침묵의 가르침

우창석 씨가 말했다.

"선생님, 영적인 스승의 참모습은 무엇을 보고 알 수 있습니까?"

"학원가에서 족집게 강사가 나타났다고 소문이 나면 학원생들이 구름처럼 모여들 듯, 진짜 실력자 스승이 나타났다고 하면 자연히 제자들이 앞다투어 모여들게 되어 있습니다. 나룻배가 준비되면 강을 건너갈 승객들이 모여들고, 다리와 굴이 새로 개설되면 그곳을 통과하려는 차량들이 쇄도하듯 진짜 스승이 나타나면 자연히 그에게 도움을 받으려는 수행자들이 모여들게 되어 있습니다."

"그런 이치는 저도 알 것 같은데요, 그 스승이 진짜로 제자를 가르칠 자격이 있는 스승인지 아닌지는 어떻게 하면 알 수 있습니까?"

"우선 소문난 스승이 있으면 그를 직접 찾아가기 전에 그가 쓴 저서가 있으면 그것부터 구해서 읽어 보아야 합니다. 저서를 통해서도 그 스승의 됨됨이와 실력을 십중팔구는 알아볼 수 있으니까요. 책을 읽고 감동을 받기는 했는데도 아직 진부를 가리기 어려울 때가 있습니다. 그 스승이라는 사람이 돈을 주고 글 쓰는 사람을 고용하여 대필을 하는 일이 있기 때문입니다. 그런 의심이 들면 다소 비용이 들더라도 직접 찾아가서 그를 만나보아야 합니다.

참스승은 말을 잘하는 것으로 알아볼 수 있는 것이 아니라 침묵 속에 가만히 앉아 있기만 해도, 그 사람 가까이 가기만 해도 편안한 느낌이 와야 합니다. 아무리 청산유수같이 말을 잘한다고 해도 그 앞에 가서 앉아 있으면 편안한 느낌은커녕 이유 없이 마음이 편치 않으면 그 사람은 바르게 깨달은 진정한 영적 스승이라고 말할 수 없습니다. 그런 사람은 가짜이거나 사기꾼인 경우가 대부분입니다.

그러나 제대로 된 스승은 그 옆에만 가도 마음만 편안해질 뿐만 아니라 기문(氣門)이 열린 수행자는 자기 자신도 모르는 사이에 막혔던 경혈들이 저절로 열리고 운기가 활발해지고 몸이 훈훈해질 것입니다. 초면이지만 대화 한마디 나누지 않고 그 앞에 아무리 오래 앉아만 있어도 전연 지루하지 않고 마냥 그대로 눌러앉아 있고 싶으면 그 사람이야말로 진정한 스승이라고 말할 수 있습니다."

"그 스승이 아무 말도 않고 침묵만 지키는데도 그렇다는 말씀입니까?"

"그렇습니다. 참스승은 말로만 가르치는 것이 아니라 말없이, 침묵만으로도 얼마든지 가르칠 수 있기 때문입니다."

"어떻게 말없이 침묵만으로 제자를 가르칠 수 있습니까?"

"젖먹이는 어미의 밝은 표정만 보고도 자기를 사랑하는지 미워하는지

직감으로 알아맞춥니다. 상대가 자기를 좋아하는 것을 알면 벙긋벙긋 웃습니다. 그와 마찬가지로 제자들은 말없이 앉아 있는 스승 근처에 앉아서 스승에게서 풍겨 오는 기운을 쐬는 것만으로도 얼마든지 희열을 느끼고 공부를 할 수 있습니다.

석가모니는 꽃을 꺾어 들고 미소만 했는데도 가섭은 그의 깊은 속뜻을 알아차릴 수 있었습니다. 그처럼 영적 스승은 스스로 발산하는 기운으로 제자들을 얼마든지 가르칠 수 있습니다. 말이란 무엇입니까? 마음이 움직여 뜻이 되고 그 뜻이 발음되어 입으로 나오는 것이 언어인데, 언어는 발음 기관을 거쳐 나오는 과정에 최초의 의도가 손상되고 왜곡되어 그 뜻이 완벽하게 전해지지 않는 수가 왕왕 있습니다.

그래서 말로는 표현할 수 없는 경우는 얼마든지 있을 수 있습니다. 그래서 언어도단(言語道斷)이란 사자성어도 생겨나지 않았습니까? 그러나 젖먹이는 어미의 뜻을 눈빛만 보고도 완벽하게 그 뜻을 한순간에 포착할 수 있습니다. 그처럼 제자도 스승의 뜻과 기운과 지혜를 침묵 속에서도 전달받을 수 있습니다."

"그것을 무엇으로 입증할 수 있습니까?"

"그 스승과 대좌한 후 집에 돌아가서도 그전보다 운기가 활발해지고 막혔던 경혈이 열리고 건강이 좋아지고 마음이 편안하고 지혜가 열리고 수련이 향상된 것을 스스로 확인하는 것만으로도 충분히 알 수 있습니다. 이 때문에 그 수행자는 계속 그 스승을 찾게 될 것입니다.

침묵으로 사람들을 가르친, 인도가 낳은, 영혼의 큰 스승 스리 라마나 마하리쉬(1879~1950)는 다음과 같이 말했습니다.

'높은 연단 위에 올라가 열변을 토해야만 진리를 널리 전하는 것인가? 진리의 전달이란 곧 지혜를 전해 주는 것이고 그것은 오직 침묵 속에서만 가능한 것이다. 긴 시간 설교를 듣고도 삶을 변화시킬 만한 아무런 감명도 받지 못하고 돌아가는 사람과, 성스러운 침묵 속에서 잠시 앉아 있더라도 삶에 대한 태도가 완전히 변해서 돌아가는 사람을 비교해 보라. 효과도 없이 큰 소리로 외치는 것과 내면의 힘을 방출하면서 침묵 속에 앉아 있는 것 중에서 어느 쪽이 더 낫겠는가?

말이 나오는 과정을 살펴보라. 먼저 추상적인 앎이 생기면 거기에 내가 이러한 것을 안다는 식으로 에고가 끼어든다. 그것이 구체적인 생각이 되고 말이 되어 나온다. 따라서 말이란 실재의 고손자(高孫子)뻘밖에는 안 된다. 이런 말을 통한 가르침으로라도 효과가 있다면 침묵을 통한 가르침은 얼마나 더 효과가 있겠는가? 진리에 대한 명강의를 듣고는 한마디도 이해하지 못해도, 깨달은 사람과 접촉하면 그가 말 한마디 하지 않더라도 훨씬 더 많은 것을 파악하게 될 것이다.'

그렇습니다. 겉만 번드르르한 말로는 얼마든지 사기를 칠 수 있어도 침묵하는 사람은 사기를 칠 수 없습니다. 불교에는 삼법인(三法印)이라는 것이 있습니다. 제행무상(諸行無常), 제법무아(諸法無我), 열반적정(涅槃寂靜)이 그것입니다. 이 세상 모든 것은 무상하고, 우주만물 중에 가아(假我)는 없고, 열반은 침묵이라는 뜻입니다.

여기서 열반은 니르바나이고 극락이고, 진아(眞我)이며 자성(自性)이고, 우주의식이고 하느님이고 참나입니다. 다시 말해서 참나 즉 진리는 침묵 그 자체라는 뜻입니다. 수련 중에 이 열반 즉 참나를 포착한 사람의 거처는 바로 침묵입니다. 침묵 즉 적정(寂靜)이야말로 진리의 안식처입니다. 그리고 우주만물의 핵심이요 근원이 바로 적정이고 적정이야말로 침묵 그 자체입니다."

"다시 말해서 말없이도 가르칠 수 있는 스승이 참스승이라는 말씀이십니까?"

나는 대답 대신 말없이 우창석 씨를 바라보았고 그것만으로도 그는 내 뜻을 충분히 알아차렸다.

죽을 생각을 하니 무서워서

우창석 씨가 말했다.

"저는 우연히 금년(2011년) 1월 22일에 담낭암(膽囊癌)으로 80세를 일기로 별세한 박완서 소설가의 『못 가본 길이 더 아름답다』라는 산문집을 읽다가 그분이 시를 자주 읽는 이유를 설명하는 부분에서 '... 등 따습고 배불러 정신이 돼지처럼 무디어졌을 때, 시의 가시에 찔려 정신이 번쩍 나고 싶을 때 시를 읽는다. 나이드는 게 쓸쓸하고, 죽을 생각을 하면 무서워서 시를 읽는다...'(『못 가본 길이 더 아름답다』, 215쪽)는 대목을 읽고 깜짝 놀랐습니다."

"왜요?"

"박완서 하면 3년 전(2008년)에 타계한 『토지』의 작가 박경리와 나란히 우리나라 문학 애호인들의 존경과 사랑을 함께 받아 온 한국 문단의 대표적인 스타가 아닙니까? 그런 분이 어떻게 '나이 드는 게 쓸쓸하고, 죽을 생각을 하면 무서워서 시를 읽는다'고 고백할 수 있을까 해서입니다. 그 정도의 대형 원로 작가라면 당연히 생로병사(生老病死)를 담담하게 받아들일 수 있을 정도의 내공(內功)은 되어 있어야 하는 게 아닌가 해서 저는 정말 깜짝 놀랐습니다."

"우창석 씨는 남을 평가할 때 항상 상대의 처지에서 생각하는 습관을 더 길러야 할 것 같습니다. 나는 박완서 소설가가 자신의 심정을 추호도 숨기지 않고 솔직하게 토로한 그 작가다운 용기에 도리어 찬사를 보내고 싶습니다. 우창석 씨는 그래도 10년 이상 삼공재에 드나들면서 선도 수련을 하여 내공을 쌓았기 때문에 그렇게 말할 수 있지만, 그런 내공과는 전연 무관한 사람은 누구나 나이 들어 쓸쓸하게 죽을 생각을 하면 무서운 것이 엄연한 현실이고 인지상정이라는 것을 알아야 합니다."

"그래도 박완서는 가톨릭 신자이고 80세의 연륜을 쌓으신 인생의 대선배가 아닙니까?"

"아무리 나이가 많고 고명(高名)한 사람이라고 해도 누구나 다 구도자는 아니라는 것을 알아야 할 것입니다."

"그분은 선생님보다 연세가 한 살 위시고 고향도 같은 휴전선 북쪽 경계선과 가까운 경기도 개풍군으로 알고 있는데 다 같이 소설을 쓰시는 분들이니 서로 알고 지내는 사이가 아니었습니까?"

"그분은 나보다 4년 먼저 1970년에 〈여성동아〉를 통해, 나는 1974년에 〈한국문학〉이라는 문예지를 통해 둘 다 늦깎이로 등단했습니다. 데뷔 초기에 그분과 딱 한 번 문인들 연말 모임이 있던 서울시청 홀에서 얼핏 눈에 들어온 일이 있습니다.

그분은 고향이 경기도 개풍군 청교면 묵송리이고 나는 개풍군 영북면 길상리였으니, 고향 선배인 그분에게 내가 먼저 인사를 할 작정이었습니다. 그런데 그분은 누구를 기다리는지 자주 시계를 보면서 사람을 열심히 찾고 있었습니다. 때마침 아는 친구와 인사를 하고 나서 내 눈이 다시 그분에게 갔을 때는 이미 감쪽같이 사라진 뒤였습니다. 그 후에는 다시 해후할 기회가 없었습니다."

"온갖 암 중에서도 가장 난치병으로 알려진 담낭암으로 타계하셨는데, 그분이 만약에 선도에 입문했더라면 그런 병도 고칠 수 있었을까요?"

"기문(氣門)이 확실히 열리고 운기조식(運氣調息)을 분명하게 할 수 있었다면 어떠한 난치병도 자연치유가 되었을 것입니다. 그런 병마만 아니었다면 백 세 이상도 능히 생존하여 좋은 글을 얼마든지 더 쓸 수 있었을 것입니다. 재치와 익살과 유머가 넘치면서도 의표를 찌르는 찡한 감동을 선사하는 그분의 새로운 글을 더이상 읽을 수 없을 것을 생각하니 정말 가슴 한 귀퉁이가 무너져 내린 것 같습니다."

"선생님께서도 그런 상실감을 느끼시다니 뜻밖입니다. 그래서 그런지 그분이 타계한 후에 그분의 작품들이 날개 돋친 듯이 팔려 나가고 있다고 합니다. 더구나 2008년에 박경리 작가가 타계한 지 3년밖에 안 되었는데 이제 또 박완서 소설가까지 세상을 등졌으니 애독자들의 상실감이 오죽하겠습니까?

그런데 선생님, 박완서 산문집 『못 가본 길이 더 아름답다』에 보면 다음과 같이 인상적인 구절이 보입니다.

'나는 사람으로 다시 태어나고 싶지 않으니까 다음 세상에 하고 싶은 것도 없는 대신 내가 십 년만 더 젊어질 수 있다면 꼭 하고 싶은 게 한 가지 있긴 하다. 죽기 전에 완벽하게 정직한 삶을 한 번 살아 보고 싶다. 깊고 깊은 산골에서, 그까짓 마당쇠는 있어도 그만, 나 혼자 먹고 살 만큼 농사를 짓고 살고 싶다. 깊고 깊은 산골에서 세금 걱정도 안 하고 대통령이 누군지 얼굴도 이름도 모르고 살고 싶다. 신역(身役)이 고돼 몸보신하고 싶으면 기르던 누렁이라도 잡아먹으며 살다가 어느 날 고요히 땅으로 스미고 싶다. 시집을 덮으면서 나에게 온 생각이다.'(『못 가본 길이 더 아름답다』 231쪽)

이러한 그분의 소망이 과연 이루어질 수 있을까요?"

"평생 남에게 해꼬지는 고사하고 자신의 장례식에서는 가난한 문우에게 조위금을 받지 말아 달라고 자녀에게 유언할 정도로 착한 일만 해 온 박완서 정도라면, 소로와 법정 스님이 이미 실천한 숲속 생활과 방불한 그 정도의 소박한 소원은 충분히 이루어지고도 남음이 있었을 것입니다."

"너무나도 소박한 소망입니다. 왜 그분은 보다 근원적인 자신의 존재의 실상에 대해서는 무관심했을까요?"

"아직은 그럴 만한 때가 되지 않았기 때문이겠죠."

"만약에 선생님이시라면 죽을 생각을 하여 무서워질 때 어떻게 하시겠습니까?"

"관을 할 것입니다."

"언제까지 관을 하실 것입니까?"

"무서움이 사라지고 삶과 죽음이 따로 있는 것이 아니고 동전의 양면처럼 같이 붙어 있다는 것을 알게 될 때까지 내 심신을 다하여 열심히 관을 할 것입니다."

"아무라도 그렇게 관만 하면 생사가 따로 있는 것이 아님을 깨달을 수 있을까요?"

"그렇지는 않습니다."

"그럼 무슨 전제 조건이 필요합니까?"

"그럼요."

"그것이 무엇입니까?"

"생사가 무엇인지, 나라고 하는 존재의 실상은 무엇인지 기필코 알아내고야 말겠다는 구도자로서의 초심이 발동되어야 비로소 올바른 관을 할 수 있습니다."

【이메일 문답】

윤회의 고통 속에 빠지지 않도록

선생님, 사모님 그간 안녕하셨습니까? 추운 날씨에 건강하신지요? 삼 공재 다녀온 지도 벌써 한 달이 지났네요. 저는 겨울철이라 특별히 하는 일은 없어서 회계 관련 컴퓨터를 배우느라 학원에 등록하여 다니고 있 습니다. 이번 주나 다음 주 안에 찾아뵐까 합니다. 방문 하루 전에 연락 드리겠습니다. 그간의 수행 체험에 대해 말씀드릴까 합니다.

첫 번째는 생로병사의 고통 속에 다시는 빠지지 않도록 수행에 정진해 야 하며 그것을 수행의 목표로 삼았습니다. 지난 석가탄신일에 고기 굽는 식당가를 지나다 주지육림에 빠진 무명중생들의 모습에서 느낀 것입니다.

두 번째는 아침 운동 중에 숨이 차오르며 우리 인간은 육체가 있음으 로 시간과 공간의 한계 속에 빠져 헤매고 있음을 알았습니다. 계속 집중 하자. 그렇다면 그 한계에서 벗어나는 길도 있을 것이며 그 길은 무엇인 가? 용맹정진 수행하여 대자유인이 되는 것이라는 답이 나왔습니다.

세 번째는 제 마음을 우주의 중심과 일치시키고 거스르지 않는 것입 니다. 물 흐르듯 그 페이스에 맞추고 느긋하게 모든 것을 포용하는 자세 입니다. 그러나 아직은 어렵습니다. 스스로 다스릴 수 있는 마음 한 자 락이 손에 잡힐 듯하면서도 무지개처럼 저만큼 멀리 물러납니다.

이제는 『선도체험기』를 다시 읽으며, 생활 속에서 실체험으로 수행의 톱니바퀴를 맞추고 있습니다. 모두가 선생님의 가르침 덕분이라 생각하며 감사드립니다. 『선도체험기』 100권이 출판에 들어갔는지 궁금합니다. 『선도체험기』 출판에 조금이나마 도움이 될까 해서 얼마 전까지는 유림출판사에 조금씩 성금을 냈습니다만 이번부터는 선생님께 직접 내고 싶습니다. 선생님 의견을 말씀해 주시면 따르겠습니다. 삼공재 방문 전에 연락드리겠습니다. 선생님, 사모님 안녕히 계십시오.

2010년 12월 20일
광주에서 양정수 올림

추신 : 구례에 사는 오주현 씨와 전화 통화를 해 봤습니다. 조만간에 삼공재 방문한다 했으며 도움이 필요하면 언제든 연락하라 했습니다.

【필자의 회답】

마음, 몸, 기 공부를 꾸준히 해 나가면서 언제나 자기 자신의 참나를 관하며 이타행을 하면 자기도 모르는 사이에 어느덧 욕심의 화신인 거짓 나는 사라지고 자성(自性)과 하나가 될 것입니다. 생사와 시공을 벗어난 자성이 바로 진아이고 우주의 핵심입니다.

몸과 마음은 생성하고 소멸하는 무상한 것이지만 자성은 변하지 않습니다. 시작도 끝도 없으니까요. 자성이 항상 중심에 자리잡게 되면 우선 근심 걱정에서 벗어날 수 있고 부동심과 평상심을 갖게 될 것입니다. 윤회에서 벗어나는 지름길입니다.

『선도체험기』 100권은 지금 한창 제작 중에 있습니다. 1월 중순경에 발간될 것입니다. 유림출판사에 내시던 성금은 가능하면 계속 내시기 바랍니다.

밝아졌습니다

삼공 선생님 전 상서

늘 베풀어 주심에 깊은 감사를 드립니다. 그간 안녕히 계셨는지요? 다시 오랜만에 메일을 올립니다. 그간 천상계와 중생계 간에 벌어진 간극이 너무나 크기에 무명중생계에서 경제활동을 하면서 천상계의 생활을 해야 하는 것이 큰 숙제였고, 방향이 서지 않아 막연하게 시간만 지나가 버렸습니다.

물론 현 직장에서도 단지 외국인이라는 이유만이 아니지만 조직에서 붕 떠 있는 외톨이 신세가 된 것도 한몫을 하였으나, 지금까지 작으나마 쌓아온 내공 덕분에 스트레스는 겪지 않았습니다. 그리고 단지 내가 외톨이구나 하는 사실만은 알고 있으니 문제시하지 않았습니다.

왜냐하면 문제라는 것은 알고 있으면 언젠가는 풀리게 되는 것이 그런 부류의 것들이니까요. 그러나 흙탕물에서 연꽃을 피우듯 세속사를 받아들여야 하고 어우러져야 천상계를 얻을 수 있다는 것은 알고 있으나, 그러면 구체적으로 어떻게 그리고 무엇을 목표로 하여야 하는지 도무지 오리무중이었습니다.

돌이켜보면, 근 20여 년 전 출세라는 목표 설정하에 오로지 박사학위 논문에만 용맹정진했었고, 그래서 행복했던 생활들이며 모습들이 새삼스레 떠오릅니다만, 현재의 안개 속 생활에서는 그 출세라는 것을 대신할 수 있는 새로운 목표에 대한 동기부여가 되지 않았던 것이었고, 보이질 않았던 것입니다.

그런데 며칠 전 서재에서 법정 스님의 첫 수상집이 눈에 들어오기에 하던 일을 멈추고 읽어 내려갔습니다. 스님께서 젊으셨을 때의 문장이라 그런지 힘이 있고 하여, 마음이 맑아지는 느낌에 끝까지 넘겨 버렸습니다. 그러던 중 다음과 같은 글귀에 눈이 멈춰졌습니다.

"정치란 죽이지 않고 해치지 않고, 이기지 않고 적에게 이기도록 하지도 않으며, 슬프게 하지 않고 법답게 다스려야 합니다. 그리고 불가피한 경우라 할지라도 맞서 싸우기보다는 온갖 방편과 지혜로써 화평하라 합니다. 자(慈)란 이웃을 사랑하여 기쁨을 주는 것이고, 비(悲)란 이웃을 가엾게 여겨 괴로움을 없애 주는 일입니다."

무릇 위의 글귀들이 정치가에게만 한정된 것이 아니라 무명중생들과 살아가면서도 업장을 씻어낼 수 있는 구도자의 생활의 한 방편이라는 것을 깨닫게 되었고, 자비에 대한 구체적인 뜻을 대하니 현묘지도 수련에서 얻었던 '복천명자비욕'과 겹쳐지면서 그간 안갯속 같았던 마음이 확 밝아지는 것입니다.

즉 자비욕이 그간의 출세라는 자리를 대신하여, 정치란 실천방편으로 하루하루 주어진 환경이며, 일에 지혜롭게 대처하며 용맹정진하는 것을 그동안 찾아 헤매고 있었던 것입니다. 결론적으로 천상계와 무명중생계 간의 간극을 좁혀 나가는 것이 수련에 대한 당면 과제인 듯합니다.

앞으로도 많은 가르침을 부탁드리면서 우선 간단히 소식을 올립니다. 그럼 늘 건강하시고 안녕히 계십시오.

2011년 2월 9일

나요로에서 제자 도육 올림

【필자의 회답】

도육이 말한 '천상계'는 '열반계(涅槃界)'를 말한 것이 아닌가 생각됩니다. 왜냐하면 천상계(天上界) 역시 느리긴 하지만 생로병사가 엄연히 있는 육도윤회에 속하기 때문입니다. 육도(六道)윤회란 지옥, 아귀, 축생, 아수라, 인간, 천상을 말합니다. 좌우간 내공이 또 한 단계가 격상되어 다행입니다. 계속 전진하기 바랍니다.

정말 다행이었습니다

삼공 선생님 전 상서

늘 가르쳐 주심에 깊은 감사를 드립니다. 짙은 안갯속에서 벗어날 수 있는 돌파구를 찾았다는 것이 정말 다행이었습니다. 주위에서 벌어지는 일들이 모두 속이 뻔히 보이니 맞장구를 칠 수도 없고, 그렇다고 혼자 놀자니 테두리 밖으로 붕 떠 있고 진퇴양난의 시간이었습니다.

그 누구도 부러워하고 수상자 명단에 오르면 대대적인 선전을 해 대는 노벨상에도 학문 혹은 내면의 순수함의 결과보다는 집단 이기적이며 또한 국가 이기주의에 의해 결정되는 노골화가 여실히 들여다보이니, 새로운 목표를 찾지 못했던 것입니다.

때로는 이런 상태의 제 자신이 슬쩍 간 것이 아닐까 하는 의구심도 들었으나 교육자로서 해야 할 일상생활인 강의며 논문들을 다수 써내고 있으니 뇌 구조에 이상이 생긴 것은 아닐까 하는 자아 점검도 필요했었습니다.

그러나 확실한 것은 현실생활에 대한 괴리감에 휘둘렸고, 차라리 생명에 대한 실상을 깨닫지 않았다면, 세간에 있어 출세라는 목표를 설정하고 그에 대한 성취감에 젖어 작으나마 저만의 마스터베이션의 테두리 안에서 그나마 행복감도 느꼈을 터인데, 이제는 되돌아갈 자리가 없으니 안타깝기도 했습니다.

때로는 효봉 선사님처럼 사표도 안 쓰고 훌쩍 떠나야 하나 하는 생각도 한두 번이 아니었으나 아마도 그분처럼 절박하지가 않았던 것 같습니다. 그리고 효봉 스님께서 토굴에서 일체 바깥출입을 않으시고 1년 6개월간 수행을 하신 후 벽을 걷어차고 나오셔서 읊으신 오도송을 살펴보니 삼공선도 수련의 한 과정인 현묘지도를 통한 견성 단계를 마치신 것이라는 판단이 들었습니다.

그러니 현묘지도를 마친 단계라면 수련을 위해 출가라는 과정은 굳이 필요 없으며, 중생과 부딪치면서 내공을 키워가는 공부가 필요하니 어떻게든 현 상황에서 돌파구를 찾아야 한다는 생각이었습니다. 그러던 와중에 내공을 위한 한 방편을 정치란, 자비란 글귀에서 찾았던 것입니다. 더불어 자비라는 한생의 목표가 정해지기는 하였으나 국경(國境)을 어떻게 넘어야 할지 많은 시간과 과정들이 필요할 것 같습니다. 그래야만 홍익인간을 자유자재로 행할 수 있기 때문입니다. 앞으로도 끊임없는 지도와 편달을 부탁드리며 이만 줄이겠습니다. 안녕히 계십시오.

2011년 2월 10일
나요로에서 제자 도육 올림

【필자의 회답】

상구보리했으니 하화중생하겠다는 의욕이 솟구치는 것은 당연한 순리입니다. 부디 그 작업에서 좋은 열매를 맺으시기 바랍니다. 계속 지켜볼 것입니다.

똥 묻은 개와 재 묻은 개

삼공 선생님 전 상서

늘 이끌어 주심에 깊은 감사를 드립니다. 결론부터 말씀드리면 육도 윤회를 벗어나지 못하는 한 누가 아무리 깨끗한 척한들 똥 묻은 개가 재 묻은 개를 나무라는 격이라는 것입니다. 그래서 중생을 포함한 모든 생물체에 그 대상이 어떤 모습이든 간에 오직 내가 할 수 있는 일은 사랑하여 기쁨을 주고 가엾이 여겨 괴로움을 없애 주는 자비만이 필요함을 알았습니다.

다음은 법정 스님 수상집의 설해목(雪害木)에 나오는 글귀를 인용해 보겠습니다.

"해가 저문 어느 날, 오막살이 토굴에 사는 노승(老僧) 앞에 더벅머리 학생이 찾아왔다. 아버지가 써 준 편지를 꺼내면서 그는 사뭇 불안한 표정이었다. 사연인즉, 이 망나니를 학교에서고 집에서고 더이상 손댈 수 없으니, 스님이 알아서 사람을 만들어 달라는 것이었다. 물론 노승과 그의 아버지는 친분이 있는 사이였다.

편지를 받고 난 노승은 아무런 말도 없이 몸소 후원에 나가 늦은 저녁을 지어 왔다. 저녁을 먹인 후 발을 씻으라고 대야에 가득 더운물을 떠다 주었다. 이때 더벅머리의 눈에서 주르륵 눈물이 흘러내렸다.

그는 아까부터 훈계가 있으리라 은근히 기다려지기까지 했지만 스님은 한마디 말도 없이 시중만을 들어주는 데에 크게 감동한 것이다. 훈계라면 진저리가 났을 것이다. 그에게는 백천 마디 좋은 말보다는 다사로운 손길이 그리웠을 것이다." - 법정 스님 첫 수상집『영혼의 모음』에서 -

결국 겉으로 나타나는 외형적인 결과를 가지고 죽이니 살리니 할 것이 아니라 숨겨진 내면을 읽을 수 있고 진정 필요한 것이 무엇인지를 보듬어 주는 것이 자비라는 것을 깨달았습니다. 즉 모든 생들은 이미 자기 잘못은 알고 있고 또한 고치기 위해 나름대로 발버둥을 치는 자정 능력은 가지고 있으나 뜻대로 되지 않으니 고통스러워하고 불만으로 표출되는 것이니, 그것에 으르렁대어 화를 키울 것이 아니라 사랑으로 내면을 달래 주어야 한다는 생각입니다.

그러기 위해서는 줄을 지어 먹이를 나르던 개미들이 무심코 디딘 발에 밟혀 다치고 놀래 혼비백산하여 길을 잃고 방황하는 모습을 보고, 개미의 마음이 되어 같이 아파할 수 있는 순수함이 필요한 것입니다. 또한 자비란 타 생물뿐만 아니라 인간으로 태어나 살아가기 위해 크든 작든 타 생명을 해쳐야 하는 제 자신에게도 필요한 것이라는 생각입니다.

그래서 적어도 다음 생에는 육도에서 벗어난 열반계에 들어야 하고 이것이 현생의 목표라는 생각입니다. 그러기 위해서는 우선 지금 하는 일에 최선을 다하는 것이요 일상생활에서 일어나는 아주 작은 일에서부터 찾아 하는 것이 자비행의 시작이라는 생각입니다. 그럼 앞으로도 끊임없는 지도와 편달을 부탁드리며 이만 줄이겠습니다. 안녕히 계십시오.

2011년 2월 13일

27

나요로에서 제자 도육 올림

【필자의 회답】

남을 위해 주는 것이 나를 위하는 길임을 깨달은 사람에게는 대인관계에서 결코 막히는 일이 없습니다. 대인관계만 원만하다면 마음이 무한히 열려 사바가 바로 극락이요 열반이 될 것입니다. 그리고 일상생활이 바로 이타행이 되지 않을 수 없을 것입니다. 수처작주, 입처개진(隨處作主, 立處皆眞)의 경지가 열리게 될 것입니다. 즉 자신이 처해 있는 그 세계의 주인이 되고, 서 있는 자리가 바로 용화세계가 될 것입니다.

그렇습니다!

삼공 선생님 전 상서

그렇습니다. 몸을 바꾸지 않더라도 또한 옷을 갈아입지 않더라도 현생을 열반계로 바꿀 수 있다는 뜻이군요? 그러니 전생이나 내생이라고 선을 그었던 것이 단지 고정관념에 불과했던 것이었군요? 이것으로 숙제가 풀렸습니다. 이제 제 주위의 작은 것부터 시작할 생각입니다. 앞으로도 많은 가르침을 부탁드리면서 이만 줄이겠습니다. 안녕히 계십시오.

2011년 2월 13일

나요로에서 제자 도육 올림

【필자의 회답】

전생이나 내생은 둘 다 나 자신 속에 공존하는 것이지 다른 공간과 시간 속에 존재하는 것이 아닙니다. 따라서 지옥도 극락도 전부 다 나 자신 속에 나와 함께 숨쉬고 있는 것이 나 자신의 존재 그 자체처럼 확실하고 명백합니다.

그래서 우주가 내 안에 있다는 것이군요!

삼공 선생님 전 상서

그래서 자신 속에 우주가 있고 삼라만상을 품을 수 있다는 뜻이군요! 모든 것이 정립이 되었습니다. 지금 이 순간 가슴이 부풀어 오르고 점점 팽창하고 있습니다. 결국 펑 터지고 우아일체에 도달할 것 같습니다. 앞으로도 끊임없는 지도와 편달을 부탁드립니다. 안녕히 계십시오.

2011년 2월 14일

나요로에서 제자 도육 올림

【필자의 회답】

우아일체를 두뇌뿐만 아니라 온몸으로 느끼고 그것이 동력이 되어 자신도 모르는 사이에 기꺼이 하화중생의 길에 들어서게 될 것입니다. 부디 좋은 성과를 기대합니다.

시간이 필요할 것 같습니다

삼공 선생님 전 상서

늘 베풀어 주심에 깊은 감사를 드립니다. 학생 실습 관계로 답장이 늦어서 송구스럽습니다. 이번 일주일은 학생들과 함께 지냈습니다만, 행동 면에 조금은 능동적인 면이 감지되기는 하나 스스럼없이 마음에 걸리지 않고 자유자재로 행동하기에는 많은 시간이 필요할 것 같은 생각입니다. 그간 며칠간이었지만 새로운 체험을 하게 됨에 깊은 감사를 드립니다. 후에도 변화가 있으면 다시 메일을 올려 가르침을 부탁드리겠습니다. 그럼 늘 건강하시고 안녕히 계십시오.

2011년 2월 18일
나요로에서 제자 도욱 올림

【필자의 회답】

공자는 '칠십이종심소욕불유구(七十而從心所欲不踰矩)'라고 했습니다. 나이 칠십이 되면 무슨 일이든지 하고 싶은 대로 해도 법도에 어긋나지 않는다는 뜻입니다. 칠십 세는 꼭 나이를 말하는 것이 아니라 내공이 성숙한 단계를 말합니다. 도육도 미구에 그 경지에 도달할 것을 의심치 않습니다. 계속 지켜볼 것입니다.

더 부딪치며 배워야

삼공 선생님 전 상서

늘 이끌어 주심에 깊은 감사를 드립니다. 맹모삼천지교라는 말도 있듯이 인간 성숙에는 환경 또한 중요한 인자라고 생각합니다. 물론 모든 것은 마음먹기에 달려 있어 일상생활 자체에서 열반계를 누릴 수 있다는 것은 알지만, 아직도 하찮은 것들에 반응해야 하고 논쟁을 벌여야 하는 것이 마음에 걸립니다.

앞만 보고 굳이 무반응의 태도로도 아무런 문제가 없으나 아직도 참견하려는 습성을 버리지 못하고 있는 것입니다. 그러니 원래 너그럽지 못하고 공격적인 성격이다 보니 복 짓기보다는 손해를 보는 형상입니다.

아마도 종심소욕불유구(從心所慾不踰矩)가 이루어지려면 그에 맞는 환경이 주어질 것이고, 아직 더 현상황에서 부딪치며 배울 것이 많다는 것으로 해석됩니다. 앞으로도 많은 가르침을 부탁드립니다. 안녕히 계십시오.

2011년 2월 19일
나요로에서 제자 도육 올림

【필자의 회답】

그래서 깨달음을 얻은 뒤에 반드시 보림이 뒤따르게 되어 있습니다. 숙성 기간이 필요하기 때문입니다. 다음 소식을 기다리겠습니다.

선도수련 체험기 (4)

신 성 욱

삼공 선생님 안녕하십니까? 근래 수련에 큰 진전 없어 3개월 동안의 수련기를 보내 드립니다.

요즈음 저의 수련 상태는 추워 옷을 많이 입고 기몸살을 자주하고 있으며 아직까지 다리에 기가 안 돌아 가부좌하고 집에서는 1시간, 삼공재에서는 45분간 견딜 수 있으며, 무식(武式)호흡으로 아무리 강하게 밀어도 하단전의 열이 장심이나 등때기보다 약합니다. 그리고 아직까지 상단전은 아무 소식이 없으며 백회는 콕콕 쑤실 때가 있습니다. 저의 체험기를 읽어 보시고 잘못 가고 있으면 무엇인지 알려 주시면 고맙겠습니다.

2011년 2월 14일
신도림에서 제자 성욱 올림

2010년 11월 9일

수련 시 장심과 팔목 주변이 시원해지는 것으로 보아 피부호흡이나 기가 들어오는 느낌이 들었다. 오늘은 배꼽 위가 차고 젖꼭지 부근이 더 따뜻하다. 열기가 여기저기 돌아다닌다.

2010년 11월 11일

3번째로 수련체험기를 삼공 선생님께 보내 드렸더니 바로 답장이 왔다. 호흡 시간에 구애받지 말고 축기에 전력을 다하여 하단전 축기가 임독맥을 통하여 한 바퀴 돌 때 알려 달라 하신다.

2010년 11월 12일

어제 선생님의 말씀에 따라 호흡 시간이 잘 이루어지는지 점검해 보았다. 이제까지 무식호흡으로 호흡 시간과 폐활량을 늘리도록 힘을 쏟았으나 오늘부터 가늘고 길게 하단전까지 내려가도록 정성을 다해 수련한 결과 한 호흡이 80초에서 40초로 절반이나 줄었다. 원인을 찾아보니 혀를 입천장에 대고 떨리면서 들숨을 쉬는 도중 순간적으로 적은 날숨이 있어 바로 고쳤다.

2010년 11월 16일. 삼공재 수련 21번째

어제부터 빙의령이 들어왔다. 숨이 막히고 그간 잘 통하던 혓바닥과 아래위 이빨로 기가 통하지 않는다. 날숨이 10초 이상 안 되고 수련 1시간이 지나도 등때기와 하단전이 싸늘한 것으로 보아 아주 큰 것이 온 것 같다.

반가운 손님은 아니지만 이제 빙의령을 받을 정도가 되었으니 좋은 현상으로 생각하고 선생님에게 도움을 요청했다. 수련 끝나고 선생님이 부르시더니 방갓 쓴 승려 하나가 나를 찾아왔기에 왜 왔느냐고 물어보니 전생에 승려로 같이 도를 닦았으며 나의 도력이 높다는 이야기를 듣고 찾아왔단다. 그러나 천도는 나 대신 선생님이 시켜 주셨다.

실제 나는 엊그제(11월 14일) 경북 영천 만불사 부도탑에 모셔 놓은 조부모님과 부모님 성묘하러 갔다 왔고 또한 법당에도 참배하고 왔으므로 아마 이때 빙의령이 들어온 것으로 추측된다.

2010년 11월 19일

이제 빙의령이 완전히 떠난 것 같다. 하단전을 힘껏 밀 수 있고 전보다 기운이 더 세어지고 방귀가 자주 나왔다. 빙의령이 진급시험이라는 생각도 들었다.

2010년 11월 27일

하단전 뱃가죽과 중단전이 아리면서 아프다. 수련 끝나고 발가락뼈와 발바닥이 연결되는 부분이 아파서 절 수련은 하지 못했다.

2010년 11월 30일

하단전이 딱딱하고 아픈 부위가 넓어져서 힘을 주어 크게 밀지 못하고 수련 시간만 채웠다.

2010년 12월 4일

하단전 뱃가죽 아픈 것이 좋아져서 수련에는 지장 없었다. 백회가 시원하고 작은 구멍으로 기가 들어오는 느낌이다.

2010년 12월 11일

잡념을 없애기 위하여 여러 개의 숯 덩어리로 나의 형상과 하단전이라는 용광로를 만들어 놓고 기를 이용, 벌겋게 달구어 오욕칠정과 업장을 던져 버리겠다는 생각으로 수련을 시작하였으나 쉽지 않았다. 고구마로 바꾸어 생각하니 편하고 잡념이 사라진다. 삶거나 구워도 아프거나 아쉬운 생각이 없었다. 언제 삼공 선생님의 말씀대로 하단전에 발전소를 건설하여 남에게 기를 보내 줄 수 있을지 기다려진다.

2010년 12월 13일

삼공재 수련 25번째. 이제 수련 시작부터 끝까지 들숨에서 배가 차도록 선생님의 기를 내 하단전 깊숙이 받으면서 힘차게 밀 수 있는 능력이 생겼다. 삼공재 다니고 6개월 만에 이룬 성과이다.

2010년 12월 27일

손수건의 한 점을 가아로 생각하고 탐진치, 오욕칠정을 한 꺼풀씩 벗겨 진아를 보려고 했으나 잘되지 않는다.

2011년 1월 1일

수련 후 제일 따뜻한 곳이 등때기(명문에서 장강까지), 장심, 중단전이고 하단전과 용천은 약간 차다. 수련 중 왼쪽 귀가 얼얼하면서 열이 나고, 일주일 전부터 귀 주변에 화농 증세가 있었다. 내 귀는 왼쪽부터 안 들렸으니 빨리 곪아서 뚫리기를 기다린다.

2011년 1월 6일

수련 중 오른팔이 뻣뻣하고 기운줄이 가늘게 생긴 느낌이 들고 장심의 열기가 전보다 강하다.

2011년 1월 9일

수련하자 바로 왼쪽팔이, 조금 후 오른팔이 뻣뻣해지고 기운줄이 생긴 것 같으나 왼쪽에 비하여 3분의 1 정도로 약했다. 손가락끼리 서로 기가 통하면서 엿이 붙어 떨어지지 않는 느낌이다. 나는 1942년 1월 9일(음력 1941년 11월 23일)에 태어나 오늘이 칠순이다. 힐튼 호텔에서 형제들만 모여 간소하게 칠순연을 지냈다. 집사람이 세상을 떠난 지 1년 반이 되었으니 그냥 보내기는 서운했다.

여기서 나는 마이크를 잡고 내 인생 남은 시간을 선도수련에 정진하여 백회가 열린 다음 내 몸에 간직하고 있는 수천 개의 전생 필름을 열어 보면서 진리를 깨닫고 견성을 할 것이며 만약 금생에 이루지 못한다면 다음 생에라도 이루겠다고 공표했다. 이는 내가 수련을 중단하지 못하도록 내 자신에게 내리는 명령이었다.

2011년 1월 10일. 삼공재 수련 29번째

선생님께 가부좌한 다리가 아파서 견디지 못할 정도인데 왜 그러냐고 물어보았더니 계속 수련하면서 운기조식(運氣調息)하면 자연 풀린다고 하시면서 전과 같이 기는 돌리지 말라 하신다.

2011년 1월 13일

수련 시작부터 흥분되고, 백회가 콕콕 쑤시면서 작은 구멍으로 기가 들어오는 느낌이다. 그러나 백회에 시원한 것만 느껴져도 열린 것으로 착각하는 경우가 너무 많아서 믿을 수 없다. (최초의 느낌은 2009년 7월 27일이었고 그렇게 생각한 횟수가 70번은 되는 것 같다.)

2011년 1월 15일

집에서 수련 시 처음으로 가부좌하고 1시간을 지속할 수 있었다. 근래 많이 변한 것은 한 호흡이 50~60초가 되고부터 나도 모르게 노래를 부르고 있을 때가 많아졌으니 그만큼 폐활량도 커지고 마음의 여유가 있어 혼자 살아도 외롭거나 그리운 것이 없다.

2011년 1월 17일 삼공재 수련 30번째

다리가 아파서 45분 만에 가부좌를 반가부좌로 바꾸어 주어야 했다. 집에서 한 시간 견딜 수 있으나 삼공재에서는 안 된다.

2011년 1월 19일

오후부터 손발이 차가워지고 왼쪽 다리에서 찬바람이 나오면서 약간 마비되는 느낌이 들어 앞에 호랑이를 만났다고 생각하고 팔에 힘을 주어 주먹질을 했다. 힘이 빠지지 않으니 병은 아닌 것 같다.

2011년 1월 22일

직장 동료 자녀 결혼식에 참석하고 집으로 오는 도중, 춥고 몸살을 크게 했다. 그 때문에 내일 대구 생질녀가 며느리를 보는 날이라 가기로 약속했지만 못 가게 됐다.

2011년 1월 25일. 삼공재 수련 31번째

요즘 손발이 차고 다리에서 찬바람이 나고 기몸살을 크게 했다고 선생님께 말씀드렸더니 차가워지는 경우도 있고 더워지는 경우도 있으니 신경 쓰지 말라고 하신다.

2011년 1월 28일

아침 수련 시 오른쪽 상단 가슴뼈에서 목을 타고 오른쪽 이빨까지 기운줄이 생겼다가 약 3분 후 사라졌다. 어제는 삼공재 수련하러 신도림역 지하도 계단을 내려가다 어지러워 집으로 되돌아왔다. 동네 의원에서 혈압 측정 결과 정상이었다. 저녁 수련 후 추워서 집안에서 두꺼운 잠바를 입었다.

2011년 2월 1일

기몸살인지 몸이 고달프다. 저녁 수련 시 25분 만에 백회가 콕콕 쑤시다가 약 10분 후 사라졌다. 손가락 사이에 물갈퀴가 생긴 것 같고, 이곳을 통해 서로 기가 왕래하는 느낌이다.

2011년 2월 4일. 삼공재 수련 34번째

선생님께 빙의령 천도를 요청했다. 엊그제부터 식욕이 없고 머리카락이 하늘로 당기고 힘이 없어 하단전을 밀 수가 없었다. 도우들의 질문이 많아서 선생님의 영안에서 무엇이 나타났는지 물어볼 수 없었지만 수련 30분 후부터 전과 같이 잘되었다.

2011년 2월 6일

수련 시 오른쪽 아랫배 속에 큰 나무토막이 명치끝을 향해 서 있는 것 같고, 약간 꿈틀거리는 느낌이다. 요즘 도인체조 시 백회가 무지근하고 수련 시작하면 바로 양손에서 기운줄이 다리까지 뻗어 있으나 오른쪽이 왼쪽에 비해 75프로 정도로 약하다.

이는 맹장 수술과 주삿바늘 제거 수술이 모두 오른쪽이었으므로 이때 기운줄이 파손되어 약한 것으로 보이며, 어제부터 하단전이 약 20프로 더 커지고 약간 아래로 처진 느낌이 들었다.

2011년 2월 8일

선도수련 끝나자 왼쪽 종아리 가운데 근육이 뭉치고 통증이 심해 견딜 수 없다. 경상도에서는 이것을 쥐났다고 표현하고 있다. 바로 누르고 주물렀다. 약 3개월 전에도 이런 일이 있었다. 사기가 들어온 것 같아 걱정이 되었고 하단전이 제일 차다. 혼자 곰곰이 생각해도 이해가 가지 않는다. 수련 시에 기가 잘 통하고 기운줄이 뻗어 있는데 어떻게 이런 현상이 생기는지 알 수 없다.

2010년 2월 10일. 삼공재 수련 36번째

신도림에서 지하철 2호선을 타고 삼공재로 가는 도중 입술과 턱 주변 근육이 마비된 것 같고 혀가 입천장에 붙으면서 강한 기가 통하고 있었다. 생식 주문을 하고 다리에 쥐가 난다고 말씀드렸더니 걱정 말고 잘 주물러 주라고 하신다.

【필자의 회답】

네 번째 선도수련 체험기 잘 읽었습니다. 수련은 젊은 사람들에 비해서 꾸준히 잘되는 편입니다. 운기조식(運氣調息)을 할 때 하단전을 민다고 하셨는데 무엇을 뜻하는지 모르겠습니다. 혹시 하단전 쪽에 힘을 주시는 게 아닌가 합니다. 수련하실 때 하단전에 힘을 주지 마시고 의식을 두어야 합니다. 다시 말해서 마음을 하단전에 집중하라는 뜻입니다. 그와 함께 호흡을 깊고 길고 가늘고 고르게 해야 합니다. 심장세균(深長細均)입니다. 그래야 하단전에 축기가 됩니다.

오른쪽 아랫배에 나무토막이 있는 것 같다고 하셨는데 이것이야말로 하단전 속에 기(氣)의 방(房)이 형성되는 징후입니다. 그래야 본격적으로 축기가 시작됩니다. 하단전에 축기가 완료되면 대맥(帶脈)이 열리게 될 것입니다. 그다음에 임독맥이 열립니다. 그런 다음에 백회가 열려야 진짜 대주천이 되는 것입니다. 대주천이 되려면 하단전이 항상 따뜻하고 백회 쪽은 시원하여 수승화강(水昇火降)이 이루어져야 합니다.

그리고 다리에 쥐가 나는 것은 근육이 피로할 때 일어나는 일종의 경련입니다. 수련하는 사람도 수련을 하지 않는 사람도 다 같이 겪는 현상이니 너무 걱정하지 않아도 됩니다. 경련이 일어날 때마다 그 부위를 잘 주물러 주고 두드려 주면 됩니다. 오렌지 주스나 귤 같은 신 음식이나 음료를 드는 것이 좋습니다. 간담이 약할 때 일어나는 현상입니다.

네 번째 무사히 출산했습니다

스승님 그동안 안녕하셨습니까? 부산에 박순미입니다. 지난 달 15일 삼공재에 다녀간 이후로 한 달여 만에 메일을 드리는 것 같습니다. 지난 2월 10일 밤에 넷째를 무사히 출산했습니다. 지금은 산후조리 중이구요. 아이와 저 모두 건강합니다.

부끄러운 현묘지도 체험기를 쓰고 스승님으로부터 의암이라는 선호를 받고 난 뒤 정말 생각이 많았습니다. 수련이 힘든 과정의 연속이었지만 내가 정말 열과 성을 다했는지 의암(毅巖)이라는 선호 앞에 한없이 부끄러워집니다.

그리고 스승님께서 내려 주신 의암이라는 선호에 부끄럽지 않기 위해 어떤 상황에서도 의연히 무소뿔처럼 나아가리라 다짐해 봅니다. 아이가 넷이라는 상황을 주변에서는 동정어린 눈길로 바라보는 경우가 왕왕 있지만 정작 저 자신은 앞으로 닥칠 수고로움보다는 행복감이 더 큽니다. 진인사대천명이라는 수련 중의 화답이 다시 한 번 가슴에 와 박힙니다.

도 닦는 것이 별것이 아니고 아이를 하나 키울 때, 둘 키울 때, 셋 키울 때 다른 것을 보며 그만큼 나의 마음 크기도 달라져 있음을 봅니다. 앞으로 더 바빠지겠지만 수련의 끈을 놓지 않고 더욱 정진하리라 다짐해 봅니다. 늘 이끌어 주심에 감사드리며 건강하시길 빕니다.

2011년 2월 15일

박순미 올림

【필자의 회답】

넷째를 무사히 출산하고 산모와 아기가 다 같이 건강하다니 무엇보다도 반가운 일입니다. 아이는 많이 낳아 기를수록 노하우가 쌓이게 되어, 그만큼 육아의 능력도 향상되어 자신감을 얻게 될 것입니다.

인간은 자기 앞에 닥쳐온 일을 회피하지 않고 하나하나 차분하게 극복해 나가다 보면 반드시 하늘의 도움을 받게 되어 있습니다. 진인사대천명(盡人事待天命)은 바로 이러한 이치와 과정을 압축한 말로써, 의암에게는 삶의 좌우명이 될 것이므로 선계의 스승님들이 현묘지도 수련중에 보여 준 것입니다.

의암(毅巖)이라는 선호 역시 앞으로 어떠한 난관이 닥쳐와도 굳센 바위처럼 조금도 좌절하는 일 없이 의연히 뚫고 나갈 것임을 암시한 것입니다. 옛날 주부들이 보통 십 남매 이상씩 아이를 낳고도 건강하고 지혜로웠던 것은 다 하늘과 사람의 도움이 있었기 때문입니다. 부디 후배 수행자들의 좋은 귀감이 되어 주기 바랍니다.

막힌 혈관, 굳어진 기맥

선생님 안녕하십니까? 송순희입니다. 아직도 제자란 글자를 이름 앞에 쓰기에는 부족한 것이 많아 아끼겠습니다. 아직도 막힌 혈관과 굳어진 기맥으로 선생님과 사모님께 심려를 끼쳐드려 죄송합니다. 제 생각으로는 치료 과정이 마지막 단계 같은데 아직은 확실히 알 수 없습니다. 또 새로 막힌 기맥들이 감지될지 모르는 상태가 될 것 같습니다. 귀밑으로 내려오던 탁한 물질은 중단되었고 입술로 내려오던 물질도 거의 줄어든 상태입니다.

그러나 머릿속에서 내려오는 탁한 물질은 계속 목으로 흘러 내려오며 기체는 천문으로 많이 내려갑니다. 수련을 많이 할 때는 고통이 심합니다. 머릿속 부분이 다 그런 거 같습니다. 우측 눈과 눈동자 뒤로 땡기면서 아프며 이마 속으로 많은 감각이 살아나면서 아픈 것은 참을 수 있으나 머릿속에 안개가 끼듯이 혼미해지고 눈꺼풀은 내려와서 정면을 볼 때는 머리를 들어야 할 입장입니다.

심한 감기에 걸리듯 술에 취해서 눈이 감겨져 버린 사람처럼 잠이 쏟아지고 수련하기가 힘들면 수련을 중단해서 정신을 차리곤 합니다. 굵은 기맥은 발뒤꿈치에서 등으로 연결되었으며 목과 뒷머리로 그리고 머리 뒤에 앞면으로 연결된 막힌 기맥들의 감각을 느끼고 있습니다. 점차로 얼음이 녹듯이 조금씩 우드득 소리를 내면서 녹는 느낌이 오고 있습니다.

선생님께서 기적인 문제라면 자주 삼공재에 와서 도움을 받으라는 말씀은 참으로 저에게는 반가운 말씀이셨습니다. 제가 8선을 확실히 마치지 못했으나 네 번째 화두를 통과할 때는 거의 선생님의 힘으로 통과된 것을 알고 있습니다.

제 힘으로 넘기 힘든 단계였습니다. 그때 선생님께서 힘껏 기운을 넣어 주시고는 화장실을 가는 척 자리를 비켜 주셨습니다. 그런 힘이라면 지금 같으면 곧 치료될 것 같습니다. 그러나 『선도체험기』에 제자들을 위해서 기를 많이 보내고 나면 밤새도록 고통을 받는다고 하셨습니다. 무거운 수레를 끌고 산 위에 오를 때는 그냥 조금만 밀어주셔도 될 것 같습니다. 죄송합니다. 천문을 열어 주시고 커닝으로 8선까지 끌고 가셨는데 또다시 밀어주셔야 할 일이 있다니 정말 죄송합니다. 염치없지만 손가락으로 수레를 약간씩 밀어주시는 정도로만 부탁드리겠습니다. 제가 지은 죄로 제가 해결해야 하는 쪽으로 가는 것이 정상인 거 같습니다.

그리고 요즘 상황을 말씀드리겠습니다. 3월 들어 반품을 받는 계절이라 새로운 제품을 만들어야 하고 창고 정리와 재고 정리로 좀 바쁜 나날이었고, 일하는 아가씨가 가정 사정으로 갑자기 그만두고 당장 사람 구하기가 힘들어서 시간제 아르바이트생을 쓰다 보니 제 할일이 많아진 거 같습니다. 그러다 보니 평상시처럼 삼공재에 가지 못했으며 또 다른 큰 이유가 있었습니다. 알고 있던 전 시의원의 말씀으로는 병원 앞 부지는 올해에는 고도 제한이 풀리기로 정해져 있다고 말씀하셨습니다.

이미 나라에서는 허가가 났으며 고양시의 허락도 거의 다 났다는데, 야당이 계속 조사하는 과정에서 고양시에 들어선 신도시가 불법으로 30층까지 대난리가 난 것입니다. 지금 여기에 관련된 사람들은 모두 옥살이를 하고 있으니 2년을 기다려야 할 거 같습니다. 고래싸움에 나 같은 새우의 등이 터진 격입니다. 올해는 꼭 6층 건물을 짓고 공부만을 하려고 작정했는데 벽에 부딪치고 말았습니다.

선생님께 말씀드린 제 건물에 한 층을 무상으로 대주천 수련 장소와 모임의 장소와 선도 수련장으로 만들어서 그곳에서 선도 보급을 하려 했는데 시간을 요하게 되어 참으로 죄송합니다. 역시 말이란 미리 하는 것이 아니란 것을 절실히 느끼고 있습니다.

시장에서는 불경기가 연속으로 계속되고 있으며 오만 원짜리 지폐가 만 원짜리 지폐보다 더 많다고 하면 심한 표현이지만 돈 가치는 떨어지고 불안을 느낍니다. 짓다 만 건물을 살 때만 해도 건물을 짓는 데 평당 150만 원이었는데 지금의 견적으로 350만 원 넘는 것 같습니다.

그냥 이대로 지나면 2년 후에는 그 돈으로 건물을 올리기가 힘들 것 같아서 고심하던 중 건물을 하나 구입했습니다. 고양시 일산동구 식사동 일산자이 복합 상가입니다. 제가 구입한 점포 좌우로 제일은행, 국민은행, 농협이 있고 길 건너에는 신한은행이 있어서 주위를 더 살펴보지 않고 결정했습니다. 롯데가 세 들어와서 인테리어만 4억 들여서 지금 공사하고 있으니 그들의 사업을 감지할 수 없습니다. 제 땅에 건물을 지을 때는 아들 며느리가 도와주기로 했습니다.

사실 저는 생계형 노파였습니다. 제 어머니가 살아 계시며 이혼한 남동생이 어머니를 모시고 있습니다. 생활비는 제 몫이었습니다. 쌍둥이 조카를 대학까지 보내서 취직을 했지만 회사의 부실로 두 녀석 모두 실직자가 되었습니다. 이 시대의 20대의 슬픔입니다. 엄마란 소리만 들어도, 엄마란 말만 해도 눈물이 나는데 외면할 수가 없었습니다. 지금껏 갈 길이 먼데 해는 저물고 건너야 할 배는 오지 않아 멍청히 서 있는 상태로 살아왔습니다.

이제 저에 대한 모든 것을 모두 말씀드렸습니다. 하루속히 막힌 기맥을 모두 열고 정상적인 공부 속으로 들어갈 때까지 선생님께 부탁드립니다. 선생님의 『선도체험기』의 내용 중 제자들의 공부를 위해 많은 기를 보내면 선생님께서는 밤새도록 고통받는다고 읽었습니다. 여러 가지로 죄송한 일만 같아서 좀 그렇습니다.

그리고 조금은 더 바빠져야 될 거 같습니다, 상가 분양에 대한 마무리와 은행 융자와 곧 이사까지 해야 합니다. 원래 살던 집으로 인테리어하고 들어갑니다. 지금 상가는 조용합니다. 모두 퇴근했습니다. 저도 이제 퇴근을 해야 될 거 같습니다. 오늘은 이만 줄입니다. 지어 주신 호는 자격 미달로 아껴 두겠습니다.

2011년 3월 19일
신평화 상가에서 송순희가 드립니다.

【필자의 회답】

송순희 님은 지금 심한 기몸살과 명현반응을 겪고 계십니다. 수련이 한 단계 오를 때마다 찾아오는 기몸살과 같은 것입니다. 이럴 때는 단전만 지긋이 의식하고 관을 하면서 축기만 하시면 됩니다. 그럴 힘도 없을 정도로 힘들고 피곤하면 누워서 쉬어야 합니다. 그러다 보면 때가 되어 자연히 낫게 되어 있습니다. 이럴 때 삼공재에 나오시면 도움을 받을 수 있습니다.

내가 수련생에게 기운을 많이 보내면 밤새도록 앓는다고 『선도체험기』에 쓴 것은 그 글을 쓸 때의 과거 이야기이고 지금은 그렇지 않습니다. 안심하시고 형편 닿는 대로 자주 나오시기 바랍니다. 기운을 보낼 것입니다. 아무쪼록 분발하시어 사업도 잘 풀리시고 수련도 일취월장(日就月將)하시기 바랍니다.

메일을 여는 순간 강한 기운이

선생님 감사합니다. 선생님께서 보내 주신 메일을 읽는 순간 강한 기운이 쏟아져 나와서 감당키 어려운 상황이었습니다. 하루 종일 단전에 힘이 있어 단전에 마음을 두지 않아도 단단함을 느끼니 절로 의식이 가게 됩니다.

11시 전에 메일을 열었는데 강한 기운에 몽롱해져서 12시까지 한 시간을 앉아 있었습니다. 그냥 그 속으로 들어가서 세상으로 나오지 않아도 미련도 없었을 것입니다. 하루 종일 기운이 좋아짐과 동시에 탁기가 엄청 빠져나갑니다. 대단히 감사합니다.

오늘 행여나 하고 다시 메일을 열었고 선생님 글 중에 '기운을 보낼 것입니다'라는 글을 읽는 순간 다시 기운이 쏟아져 나오니 탁기가 눈으로 나오면서 다시 정신이 혼미해집니다. 이만 줄입니다. 감사합니다.

2011년 3월 22일
송순희 드립니다.

【필자의 회답】

메일을 여는 순간 강한 기운을 느끼셨다니 참으로 다행입니다. 그만큼 수련 수준이 높아진 것을 말해 줍니다. 앞으로도 수행 중에 어려운 일이 생길 때마다 지체 없이 메일을 보내 주시기 바랍니다.

101권의 제작비용

안녕하십니까? 송순희입니다. 오랫동안 찾아뵙지 못했습니다. 어제까지 롯데리아에 세놓은 건물 잔금을 마쳤습니다. 그동안 계약은 시행사와 롯데리아와의 것이었으나 돌아오는 토요일에는 저와 롯데리아의 계약으로 변경되는 날입니다.

이 건물은 사기까지 많은 우여곡절이 있었으나 모두 마쳤으며 그 기념으로 선도 보급 차원에서 101권의 비용을 일부 보내 드립니다. 경기는 더욱 나빠지는데 출판에 많은 어려움이 있는 것은 사실일 것입니다. 보내 드리는 비용은 어느 개인에게 주는 것이 아니라 선도를 위한 차원에서 보내 드리오니 아무 말씀도 하지 마시고 전화도 하지 말아 주십시오.

나같이 뒤처진 자들을 위하여 세상에 책이 계속 나오길 바라는 마음입니다.

수련과 치료 과정을 말씀드리겠습니다. 요즘은 팔의 근육을 움직일 때마다 약간씩 아픕니다. 기맥과 혈관이 아니라서 어떤 현상인지 잘 모르겠습니다. 요즘은 머릿속에서 나오는 탁기도 많이 줄었습니다.

한때는 몸에서 가스 냄새가 나와 많이 혼동을 했습니다. 집의 가스도 점검해 보고 상가에서도 가스 냄새가 날 때마다 주위를 살펴보았으나 제 몸에서 나는 냄새였습니다. 그 가스 냄새는 어느 부위에서 나오는 냄새인지 감이 안 잡힙니다. (혹시 뼛속의 냄새였는지...) 그리고 요즘은 그 냄새는 나지 않으나 평소에 많이 쏟아지는 냄새보다는 좀 다른 냄새입니다.

공부만 한다면 좀더 빨리 치료가 진행될 텐데 아쉬움은 있지만 벌받을 것을 다 받아야 할 것 같습니다. 녹음된 테이프는 다 풀려야만 깨끗하듯이 저도 언젠가는 남부럽지 않은 깨끗함이 오리라 믿겠습니다.

제 점포에 오는 분이 자주 이런 말을 합니다. 받는 것은 빚이요 주는 것은 이자라고... 저는 세상의 원금과 이자를 언제 다 갚을지 잘 모르겠습니다. 이번 토요일 지나서는 부지런히 찾아뵙고 수련하고 치료하겠습니다. 감사합니다.

2011년 4월 6일
송순희 드립니다

【필자의 회답】

지금 유림출판사에서는 소매점에서 책 판매 대금이 수금되지 않고 있습니다. 그래서 『선도체험기』 101권의 원고는 다 써 놓았는데도 책을 만들지 못하고 있습니다. 그리고 『선도체험기』 1, 9, 11, 25권과 『소설 한단고기』 상하권은 재고가 바닥이 났는데도 책 찍을 돈이 없어서 인쇄를 못 하고 있습니다. 정재(淨財)를 보내 주셔서 감사합니다. 가뭄에 단비를 만난 기분입니다. 책 만드는 데 요긴하게 보태어 쓰겠습니다.

일본에 의해 멈춘 경제

선생님 감사합니다. 메일 잘 받았습니다. 저는 돈이 돌고 있는 시장에 있기 때문에 올해는 경제가 지금 같은 날이 올 것이라는 짐작은 했지만, 일본으로 인해서 시간 속으로 경제가 멈춰 버린 것 같습니다. 밤에는 시장이 아니라 절간이라고 해도 어울리는 상황입니다. 손님을 기다리느니 차라리 목탁 소리를 기다리는 것이 어울린다고 할 수 있겠습니다. 모르고 있었으면 몰라도 일단 선생님의 말씀을 듣고 보니 그냥 지나칠 수가 없어 오늘 매상 모두 보내 드립니다. 감사합니다.

2011년 4월 7일
송순희 드림

【필자의 회답】

당분간은 불황이 계속되겠지만 미구에 우리 경제는 다시 살아날 것입니다. 한쪽이 지는 해라면 다른 한쪽은 솟아오르는 아침 해와 같다고 보면 틀림없을 것입니다.

오늘 아침에 배호영 유림출판사 사장에게 보내 주신 성금에 대한 얘기를 했는데 대단히 고마워했습니다. 곧 요긴하게 쓰이게 될 것입니다.

기운이 상단전에 모입니다

안녕하십니까? 울산 황영숙입니다. 수련하다가 궁금한 점이 있어 메일 올립니다. 빙의될 때 빼고는 항상 단전은 따뜻한 상태이며 기방(氣房)이 잘 형성된 느낌이 듭니다. 명상이 깊은 상태(30분)에 들면 기운이 상단선에 모입니다. 호흡이 잘못되고 있는지 잘 모르겠습니다.

백회에는 단전과 연결된 느낌이 들 정도로 시원하면서 꾹 눌리고 아픕니다. 수련 덕분에 교통사고 이후 몸의 회복은 빠른데, 수련의 진행은 느린 것 같습니다. 선생님께서 깨우침을 주셔서 늘 감사하게 생각하고 있습니다. 울산에서 서울 간의 열차가 생겨서 자주 삼공재에 가겠습니다. 몸 건강하시고 안녕히 계세요.

2011년 3월 22일
울산의 황영숙 올림

【필자의 회답】

선도 수행자는 어떤 일이 있어도 항상 하단전에 의식을 두고 호흡을 해야 합니다. 잠시라도 하단전에서 의식이 떠나면 상단전에 모이기 쉬우므로, 그런 일이 없도록 자기 자신을 잘 다스려야 합니다. 그렇게 호흡을 하면 하단전은 언제나 따뜻하고 상단전은 늘 시원하게 될 것입니다. 이것을 수승화강(水昇火降)이라고 합니다. 이렇게 되어야 몸에 숨어 있던 온갖 병이 물러나게 되어 있습니다. 언제나 이런 상태가 되도록 유의하시기 바랍니다.

혼자 선도수련하는 대학생

안녕하십니까? 선생님

어느 날 제가 길을 가다가 척을 몰아내야 된다면서 말을 거시는 분이 계셨는데, 지난해에 아버지 상을 입고 상황이 언뜻 비슷해서, 재를 올려야 한다고 하기에 재를 올렸습니다. 그리고 여러 가지 말을 듣다가 증산도냐고 물으니 아니라고 하고 대순진리회냐고 하니 또 아니라고 해서 좀 이상하긴 했습니다만은, 갑자기 '이이' 선생님이나 '이황' 선생님 얘기가 나오길래 옛날 이 선생님들이 단전호흡을 했다는 걸 알고 단전호흡 자료를 찾기 시작했습니다.

그러다가 인터넷에서 단전호흡 수련하신 분들을 보았고요. 고등학생 시절부터 하신 분은 대학도 안 가시고 절에 박혀서 하신 분도 계시더군요. 그리고 선생님의 『선도체험기』도 보게 되었습니다. 저는 가톨릭 신자이지만 신학을 보면서 모든 종교의 근본은 같고 기(氣)라는 존재로 각색하게 되었습니다. 그래서 단전호흡은 정말 제가 바라는 삶의 한 기둥이 될 수 있다고 보고 공부하기 시작했습니다.

그러나 하루 1시간씩 2주일간 하고 있지만 저는 몸의 떨림도 느끼지 못했습니다. 이외의 특징이라면 식욕이 줄기 시작했습니다만은 색욕이 왕성해지더니 이 색욕을 도저히 감당을 못 하겠더군요. 그러다 보니 식욕은 다시 늘고 단전호흡도 더디게 되더군요. 그래서 정신을 가다듬고 다시 단전호흡을 시작을 했으나 역시나 몸의 떨림을 느끼지 못하고 식욕도 그대로입니다. 아니 오히려 처음 시작할 때보다 더 안 되는 것 같습니다.

단전호흡을 하는 지금의 상황은 의식은 단전에 집중되어 있으나 호흡이 복식호흡 같은 그런 느낌입니다. 그리고 OOO나 이런 곳을 갈 수 있는 여력이 안 됩니다. 선생님 제가 단전호흡 독학을 어떻게 해 나가야 하는지 조언을 해 주시면 감사하겠습니다. 부탁드리겠습니다.

2011년 3월 31일
이선호 올림

【필자의 회답】

『선도체험기』를 보았다고만 썼는데, 지금까지 몇 권을 읽고 단전호흡을 시작했습니까? 『선도체험기』는 지금 100권이 출간되었는데 그중에서 한두 권 또는 서너 권 정도 읽고 나서 단전호흡을 시작했다면 별로 진전이 없을 것입니다. 적어도 30권 정도는 읽고 나서 시작해야 어느 정도 효과를 볼 수 있을 것입니다.

효과를 보았다고 『선도체험기』를 계속 읽지 않으면 더이상 큰 진전이 없을 수도 있습니다. 그러니까 지금 나온 100권까지 계속 읽어 가면서 단전호흡을 해야 할 것입니다. 단지 책이나 팔아먹으려고 이런 말을 하는 것이 아니니까 유의하시고 내 말대로 한 번 실천해 보시기 바랍니다. 책 살 돈이 없으면 도서관에서 빌려 보면서라도 공부를 계속해 보시면 내 말의 진부를 알게 될 것입니다.

『선도체험기』 읽어 보겠습니다

일단 선생님의 답변 감사합니다. 선생님의 말씀대로 몇 권 읽지 않았습니다. 사실 조급증이 나서 금방 이걸 볼까 저걸 볼까 하는 게 지금의 상황입니다. 방탕한 생활을 하다가 아버지상을 치른 후 정신 차리겠다고 다짐하였지만 그것이 조바심뿐이었던 것 또한 사실이고요.

그리고 책 팔아먹으려 하는구나 하는 생각 전혀 없습니다. 스스로가 이런 말하긴 민망하지만 방탕하게 보내긴 했지만, 저는 사람을 비판적으로 보는 시각이 아니라 선의적으로 보고 사람을 구하고 싶다고, 이런 마음가짐이다 보니 그런 생각은 잘 들지 않습니다. 아차, 말하려던 게 이게 아닌데.

미약한 글을 읽어 주시고 답변을 달아 주셔서 감사합니다. 그리고 선생님의 말씀대로 읽어 보겠습니다.

2011년 3월 31일
이선호 올림

【필자의 회답】

다음 메일 때는 『선도체험기』 몇 권을 읽는 중인지 꼭 알려 주기 바랍니다.

지난 몇 해 너무 힘들었지만

삼공 김태영 선생님께.

안녕하세요. 원주의 석기진입니다. 한동안 소식이 뜸했다가 이렇게 다시 글을 올리게 되고 다시 찾아뵙게 되어 감사할 뿐입니다.

한동안 밑바닥까지 추락하여 살려고 발버둥쳤습니다. 현명한 말은 채찍 그림자만 봐도 달린다고 했는데, 무지한 말은 아픈 채찍을 맞고서야 조금밖에 정신을 못 차리나 봅니다. 스스로 아상심(我相心)을 생활 속에서 녹이지 못하면 하늘은 대신 그 아상심을 녹여 수행을 시키기 위해 채찍을 내리친다는 것을 알게 됩니다.

그동안 저에게 일어났던 여러 가지 어려운 일들은 약 9년 전에 미리 예견된 일들이었습니다. 3천 년의 시공간을 뚫고서 미래, 즉 지금의 저에게로 와서 한없이 슬프게 울었던 수 공주의 영가는 저에게 '무애무태(無愛無太)'라는 이름을 지어 주면서, 현생에선 세속의 집착을 풀고 나 자신이 크게 없어진 수행자가 되어야 한다고, 가부좌를 틀고 수행을 해야 한다고, 앞으로 닥칠 어려움들이 있는데 그걸 넘기지 못하면 조만간 죽을 수 있다고 큰 염려를 하였습니다.

지금 저의 현생의 삶이 수천 년 전 전생의 삶과도 연결이 되어 있다고... 또한 그 이전 삼한 시대 때부터 시작된 우리의 인연에 대한 사실들도 알게 되었다고... 여러 메시지를 전해 주고는 짧은 시간의 만남을 끝으로 떠나가고 말았었습니다.

삼한 시대 한 왕궁에서 공주인 그녀를 제가 그토록 짝사랑하다가 그녀를 위해 헌신적인 사랑을 하며 목숨을 다해서 살아갔던 사실을 뒤늦게 안 공주는 다음 생에선 그녀 자신이 나를 위해 목숨을 다해서 사랑하겠노라고 원을 하였답니다. 그 인연으로 어느 왕궁의 '수'라는 공주로 태어난 그녀는 궁중 악사였던 '무'라 불리었던 저와 사랑을 하게 되었고, 그로 인해 목이 떨어질 궁중 악사는 수 공주의 자결로 무의 목숨을 구하고 그를 다른 공주와 결혼하게 하여 부마의 위치까지 올리게 하였다고 합니다.

궁중 악사는 자신이 사랑하던 수 공주의 자결로 목숨을 건지고 부마의 위치에 올라 아이를 둘까지 두었지만, 곧 부인과 아이들을 남겨 두고 수 공주를 따라 세상을 뜨게 되었답니다. 그때 수천 년의 시공간을 넘나들며 수 공주의 영가를 쫓아오던 기사 영가가 있었는데, 웬만한 의념으론 끄덕도 하지 않는 굉장히 영력이 센 영가였습니다.

그 기사 영가가 죽이고 싶도록 저를 원망하였던 눈빛이 지금도 생생합니다. '은행나무 침대'란 영화를 한 번 보라고 저에게 권하며 우리들의 삼각관계가 그 영화에 고스란히 담겨져 있다고 기사 영가는 힌트를 주기까지 했습니다. 그 영화 시나리오 작가 역시 자신은 모르지만, 그러한 삶의 영감을 받아 극본을 쓴 것이라 봅니다.

그 생에서 두 아이를 남겨 놓고 죽은 업을 현생에선 제가 혼자서 두 아이를 길러야 하는 업보가 된 것인 것 같습니다. 그 후로도 살아온 생애마다 수 공주와 무의 영혼은 비극적인 사랑만 하고 헤어지는 윤회를 되풀이하게 되었고, 수 공주는 높은 지위에서 자결이라는 딜레마에 빠져 많은 생 중에서 10여 생을 되풀이 자결을 하고 또 많은 생을 단명한 삶을 산 것 같습니다.

그 수많은 전생들에서의 원한들과 집착들로 얼룩진 수 공주의 영혼이 근대엔 민자영으로 환생했고, 결국은 시아버지와의 권력 투쟁으로 조선을 일제 식민지로 만드는 큰 죄업을 지은 것으로 봅니다. 그렇게 그 영혼을 한 맺히게 만든 소울 메이트인 저의 죄업이 또한 큰 것이란 생각이 듭니다.

광화문을 지키던 홍계훈이 죽었다는 소식을 들은 민자영은 통곡을 하였고, 이내 그 울음은 조선의 앞날에 대한 걱정이었다고 말을 바꾸던 민자영의 영가와 만남도 있었습니다. 그 당시 생애에서 저는 가져선 안 될 것을, 황후의 마음을 가져 버린 죄업으로 현생에선 재물을 얻어 부자가 되거나 결혼을 하여 부인과 자식이 있거나, 세상에 이름이 널리 알려지게 되면 요절할 운명이란 것도 전해 듣게 되었습니다. 이문열 극본에 박칼린이 음악 감독을 맡은 뮤지컬 명성황후에서 홍계훈과 명성황후와의 알 수 없는 애틋한 관계 설정이 되었던 것도 숨겨진 이유가 있었다는 것을 느끼게 합니다.

한동안 많은 생각을 해 보았습니다. 그 당시나 지금이나 별 재능도 없고 게으르고 의지도 약하고 몸도 허약한 저에게 왜 하늘은 이렇게 많은 배려를 해 주었나? 왜 수천 년을 윤회하면서 서로 이루지 못한 사랑에 대해서 전생의 일들에 대해서 조금이라도 알게 해 주었나? 하는 많은 생각들을 해 본 바 '걸림 없이 살아라'라는 것을 깨우치도록 도와준 것 같은 생각이 듭니다.

좁은 개체의 집착을 버리고 전체와 통하라는 것, 작은 사랑이 아닌 보다 큰 사랑을 하라는 것! 개체적인 욕망의 이기적인 사랑은 3천 년이 아니라 3억 년을 윤회를 되풀이한다 하여도 그것은 이뤄지지 않는다는 것을 알게 되었습니다.

나란 이 하나의 개체의 진동을 비워 버릴 때, 아상심을 녹여 버릴 때 그대로 나란 개체는 대우주인 전체와 하나로 녹아 합해진다는 것을, 개체는 자신을 비워 녹여야 비로소 전체와 하나가 되어 영원히 헤어지지 않는다는 것을, 그것이 진정한 사랑이며 영원한 만남이란 것을 알게 됩니다. 전체를 보지 못하고 나란 하나의 개체성만 보아 하나의 아상심에 갇힌 채 아무리 사랑하는 대상을 쫓아간다 해도 그것은 또 다른 윤회의 업장만 더할 뿐 또 다른 비극이 되는 집착의 멍에를 둘러쓸 뿐이란 것을 알게 되었습니다.

서로 이기적인 남녀의 사랑은 전체적인 대우주적인 사랑으로 승화를 시킬 때 비로소 완성이 된다는 것을, 그땐 사랑하는 대상뿐 아니라 우주 동체심으로 모든 유생무생들에게 차별 없는 참사랑이 생긴다는 것을 깨닫게 됩니다. 그렇게 개체는 전체와 합해져 하나 되어 전체의 사랑을 받고 그 순간 우주 전체가 나 하나란 개체를 동시에 사랑하게 된다는 것을 깨닫게 됩니다.

지금 티브이에 위대한 탄생이라고 신인 가수를 뽑는 경합이 금요일 밤마다 방송이 되는데, 물론 실력도 좋아야 하겠지만 진정한 가수라면 스스로의 개체성이 아닌, 전체를 담을 수 있는 실력과 마음가짐이 있어야 한다는 것을 느낍니다. 가수라는 하나의 개체가 자신의 고집과 욕심만으로 똘똘 뭉쳐서 자신만의 무대를 보인다면 분명 심사를 하는 분들이나 표를 주는 시청자들에게 호응이 적을 것이라 봅니다.

자신의 단점과 고집과 이기심을 버리고 전체가 원하는 무대를 선보일 때 나란 개체가 곧 전체를 감동시켜 전체와 하나가 되고 전체를 위하는 것이 되고, 그 전체 역시 하나의 개체인 나에게 박수를 쳐 줌으로써 서로 호응하여 서로 따로 떨어진 둘임과 동시에 하나가 되어 흘러가는 것, 나는 온 세상을 위해 사랑을 할 때 온 세상 역시 나 하나를 위해 모든 사랑을 다 퍼부어 준다는 것을... 성경 말씀처럼 하느님은 하늘을 향해 마음을 연 자에겐 넘치도록 성령을 퍼부어 주신다는 것을 깨닫게 되었습니다.

이제 저는 현생에서부터 이러한 삶을 머릿속으로 앎을 넘어 실천을 해야 한다는 것을 절감합니다. 착하게 살아야 함을 깨달았으면 현실에서 착한 행을 해서 그 머릿속의 깨달음을 실천에 옮겨야 한다는 것입니다. 그렇게 하자고 우리가 지구에 태어나 갖은 어려움 속에서 윤회를 되풀이하고 있다는 것을 또 깨닫게 됩니다.

그러함에 육신을 가지고 삶을 살아가는 우리들은 그러한 삶을 제대로 살기 위해선, 가장 기본이고 핵심인 선도수련을 해야 한다는 것을 다시한 번 실감하게 됩니다. 몸공부, 마음공부, 기공부의 삼공선도 수련은 이제 지구인 모두 해야만 하는 어쩔 수 없이 가야 할 길이란 것을 깨닫게 됩니다.

대우주를 그대로 옮겨 전지전능하고 완벽한 소우주인 이 몸뚱이가 갖추어진 시스템을 재가동하여 온전하고 건강하게 사용하는 것이 마땅하고, 그러기 위해 생명의 원천이고 우주의 중심인 하단전, 영혼의 샘터인 또한 육체의 에너지원인 하단전에 불을 붙여 꺼지지 않게 가동을 시켜야 함이 모든 수행의 기본이 된다는 것을 절감합니다.

악한 마음으로 악한 기운을 단전에 흡수하면 천년 묵은 구미호가 요

사함을 부리듯이 악기(惡氣)가 발동해서 사이비 교주가 되어 혹세무민할 것이니, 이 선도 수행과 축기는 조금이라도 자비심을 갖춘 수행자가 해야 하리라 봅니다.

100여 권에 달하는 『선도체험기』 내용들이 온통 역지사지 방하착! 바르게 살기! 이타심을 가지자, 현실생활을 충실히 하자, 내가 약간 손해를 보더라도 남에게 업을 짓는 일을 하지 말자 등등 온통 자비심으로 현명하게 살 것을 강조한 내용들이니 『선도체험기』를 다 읽은 독자분들이라면 충분히 올바른 자비심으로 뭉친 기운을 자신의 하단전에 축기할 수 있으리라 봅니다.

정력 강화를 위해서 축기를 한 수행자는 자기도 모르게 단전에 축기된 기운이 강해지면 정욕을 즐기기 위해 그 기운을 쓸 것이고, 명예심이 가득찬 수행자가 축기를 한다면 그 단전에 가득찬 기운이 명예를 탐하도록 발동해서 부정한 짓으로 발전할지도 모르며, 초능력을 갈구하는 수행자가 단전에 가득 축기를 하면 자신의 마음에 따라 단전에 축기된 기운의 성질 역시 초능력을 탐하여 몸이 공중에 붕 뜨고 장풍을 쏘아 사람들에게 자랑을 하고 그로 인해 혹세무민하게 될 것이란 것도 알게 됩니다.

그러니 삼공재 수행 시 강한 기운을 받아 자신의 하단전에 축기를 하여 불을 붙일 때 오로지 자비심과 함께 진리를 추구하고 대우주적인 사랑의 마음으로 해야 함을 다시 한 번 절감하게 됩니다.

남녀가 화합하여 하나의 몸과 마음이 되어 2세를 낳았으면 잘 키워 자손을 번성시켜 종족의 멸망을 막아야 하고, 또한 그 이후엔 강을 건넌 배를 그대로 놓아두고 떠나듯이 2세를 번성시킨 육체의 정욕은 놓아두고 연정화기의 언덕으로 가볍게 올라서야 한다는 것을, 더 큰 사랑을 위해 나아가야 한다는 것을, 그래야 한 차원 더 높은 진화를 할 수 있다는 것을 다시금 되새기게 됩니다.

더 큰 사랑으로 더 완전한 사랑으로 나아가야 비로소 이기적인 한 개체적인 욕망의 수천 년 수만 년 되풀이되던 윤회의 고리가 끊어진다는 것을 절실히 느끼게 됩니다. 『선도체험기』를 100여 권 읽어 오는 동안 이렇게 많은 깨달음이 오게 됩니다.

삼공재에서 하단전이 달아올라 기방이 형성되고 백회를 열고 현묘지도 과정까지 봉과한 수많은 선배님들을 본받아 저 역시 한 걸음 한 걸음 좇아가도록 하겠습니다. 지난번엔 사우나 들어온 듯이 답답하도록 더운 기운을 받아 느낄 정도로 기문이 열렸지만, 아직은 초기 축기 단계를 공부하고 있지만, 언젠간 스스로 자동 충전이 되어 스승의 은혜를 갚을 때까지 열심히 수련을 하겠습니다.

중학생 때 총천연색으로 투시를 선명하게 하고, 고등학교 땐 220볼트 전기에 감전된 듯이 큰 기감을 느끼고 자신의 의도대로 투시를 가끔씩 하기도 하고 온몸 전체로 기감을 느끼고 부작용도 있었지만, 또한 한때 깊은 선정에 들어서 과거 현재 미래가 하나로 분별없이 그대로 굴러감을 체험하며 잠깐 깨달음의 그림자를 일별한 적도 있었지만 결국 그런 것은 다 헛된 공부였고, 삼공 선생님 가르침대로 수승화강이 되면서 하단전이 먼저 달아올라야 하고 또한 그 불이 꺼지지 않아야 한다는 것을 처절하게 절감합니다.

모래 위에 지은 화려한 집은 한순간에 무너지고 타격이 바로 오지만, 하단전이 튼튼한 반석이 된다면 그런 깨달음을 향한 공부는 절대 무너지지 않는다는 것을, 이는 수행자뿐 아니라 이젠 모든 지구인들이 이뤄

나가야 할 사명이라 함이 마땅하다는 생각입니다. 세상에 공개적으로 삼 공재에서 이런 가르침들이 시작되고 전파되고 많은 제자분들이 자비심 으로 공부의 성취를 보이고, 성취를 하고서도 고삐를 꼭 쥐고 흐트러짐 없이 수행을 해 나가고 있으니 감사할 뿐입니다.

지난 1~2월 일어나지도 못하고, 아이들 밥도 챙겨 주지 못할 정도로 고생고생하다가 겨우 몸을 회복했습니다. 죽을 정도로 아픈 몸으로 병원 도 가지 않고 조금씩 조금씩 수행하면서, 소식하면서 한때 신장 178에 86킬로그램까지 늘었던 체중이 3개월 만에 66킬로그램으로 빠질 정도로 고생을 했습니다.

그 과정에서 어느 날 새벽 온몸을 감싸던, 기분 나쁘게 찌릿하던 느낌 이 발동을 하더니 몸에서 머리 쪽으로 밀려갔습니다. 한동안 머리가 찌 릿하고 무겁고 찌뿌둥하더니 서서히 머리도 시원해졌습니다. 삼공재에 서 천도가 될 때 그 느낌과 비슷했습니다. 갑자기 온몸이 시원하고 마치 피부호흡을 하듯이 상쾌했습니다. 소나무 우거진 명승지, 공기 좋은 곳 에 누워 있듯이 온몸이 상쾌했었습니다. 비록 힘은 없었지만...

전에 가게에 여자 손님이 왔었는데 무속인이었습니다. 저를 보고는 곧 죽는다고, 단명한다고, 위암이 있다고 하는 것입니다. 그러면서 제 현 상황을 귀신같이 맞추는 것입니다. 그러다가 그 자리에서 접신을 하여 신명을 실어서 공수를 해 주는데, "당신은 죽고 싶어도 함부로 죽을 수 도 없는 운명이다" 하고 또 묘한 말을 했습니다.

그러면서 대주는 너무 바보 같다. 왜 그리 순진하게 바보같이 착하게 만 사냐고 불쌍하다고... 또한 많은 수행 공부가 되었고 열심히 해서 도 력을 높이라고... 무속인답지 않는 말을 했습니다. 저는 평상시엔 무속

인이라면 저급령에 접신되어 놀아나는 사람으로 치부하며 또한 사실적
으로도 거의 대부분의 무속인들이 사기 굿을 하고 인간을 유혹하는 데
쓰여지기에 무시했었는데, 어느 정도 맞는 말도 있을 것이란 생각도 들
었습니다.

특히 그 자리에서 순식간에 자신이 원하는 신명을 접신하여 공수를
내리고 나서 다시 그 신명을 벗어 버리는 것을 보니, 진짜 내림굿 잘 받
은 무당은 비록 저급령의 노예지만 일반 사람들보다는 수준이 높은 구
석이 있다는 것을 알았습니다.

또 이상하게 그 당시 영주의 큰 누님 등산 일행 중 한 분이 무속인 보
살인데, 제가 38세에 이 세상 모든 인연 다 내려놓고 간다고 즉, 죽는다
고 봐 주더랍니다. 이상하게 주변에서 제 삶에 대한 위기 상황의 메시지
들이 많이 들어왔습니다.

오래 전에 만났던 수 공주 영가 역시 조만간 죽을지도 모를 큰 위기가
있을 것이라 한없이 걱정하였던 기억도 납니다. 저는 작년 한 해 여러
가지 어려운 일들을 처리하고 감당하느라 힘든 삶을 보내고, 스스로 못
나게 여겨지고 부끄러워서 삼공재 수련도 가지 못하고, 지난 1~2월에도
정말 죽을 정도로 혼자서 앓았던 것을 생각해 보니, 정말로 죽을 정도로
힘든 고비를 넘겼다는 생각이 들기도 합니다.

아직도 조금 좋아졌다 나빠졌다 하는 몸 상태이지만, 조금씩 회복이
되고 지지난 주에 차를 타고 움직일 정도의 기력이 회복되어 다시 삼공
재 방문하고 수행을 하게 되었습니다. 첫눈에 선생님께서 안색이 안 좋
다고 염려를 해 주셨고, 수련 도중에 답답할 정도로 온몸이 후끈해서 입
고 갔던 옷을 벗고 싶을 정도였습니다.

엉망이 된 배 속이 아주 조금씩 풀리며 삼공재에 앉았을 때는 단전에 열감을 느끼기 시작했습니다. 그리고 지난주에 2번째 방문했을 때도 조금씩 호흡이 편안해지고 배 속이 풀렸습니다. 위장과 간 부위와 오른쪽 신장 부근이 불편하고 삼공재 수행 땐 운기가 강해지니 그곳을 뚫기 위해 기운이 몰립니다.

그리고 8~9년 전에 처음으로 한 번 서울 음양감식조절법 이상문 원장님을 만나 대화한 적이 있었는데, 그땐 이상문 원장님 얼굴이 훤하고 밝고 눈빛도 총명했었습니다. 그 당시 얼굴 혈색은 삼공 선생님보다 좀더 훤했던 기억입니다. 그런데 지난달 2번째로 서울에 볼일이 있어서 올라왔다가 이상문 선생님과 잠깐 만나 대화를 했는데, 깜짝 놀랐습니다. 얼굴이 누렇고 눈빛도 충혈되고 총기가 약했습니다. 밥물 후반기 수행으로 영체가 되실 꺼라 하셨는데, 왜 얼굴에 연로하신 기색이 있는 것일까?

그 당시 몸살로 피로한 날이었나 했지만, 역시 적잖이 실망을 했습니다. 그런데 지지난 주 다시 뵌 삼공 선생님은 비록 80의 연세이시지만 여전히 눈빛이 초롱초롱하고 힘있고, 목소리에도 힘이 있고 얼굴 표정에도 도인의 그윽한 풍모가 숨어 있었습니다.

『밥따로 물따로』 책에도 이상문 원장님께서 밥물 수행으로 대맥주천과 소주천이 된 기록이 있지만, 그 후론 선도수련에 대해선 언급이 없으십니다. 밥물 식사법으로 큰 효과를 못 본 분들도 있지만 또한 많은 암환자들이 완치가 되었지만, 아쉬운 것은 선도수련을 더 하지 않는 것입니다.

몸에 기운이 생기면 그 기운이 첫째로 우리 몸속의 병든 곳으로 가서 그 병을 치료하고, 둘째로 몸 약한 곳으로 가서 그 부분을 건강하게 하고 또한 빙의령이 있으면 그 기운이 병의령 천도에 쓰이고 그러고도 남는 기운이 있으면 그 소중한 기운은 우리 몸이 설계된 대로 하단전에 모이는 것은 당연한 몸의 시스템으로, 선도수련은 하기 싫어도 몸이 건강해지고 경지가 높아지면 저절로 되는 것인데, 밥물 식사법에서 선도수련에 대해선 아직 별다른 말이 없으니 그 점은 안타깝기도 합니다.

20년이 넘게 거의 매일 찾아오는 제자들을 위해 생명과도 같은 소중한 기운을 전해 하단전에 불을 붙여 꺼지지 않게 나눔하시고 수행 지도를 해 주시는 삼공 선생님이 대단할 뿐입니다. 의학의 성인으로 알려진 인산 김일훈 할아버지가 젊었을 땐 독립운동하면서 숨어 지내실 때 호랑이 굴에도 들어가 봤답니다.

새끼 낳은 호랑이 굴에 들어가 보면 어미 호랑이가 자신의 강한 기운에 제압이 되어 도망을 간다고 할 정도였답니다. 그땐 아픈 사람들을 불러서 자신의 12장부의 기운을 일시에 집중해서 전해 주면 중환자가 겁김에 나아 버렸답니다. 하지만 그렇게 몇 번을 치료하자 자신의 기운이 손기되어 힘이 빠지고 회복되는 데 시일이 걸리고, 수명이 짧아진다고 더이상 하지 않았답니다.

그 정도로 강한 영력이 있다 해도 자신의 기운으로 다른 이들을 위해 사용하면 손기가 되어서 위험한데, 삼공 선생님은 날마다 날마다 찾아오는 수많은 제자들을 위해, 제자들의 하단전 자가 발전을 시켜 주기 위해 기운을 구사하신다는 것은, 하루이틀도 아니고 벌써 20여 년을 하루같이 그런 생활을 해 오신 것은 분명 대단한 일이고, 하늘이 삼공재에서부터 도인들을 배출하여 세상을 한 차원 높이기 위해 거대한 보이지 않는 역사를 한다고 생각됩니다.

　지구가 차원 상승을 하려면 사람들 역시 자신의 몸을 성장시켜야 하는데, 그 첫째가 올바른 심성을 가진 사람들이 하단전에 불을 받아 자동 충전이 되어야 함이 첫째 선결 과제인 것 같습니다. 『선도체험기』를 100여 권이나 읽어 가는 과정에서 늘 반복되는 역지사지 방하착의 가르침으로 자연스럽게 마음공부가 된 자비심 많은 제자분들이라면 소중한 불씨를 받아 우주의 영천(靈川)이고 생명의 근본인 하단전을 개발하여 꺼지지 않는 불을 붙이고, 연정화기를 통해 한 차원 더 높은 사랑의 경지로 드는 이 일, 이것을 거쳐야 진정 탄탄한 깨달음의 준비가 된다고 봅니다. 작은 이기적인 집착에 매여 수천 년 수만 년을 되풀이 윤회하며 고해의 바다에 빠진 우리들이 이러한 선도수련으로 윤회를 벗어나야 한다는 것을 깨닫게 됩니다.

　애국심이 있는 사람이라면, 이 땅에서 자란 곡물을 먹고 이 땅이 위기에 처하면 목숨까지 바쳐서 이 나라를 외세로부터 지켜 내야 하듯이, 효심이 있는 자손이라면 부모가 만들어 주신 이 육신을 다치지 않고 잘 보존하여 건강한 3세를 낳아 자손을 번성하고 위로는 부모에 효도하는 것이 효자이듯, 진정한 수행자라면 스승이 주신 생명의 불씨를 소중히 받아 한 방울도 허투루 흘리지 않고 잘 키워 자신의 하단전에 불을 붙여 더 큰 사랑으로 승화시켜야 죄가 되지 않는다고 생각합니다.

　얼마 전 소말리아 부근 해역에서 해적에 납치된 상선을 구하는 과정에서 석해균 선장이 인질이 되었다가 총상으로 중상을 입고 수술을 받을 당시, 이국종 의사가 한 말이 떠오릅니다. 취재를 나온 기자를 향해서 "내 눈을 똑바로 봐라! 당신은 무슨 일을 하기 위해 목숨을 걸고 해 본 적이 있는가?" 했었답니다. 저는 그 기사를 읽고 나 역시 수행을 위해 목숨을 걸어 본 적이 있는가? 자문해 보니 부끄러운 마음만 들었습니다.

이렇게 전문 직업인도 자신의 분야에서 목숨을 걸고 매진하며 다들 열심히 살아가는데 정작 수행자라는 나는 무얼 하며 살았나? 하는 부끄러움이 들었습니다.

한때 효봉 큰스님께서 불교 정화운동에도 앞장서시고 함께한 분들이 할복을 하고 혈서까지 쓰며 성명쌍수를 위해, 수행가풍을 진작시키기 위해 불교 정화운동을 하였는데, 효봉 스님의 제자인 구산 선사는 스승의 가르침을 따라서 평생을 성명쌍수 수행을 하시며 대중들과 어울려 수행 정진 포교를 하셨습니다.

그리고 말년엔 당신의 열반일을 미리 예언하시고 삼일암에서 신도들이 보는 앞에서 가부좌를 틀고 좌탈입망의 여유로운 모습을 보여 주고 가셨답니다. 앉아서 유체이탈을 하였다는 것은 스님이지만, 기공부의 성취를 돌아가실 때까지 고삐를 놓치지 않고 끝까지 삼매를 이루며 정진한 결과라고 합니다.

하지만 법정 스님은 효봉의 상좌가 되어서 시봉을 하다가 속가 때 있었던 문학청년의 습을 못 버리고 몰래 『주홍글씨』란 소설을 읽다가 큰스님한테 들킵니다. 부모 형제 다 버리고 출가한 중이 목숨걸고 수행할 생각을 해야지 속세의 문학도의 길을 걸어서야 되느냐고 호통을 친 적이 있다고 합니다. 그 일로 젊었던 법정 스님은 소설책을 아궁이에 태워 버렸답니다.

하지만 효봉 은사 스님 가시고, 사형인 구산 스님도 열반하시자 젊은 나이에 법정은 삼일암을 차지하고 독살이를 했다고 합니다. 원래 정진은 많은 대중과 어울려서 서로 탁마가 되고 공부가 되는데, 젊어서부터 편

안하게 암자생활을 하신 것입니다. 절집에서도 젊었을 땐 힘들어도 대중
생활하고 나이가 들어 힘이 빠질 땐 조용한 암자로 가서 좀 편히 여생을
보내는 것이 전통이라 합니다.

차라리 고은 시인처럼 문학도의 길을 걷고 싶으면 환속을 하여 속가
생활을 하면서 문학과 수행을 해도 되는데, 법정 스님은 은사 스님의 성
명쌍수라는 뜻을 어기고 평생을 습작으로 보낸 것 같습니다. 그것도
포교의 한 방편이 되지만, 말년엔 폐암으로 우리나라 최고의 병원에서
최고의 의료진들에게 둘러싸여 최고의 치료를 받다가 헐떡헐떡거리며
죽은 후 그 많은 병원비를 빚으로 남기고 허우적대면서 가셨습니다.

생전에 무소유를 주장하시며 검소하게 살고 죽을 때도 의연히 죽을
것이라고 책으로도 큰소리 펑펑 쳤지만, 뒷모습은 일개 범부보다 못한
모습을 보인 것이라 생각됩니다. 은사 스님의 가르침 성명쌍수, 몸과 마
음을 함께 닦으라는 가르침을 제대로 받지 않은 까닭이고 올바른 수행
을 하지 않았기 때문이라 생각합니다.

성명쌍수의 은사 스님의 가르침을 잘 받은 구산 선사는 몸공부, 기공
부, 마음공부가 잘되어 돌아가실 때도 편안하게 가셨지만, 그냥 마음공
부 하나만 가지고 평생 수필집을 쓴 법정 스님은 삶의 고해에서 몸부림
치다 겨우겨우 가셨습니다. 중생을 제도한다고 그 많은 수필집을 써 놓
고는 정작 자기 자신도 제도 못 하고 일개 범부보다 못한 모습을 보이며
가셨습니다.

저나 또 다른 독자들도 『선도체험기』를 읽고 마음공부로만 삼고 정작
실천 수행을 하지 않는다면 스스로도 제도하지 못할 것이니, 그저 중요한
것은 하나라도 실천을 해야 한다는 것을 깨닫고 다짐을 새로이 해 봅니다.

부모가 주신 재산을 자식이 온갖 육체적 욕망을 위해 쓰면 부모에 큰 죄를 짓듯이, 진리를 추구하는 수행자로서 스승이 주시는 기운을 잘 받아 키워 자신의 하단전에 자비심으로 불을 붙이지 못한다면 그 역시 죄가 크다는 것을 많이 느끼게 됩니다. 『선도체험기』를 읽으므로 마음공부가 되어 자비심이 싹튼 많은 수행자분들이 삼공재 수행으로 하단전에 자비심과 이타심을 기반으로 한 진리의 기운의 불씨를 붙여 가고 있습니다.

저 역시 아직은 제일 형편없는 꼴찌 제자이지만, 한 발 한 발 삼공선생님 가르침 받으며 또 삼공재 선배님들 발걸음 좇아가도록 하겠습니다.

*** 불가에서도 보면 예전의 많은 도인 스님들도 알게 모르게 선도 수행을 한 것이 드러납니다. 아래 글은 태전 선사의 사연입니다.

당송팔대가(唐宋八大家)의 한 사람으로서 강건한 필력으로 이름난 한유(韓愈)라는 사람은 호가 퇴지인데, 불교를 심하게 배척하여 기회가 있을 때마다 불법을 비방하는 내용의 상소를 올렸다고 합니다. 헌종의 노여움을 사 변방인 조주(潮州)의 지방 장관으로 좌천되기도 하였습니다.

그 무렵 조주 땅에는 태전 선사(太顚禪師)라는 고승이 오랜 세월을 축령봉(祝靈峰)에서 수도에만 전념하고 있었는데, 사람들로부터 '살아 있는 부처'로 추앙을 받았다고 합니다. 한퇴지는 여기에서도 불교를 또 깎아내리고자, 미인계를 써서 태전 선사를 시험하기에 이르렀습니다. 조주에서 으뜸가는 미인으로 이름난 기생 홍련을 불러 백 일 안으로 태전 선사를 파계시키면 후한 상을 내리겠으나 그러지 못하면 목이 날아갈 것이라 했다고 합니다.

그 말에 홍련은 스스로의 아름다움과 여성의 매력에 자신이 있었으므로 쾌히 승낙하였답니다. 그리곤 백일기도를 올리고자 하여 왔다며 태전 선사의 거처에 머물고 태전 선사의 시중을 들며 온갖 수단과 방법을 가리지 않고 선사를 무너뜨리려 했답니다. 하지만 선사는 추호의 흐트러짐도 없이 정진에만 열중하였고, 마침내 백 일을 하루 앞두게 되었답니다. 마침내 백 일째 되는 날 아침에 홍련은 태전 선사 앞에 나아가 눈물을 흘리며 큰절을 올렸습니다.

한퇴지의 명을 받고 스님을 파계시키기 위하여 이곳에 왔는데 오늘이 바로 한퇴지 대감과 약속한 백 일째 되는 날입니다. 소녀가 이대로 내려가면 목이 떨어지게 됩니다. 이 일을 어찌하면 좋겠습니까? 하며 홍련은 서럽게 울고 있는데, 태전 선사는 한 대감에게 벌을 받지 않도록 하여 드리겠다며 홍련의 치맛자락을 펼치고, 붓에 먹을 묻혀 단숨에 다음과 같이 써 내려갔답니다.

> 십년불하축령봉(十年不下祝靈峰) 축령봉 내려가지 않기를 십년
> 관색관공즉색공(觀色觀空卽色空) 색을 관하고 공을 관하니 색이 곧 공이라
> 여하일적조계수(如何一滴曹溪水) 어찌 조계의 물 한 방울을
> 긍타홍련일엽중(肯墮紅蓮一葉中) 홍련의 잎사귀에 떨어뜨리겠는가.

홍련이 산을 내려가 치맛자락에 쓰인 이 시를 한퇴지에게 보여 주자, 한퇴지는 홍련의 치맛자락의 게송을 읽고는 홍련을 벌하지 않았다고 합니다. 그리고 당나라 시대 최고 문장가 중에 하나였던 그도 '관색관공즉

색공' 즉 연정화기의 경지를 넘어서 연기화신, 연신환허의 경지를 이룬 그 문장에서 자신과는 차원이 다른 태전 선사의 수행 경지에 두 손을 들고 말았답니다. 이후 태전 선사의 큰 제자가 되었다고 합니다.

근세 우리나라 조계종의 혜월 선사께서도 한 날은 천도재비(薦度齋費)를 들고 장을 보러 갔다가 장터에서 불쌍한 사람을 보고는 그 천도재비를 다 줘 버렸답니다. 신도가 재를 올리려 왔는데 막상 절에선 재상이 안 보였답니다. 혜월 선사는 대중들에게 말하길 영가는 이미 천도되어 극락으로 갔다고 한마디했답니다. 새주가 사초지종을 듣고는 크게 기뻐하여 다시 천도재비를 시주하여 스님들께 대중공양을 올렸다고 합니다.

"귀신방구에 털이 났다!" 하며 일본의 총독에 한 방 먹인 후 칼을 목에 겨눈 일본 사무라이를 맞아서도 태연한 얼굴로 의연히 대처한 혜월 선사는 사무라이의 절을 받았다 합니다. 그 혜월 선사께서 노년에 솔방울을 땔감으로 한 자루 따서 바위에서 쉬시다가 엉거주춤 다시 일어서는 자세로 그 자리에서 몸을 벗어 버리고 열반에 들었답니다.

중국의 보화 존자 역시 스스로 관을 메고 다니다가 스스로 관속에 들어가서 전신탈거를 한 기록이 있는데, 불가에서도 기공부가 많이 되신 스님들은 일상생활 속에서도 삼매 정진의 고삐를 놓지 않고 돌아가실 때까지 한 치도 방심 없이 일상생활과 수행을 열심히 끊임없이 하신 결과라 합니다.

삼공재에서 현묘지도 수련을 마친 많은 선배 수행자분들 중에도 잠시도 수행의 끈을 놓치지 않고 계속 정진해 나가시는 많은 분들이 계심을 압니다. 저 역시 축기 단계부터 다시 시작해 보겠습니다. 모든 지구인들이 어릴 때부터 필수과목으로 수승화강을 이루기 위해 삼공선도 수행을 받아들여 항상 하단전은 따듯하고 머리는 시원한 상태로 유지하면서 단전에 꺼지지 않는 원자력 발전소를 영구히 가동시키는 것이 일반적인 교육이 될 날이 반드시 오리라 봅니다.

삼공재의 불씨가 온 세상에 퍼져 온 세상 사람들이 따듯하고 여유로운 하단전과 명랑한 머리의 올바른 정신 상태가 되어 지구촌이 그야말로 한 차원 다 같이 상승하는 도인 세상이 되기를 바랍니다. 그러기 위해선, 개인의 이기적인 욕망으로써 한 방울도 헛되이 하지 않는, 온 목숨을 다 바쳐서 자비심으로 이타심으로 진리를 위해 끊임없이 수행하는 삼공 선생님의 훌륭한 제자분들이 더욱 많이 배출되기만을 바랍니다. 저도 조금씩 따라가도록 하겠습니다. 감사합니다.

2011년 4월 17일
원주에서 제자 석기진 올림

【필자의 회답】

시인이며 수필가인 석기진 씨는 내가 삼공재에서 『선도체험기』를 100여 권이나 쓰면서 찾아오는 문하생들에게 일일이 기공부를 시키는데도, 손기(損氣)로 쓰러지지 않고 잘 버티고 있다고 대놓고 면찬을 했습니다. 이 말을 듣고 한마디하지 않을 수 없습니다.

내가 손기로 쓰러지지 않는 것은 내 체질이 유독 기운에 강해서가 아니라 선계의 현묘지도 스승님들이 삼공재에 끊임없이 기운을 보내고 있기 때문임을 밝혀 둡니다. 만약에 내가 내 개인의 기운만으로 제자들에게 기 수련을 시켰다면 나는 벌써 손기로 쓰러져 이 세상 사람이 아니었을 것입니다. 그래서 나는 내 기운을 사사로운 일에 일체 쓸 수 없습니다. 나는 그저 스승님들이 하고자 하는 일을 대행할 뿐이기 때문입니다.

그리고 삼공재에서 기공부를 하고 나서 그 기운을 사사로운 일에 쓸 생각을 하는 사람은 없어야 할 것입니다. 선공후사(先公後私), 멸사봉공(滅私奉公)의 각오 없이 삼공재에서 기공부를 하는 사람은 다시 한 번 자신의 입지를 되돌아보아야 할 것입니다.

석기진 씨는 또 밥따로 물따로의 이상문 님과 입적하신 지 1년 되는 법정 스님에게 비판적인 글을 썼습니다. 나 자신 글쟁이로서 모 단체에 의해 출판물에 의한 명예훼손 혐의의 민형사상 고소를 당하여 벌써 4년째 지루하게 재판을 받고 있습니다. 이러한 처지에 있는 내가 남을 비판하는 글을 『선도체험기』에 또 싣는 것이 망설여졌습니다.

그러나 생각 끝에 결국 싣기로 단안을 내렸습니다. 만약에 내가 석기진 씨와 함께 출판물에 의한 명예훼손 혐의로 또 고소를 당한다면 또 법정에 설 각오를 한 것이죠. 글쟁이가 바른 소리 좀 하면 고소당할까 봐 겁이 나서 이리 피하고 저리 피하기만 할 작정이라면, 차라리 붓을 꺾어 버리는 것이 나을 것이기 때문입니다.

글쟁이가 그런 식으로 천직을 저버린다면 도둑을 지켜야 할 개가 수상한 사람을 보고도 낑낑대기만 하고 짖지 못하는 것과 무엇이 다르겠습니까? 이때 그 개는 당연히 야무지게 짖어 대어 주인에게 그 수상한 자의 출현을 알림으로써 자기 소임을 다해야 하지 않겠습니까?

〈102권〉

다음은 단기 4344(2011)년 5월 7일부터 단기 4344(2011)년 8월 9일 사이에 있었던 필자의 수련 과정과, 필자와 수련생들 사이에 오고간 수련과 인생에 대한 대화 그리고 필자와 독자 사이의 이메일 문답을 수록한 것이다.

꿈에 또렷이 나타난 친지의 모습

우창석 씨가 말했다.

"선생님, 꿈에 죽은 친지의 모습이 마치 살아 있었을 때처럼 또렷이 나타나곤 합니다. 무엇 때문일까요?"

"그 친지가 살았을 때 우창석 씨와의 사이에 해결되지 않는 일이 있었기 때문입니다. 비록 꿈이라 해도 이유 없이 망자가 나타나는 일은 없으니까요."

내가 이렇게 말하자 그는 자못 심각한 얼굴이 되어 무엇을 골똘히 생각해 보는 듯하더니 또 물었다.

"생전에 그와 저 사이에 무슨 일이 있었는지 당장은 아무 생각이 나지 않는데요."

"그럴 때는 관을 해 보아야 합니다. 이 우주 안에 원인 없는 결과 같은 것은 있을 수 없으니까요. 그럴듯한 원인이 떠오르지 않는다 해도 계속 관을 하면 반드시 이유를 알게 될 때가 있을 것입니다. 실례를 들면 그와의 약속을 어겼다든가, 돈을 꾸었다가 깜박 잊어 먹고 갚지 않았다든가, 그가 없는 데서 그의 험담을 했다든가 아니면 그의 애인을 가로챘다든가 좌우간 무엇인가 반드시 있었을 것입니다.”

“이렇게 꿈에 죽은 친지가 나타나지 않게 하려면 어떻게 해야 될까요?”

“지금부터라도 늦지 않으니까 남이 나에게 원한이나 유감을 품지 않도록 늘 조심해야 합니다. 그리고 너무 빡빡하게 이해관계만 따지지 말고 항상 내가 조금 손해 본다는 생각으로 대인관계를 유지하면 그런 일이 다시는 일어나지 않을 것입니다.”

“구도자로서 근본적인 해결책은 무엇일까요?”

“운기조식을 강화하여 꿈에 찾아온 영혼을 신속하게 천도시킬 수 있는 실력을 충분히 배양해야 합니다.”

“어떻게 하면 그 영혼을 천도시킬 수 있겠습니까?”

“항상 수승화강이 되고 운기조식이 잘되는 수련자는 어떠한 영혼이 들어와도 관(觀)만 잘하면 금방금방 천도가 되게 되어 있습니다. 계속 불을 때어 바짝 달아 있는 가마솥은 물기가 닿자마자 치익 소리와 함께 순식간에 증발해 버리듯이 말입니다.”

“사망한 친지들 중에서 저와는 아무런 이해관계도 없이 그저 만나면 인사만 하고 지내던 이웃이나 직장 동료들이 뜻밖에 꿈에 나타난다가, 부고나 신문의 사망 기사를 읽는 순간 빙의가 되는 수가 있는데 그것은 어떻게 된 것입니까?”

“때가 되어 육체를 떠난 영혼들 중에서 생전에 늘 수련을 하여 생사관이 확립되어 있지 않은 사람이나 수행 수준이 곧바로 열반계로 갈 수 있는 경지에 도달하지 못한 경우는 중음신(中陰神)이 되어 허공을 떠돌게 됩니다.

이들 가운데 생전에 알고 지내던 사람들 중에서 수행이 출중하여 천도 능력이 있는 사람이 있으면 그 생령(生靈)에게 빙의되어 천도를 받게 됩니다. 따라서 우창석 씨가 지금 한 말이 사실이라면 우창석 씨는 중음신을 천도할 수 있는 능력을 가졌다고 할 수 있습니다.

실례로 나는 삼공재에 찾아와서 다년간 수행을 하던 수행자가 세상을 떠날 경우 그 소식을 내가 듣는 바로 그 순간에 나에게 빙의되어 보통 1시간 내지 3시간 안에 천도가 됩니다. 특별한 경우에는 천도하는 데 10시간 또는 24시간씩 걸리는 수가 간혹 있습니다."

"삼공재에서 수련하던 제자는 그렇다 쳐도 수련과는 전연 관련이 없는 선생님의 이웃이나 직장 동료나 문단 동료의 경우는 어떻습니까?"

"그들의 부고를 듣거나 신문에서 사망 기사를 읽는 순간 바로 빙의가 됩니다. 빙의되어 있는 동안은 그들과 함께했던 시간과 공간은 물론이고, 그들과 함께 나눈 희비애락이 함께 떠오릅니다."

"그런 영혼들 중에 평소에 선생님이 선도 수행을 한다는 사실을 모르는 사람도 있습니까?"

"물론입니다. 내가 직장생활을 그만둔 지도 어느덧 21년이 되었으니까 대부분이 그 이전에 알던 사람들입니다."

"선생님께서 수련을 하신다는 것을 모르면서도 더구나 각별했던 사이도 아니면서 어떻게 그 영혼이 선생님을 찾아와 구원을 요청할 수 있을까요?"

"영계의 사정은 이승과는 다르다는 것을 알아야 합니다. 중음신들은 이승에서 누가 진짜로 천도 능력이 있는가를 환하게 꿰뚫고 있습니다. 물에 빠진 사람은 지푸라기라도 잡는다는 심정을 알면 생전에 안면이 있었다는 사실 자체가 지푸라기 역할을 한다고 할 수 있습니다. 그렇지 않다면 그가 나를 어떻게 알고 찾아올 수 있었겠습니까?

또 열린 마음으로 상구보리(上求菩提) 하화중생(下化衆生)하겠다는 결의가 되어 있는 마음 자체가 무주고혼(無主孤魂)이 되어 허공을 떠도는 중음신들 중에서 생시에 서로 안면만 알고 지냈던 영혼들을 불러모으는 역할을 한다고 볼 수 있습니다.

이상한 인연들

그중에서 잊혀지지 않는 경우가 있습니다. 1984년경 내가 신문사에 다닐 때 얘기입니다. 그때 나는 『다물』이라는 소설을 집필하고 있었습니다. 어떤 소설가는 남들이 다 잠든 한밤중에 글을 쓴다고 하지만, 나는 그렇게 하면 생체 리듬이 깨어지므로 될 수 있는 대로 밤에 일찍 자고 아침에 일찍 일어나 글을 쓰는 습관을 가지고 있습니다. 낮에는 신문사에서 기사를 써야 하므로 그럴 수밖에 없었습니다.

글 쓰는 장소는 집이 아니라 신문사 편집국 안에 있는 내 책상이었습니다. 집보다는 늘 신문기사를 쓰는 편집국에서 아무도 없을 때 글을 쓰는 것이 더 집중이 잘되었습니다. 그래서 나는 남들보다 꼭 두 시간 일찍 출근하여 원고를 썼습니다. 하루는 내가 여느 때와 같이 혼자 사무실에 나와서 열심히 글을 쓰고 있는데, 타계한 아버지 사주의 뒤를 이은 아들 사주가 혼자서 사내를 둘러보다가 나에게 다가왔습니다.

"아니, 아무도 없는 데서 혼자 이렇게 일찍 나와서 뭘 하십니까?" 하고 물었습니다.

나는 뜻밖에 사주를 만나 일순 당황했지만 아무렇지도 않는 듯 "글 쓸 일이 좀 있어서요" 하고 대답했습니다. "좌우간 이렇게 일찍 나오시다니 대단하십니다" 하고 그는 자리를 떴다. 이렇게 그는 한 달에 두세 번씩 사내를 둘러볼 때마다 나와 눈이 마주치면 눈인사를 하곤 했습니다. 단지 그뿐이었습니다. 그는 나와 따로 만나서 차를 한잔 나눈 일도 특별한 대화를 가져 본 일도 없었습니다. 더구나 내가 1986년부터 선도수련을 한다는 사실을 그가 알 리도 없습니다.

그런데 내가 등산 중에 중상을 당하고 회사를 그만둔 후 3년이 지난 뒤인 1993년 8월 3일, 서재에서 신문을 보다가 그의 사망 기사를 접하는 바로 그 순간 그의 영혼에 빙의가 되었습니다."

"천도되는 데 얼마나 시간이 걸렸습니까."

"어쩐지 열 시간이나 걸렸습니다. 이러한 경우는 부지기수입니다. 바로 며칠 전에도 그런 일이 있었습니다."

"누군데요?"

"소설을 쓰는 동료였습니다. 내가 삼공재를 운영한 뒤로는 문인들 모임에 일체 나가지 않으니까 벌써 만나지 못한 지도 20여 년이 된 사람인데 같은 대학 동문이어서 만나면 반갑게 인사나 하는 정도였지 각별한 사이는 아니었습니다. 그런데 4월 30일 신문을 보다가 그의 사망 기사를 대하는 순간 빙의가 되어 근 열 시간 뒤에 내 백회를 통하여 떠나갔습니다. 이런 실례를 보면 영계는 이승과는 다른 기준과 법도가 있는 것이 틀림없는 것 같습니다."

파묘(破墓)되었을 때의 영혼

"무슨 뜻인지 잘 알겠습니다. 그건 그렇구요. 다른 질문을 하나 하겠습니다. 선생님께서는 경주에서 선덕여왕릉에 가셨을 때는 선덕여왕의 영혼을, 여주의 영릉(英陵)에 가셨을 때는 세종대왕의 영혼을 천도하신 얘기를 『선도체험기』에 읽었습니다.

선덕여왕과 세종대왕은 한반도에 있었던 역사 기록이 없는데, 어떻게 서세동점(西勢東漸) 시기 이후에 경주와 여주에 각각 조성된 선덕여왕릉과 영릉에서 그분들의 영혼을 만나실 수 있었는지 의문입니다."

"물론 두 왕릉은 원래 대륙에 있었습니다. 그것이 서세동점 시기 이후에 영국과 일본의 책동에 의해 한반도로 이장(移葬)되었거나 한반도에 가묘가 만들어졌거나 했습니다. 그러니까 그분들의 왕릉이 경주와 여주에 지금 있게 된 것입니다. 그리고 대륙에 있던 그분들의 왕릉들은 손문 정부와 중화인민공화국 치하를 거치는 동안 함부로 훼손되거나 파헤쳐졌습니다.

실제로 『삼국사기』의 기록대로 지금 사천성과 호북성 경계 지역인 검강토가족묘족자치현(黔江土家族苗族自治縣)의 낭산(狼山)에 있던, 지금은 폐허가 된 선덕여왕릉지를 이중재 재야 사학자가 이끄는 답사팀이 확인했습니다(이중재 저 『상고사의 새발견』 946~947쪽).

왕릉의 주인인 영혼은 이처럼 이장되었거나 가묘이거나 간에 파묘된 곳을 떠나 새로 옮겨진 왕릉이나 가묘로 이주하게 되어 있습니다. 왜냐하면 영혼들은 후손들의 제삿밥이라도 얻어먹으려면 새로운 왕릉으로 옮기지 않을 수 없기 때문입니다."

객관적 관찰의 눈

우창석 씨가 또 말했다.

"선생님 말씀을 듣고 있자니까 사람이 욕심을 비우는 것이야말로 불가피한 수행 방편이라는 것을 알 것 같습니다. 허지만 욕심을 비워야 하는 근본 목적이 무엇인지 알고 싶습니다."

"욕심을 비워야 비로소 사물의 실상을 있는 그대로 볼 수 있을 뿐만 아니라 구도의 근본 목표에 도달할 수 있습니다."

"구도의 근본 목표가 무엇인데요?"

"구도의 근본 목표는 구도자가 자신의 존재의 실상을 스스로 깨닫는 것입니다."

"존재의 실상을 깨닫는 것이 무엇입니까?"

"존재의 실상을 깨닫는 것은 바로 우주와 내가 하나라는 사실 즉 우아일체(宇我一體)를 깨닫는 것을 말합니다. 그러자면 정확한 객관적인 눈을 가질 필요가 있습니다. 객관적인 관찰의 눈을 가질 수 있으려면 결국 욕심을 비워야 합니다. 욕심은 구름이 때때로 해를 가리듯 진리를 가리기 때문입니다."

"욕심을 비워야 존재의 실상을 깨달을 수 있는 안목을 가질 수 있다면 바로 그 욕심을 비우는 방법을 알고 싶습니다."

"욕심을 비우는 방법은 아주 쉽고도 간단합니다."

"그것을 가르쳐 주십시오."

"그러죠. 그것은 구도자가 자기 자신과 사물을 객관적인 눈으로 살펴보는 능력을 키우는 것입니다."

"어떻게 하는 것이 객관적인 눈으로 자기 자신을 살펴보는 것입니까?"

"자기 자신을 거짓 나 즉 가아(假我)의 눈으로 보지 말고 객관적인 관찰자의 눈, 즉 참나, 가장 공명정대한 진아(眞我)의 눈으로 살펴보는 것을 말합니다. 그렇게 자신 자신을 늘 살피는 것을 영어로는 왓치(watch)라고 합니다.

그래서 정신이 다른 데 팔려 자동차를 엉뚱한 곳으로 몰고 가는 운전자를 보고 정신 차리고 차를 제대로 몰라고 영미인들은 주의를 줄 때 '워치 아웃(Watch out)!' 하고 소리쳐 깨우쳐 줍니다. 이처럼 객관적인 눈으로 자기 자신을 늘 관찰하기 시작한 사람은, 이기심과 욕심에 갇혀 스스로 만든 감옥 속에서 벗어날 수 있습니다. 그때 그는 거짓 나 때문에 걸려 있던 온갖 질병과 편견에서도 벗어날 수 있습니다. 이것이 모두 욕심을 비우는 관법을 시행할 때 일어나는 현상입니다.

이러한 관법(觀法)이 체질화된 사람은 이미 구도의 관문을 성공적으로 통과했다고 말할 수 있습니다. 비록 구도자가 아니라고 해도 이러한 관법을 터득한 사람은 그가 어떤 분야에서 무슨 일에 종사하더라도 그전에 비해 관찰력과 지능과 지혜가 갑자기 뛰어올라 자기도 모르게 무궁무진한 창의력을 발휘할 수 있게 됩니다.

특별히 운동을 한 일도 없는데도 뱃살이 갑자기 빠지는가 하면 화를 잘 내던 사람이 돌연 침착해지는 수도 있습니다. 술, 담배, 도박, 엽색(獵色)에 찌들었던 사람이 언제 그랬더냐 싶게 그 수렁에서 벗어나게 됩니다."

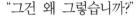

"그건 왜 그렇습니까?"

"남들이 안 가진 객관적이고 냉정한 관찰의 눈을 갖게 되었기 때문입니다. 이 객관적인 관찰의 눈이 바로 지상을 굽어보는 하늘의 눈입니다. 그 눈이 바로 요술을 부린 것입니다."

"그 하늘의 눈이 바로 객관적인 관찰의 눈이라는 말씀이군요."

"정확합니다. 영미인들은 이런 때 '이그잭트리!'라고 외칩니다."

"그것이 무슨 뜻입니까?"

"Exactly! 즉 정확하게 정곡(正鵠)을 찔렀다는 말입니다. 이런 기회에 영어 단어라도 하나씩 익혀 두면 요긴하게 써먹을 때가 반드시 있을 것입니다. 자기를 객관화하여 관찰할 수 있는 사람은 육방의 눈을 가졌다고 합니다."

"육방의 눈이 무엇입니까?"

"육방(六方)은 전후좌우상하(前後左右上下)를 말합니다. 다시 말해서 여섯 개 방향에서 동시에 가장 객관적으로 자기 자신과 사물을 관찰할 수 있다는 뜻입니다. 그래서 가장 공명정대한 하늘의 눈으로 관찰한다고 말합니다. 이러한 관찰을 할 수 있는 사람을 보고 하늘의 여의봉(如意棒)을 가졌다고도 말합니다. 아무리 쓰러뜨려도 넘어지지 않는 오뚜기나 아무리 심한 파도에도 물에 빠지지 않는 부표(浮標)와 같이 어떠한 악조건 속에서도 살아남을 수 있는 지혜를 구사할 수 있다는 뜻도 있습니다. 객관적인 관찰의 능력은 만병통치약이 될 수도 있습니다.

정확하게 볼 수 있는 사람은 정확하게 알게 되어 있습니다. 삼성전자는 일본의 소니전자와 제휴를 모색했지만 거절당하자 할 수 없이 소니보다 못한 산요와 제휴하여 기업을 발전시켰습니다. 그 결과 얼마 안 되어 세계 제일의 소니를 꺾고 드디어 세계를 제패할 수 있었습니다.

무엇 때문일까요? 삼성 영업진과 기술진이 정확하고 객관적인 관찰의 눈을 가질 수 있었기 때문입니다. 아는 것이 힘입니다. 아는 것은 객관적인 관찰에서 나옵니다. 그래서 지피지기(知彼知己)는 백전불태(百戰不殆)라고 했습니다. 상대를 알고 나를 알면 백 번 싸워도 위태롭지 않다는 뜻입니다."

"그렇다면 부모에게서 수백 수천억 원의 재산을 물려받기보다는 차라리 객관적인 관찰의 눈을 물려받은 것이 백번 더 유익하겠는데요."

"물론입니다. 돈은 도둑을 맞거나 사기를 당할 우려가 항상 있지만 사물을 관찰하는 능력은 도둑맞거나 사기당할 걱정이 없으니까요."

"그런데 여전히 하나의 의문은 해소되지 않았습니다. 객관적인 관찰을 한다고 해서 특별한 운동을 안 했는데도 뱃살이 빠진다는 것은 아무래도 허황된 미신처럼 믿어지지 않습니다."

"그럴 수도 있겠죠. 그러나 막상 겪어 본 사람은 압니다. 객관적인 관찰을 일상생활화 한 사람은 그전의 삐딱했던 편견들에서 벗어나 마음이 바로 서게 됩니다. 사람의 몸은 바로 그 사람의 마음의 외형적이고도 가시적인 표현체입니다. 따라서 마음이 바로 서면 몸도 바로 서게 됩니다. 이때 병들었던 몸도 바로 서게 되는 것입니다. 객관적인 관찰을 생활화하면 골수 공산주의자도 제정신을 차리게 하는 힘을 발휘합니다."

"그 이유가 무엇일까요?"

"공산주의는 객관적인 관찰의 결과가 아니라 한낱 잘못된 편견의 산물에 지나지 않기 때문입니다. 몇십 년 동안 담배를 피우던 사람이 하루아침에 외부의 강요에 의해 담배를 끊는다는 것은 사실상 불가능한 일입니다. 그러나 담배가 자기와 가족의 생명을 갉아먹고 있다는 것을 객관적인 관찰의 눈으로 파악한 사람은 자기도 모르게 담배가 싫어지게 되어 있습니다. 마음이 거부하면 몸도 따라서 거부하게 되어 있기 때문입니다.

이 객관적인 관찰을 일상생활과 각자의 전공 분야에서만 이용할 것이 아니라 구도의 주요 방편으로 이용할 때 그의 수행은 일취월장(日就月將)하게 되어 있습니다. 관(觀), 참선(參禪), 화두선(話頭禪), 간화선(看話禪) 등이 바로 그것입니다. 마음공부의 중요 방편입니다. 관(觀)은 기도와 염불이 도저히 따를 수 없는 공격적인 힘을 발휘할 수 있습니다."

"왜 그렇습니까?"

"관(觀)은 광부가 막장에서 착암기로 진리의 광맥을 직접 뚫고 들어가는 것과 같은 돌파력이 있기 때문입니다."

대주천 수련이 되려면

삼공재 수련을 한 지 5년 된 강복희라는 중년의 주부 수련자가 말했다.

"선생님, 대주천 수련이 되려면 어떻게 해야 되나요?"

"우선 소주천 수련이 되어야 합니다."

"소주천 수련은 어떻게 합니까?"

"소주천 수련은 하단전에서 기방(氣房)이 형성되어 축기가 완성된 후 그 축적된 기운이 임맥과 독맥을 한 바퀴 돌아야 합니다."

"저는 벌써 삼공재 수련을 시작한 지 5년이나 되었는데도 아직 그런 징후는 나타나지 않고 있습니다. 얼마나 더 수련이 되어야 그렇게 될 수 있을까요?"

"선도수련의 단계는 신병 훈련소에서 일정한 시간 안에 훈련병을 양성하여 갈매기 계급장을 하나씩 달아 전방에 내보내듯이 할 수 있는 것이 아닙니다. 어떤 수련자는 삼공재에 나온 지 며칠 안 되어 금방 소주천 수련이 되는 경우가 있는가 하면, 어떤 수련자는 아무리 열심히 수행을 해도 거의 10년이 되어서야 그 경지에 도달하는 예가 있습니다.

실례로 서울에 사는 한 주부 수련자는 일주일에 한 번씩 삼공재에 나온 지 꼭 10년 만에, 그녀 스스로 '나는 아무래도 수련과는 인연이 없는 것 같다' 하고 단념하려고 할 바로 그때에 소주천을 성취한 일도 있습니다. 수련은 이처럼 한결같은 정성과 수련에 대한 변함없는 열정과 인내력, 지구력이 결합되어 꾸준히 밀고 나가야 비로소 좋은 결실을 맺을 수 있습니다."

"그렇게 꼭 일주일에 한 번씩 삼공재에 나와야만 되는가요?"

"그야 그렇다고 꼭 단정할 수는 없습니다. 수련자 자신의 능력과 체질과 성품에 따라 집에서 혼자 수련을 해도 잘되는 경우가 있는가 하면, 집에서 혼자서는 아무리 해도 안되는 경우도 있습니다. 그럴 때는 어쩔수 없이 스승을 찾아야 합니다. 스승이란 그런 때 필요한 존재니까요. 그렇다고 해서 스승만 잘 만나면 무조건 수련이 잘되느냐 하면 반드시 그렇지도 않습니다.

똑같은 스승 밑에서도 어떤 수행자는 짧은 시간 안에 잘되는 경우가 있는가 하면 그렇지 못한 경우도 있습니다. 스승에게서 열심히 수련을 받는데도 수련 진도가 잘 나가지 않는 수행자가 혼자서 수련을 한다면 한층 더 진도가 나가지 않을 것입니다. 그런 수행자에게는 스승은 반드시 필요합니다. 그러니까 삼공재에 나와야 할지 말아야 할지는 자기 자신의 능력과 성품에 따라 스스로 판단할 수밖에 없습니다."

"선생님께서 보시기에 저는 계속 수련만 하면 소주천이 될 날이 있을까요?"

"강복희 씨는 기문이 열린 것을 스스로 느낄 수 있습니까?"

"네, 그것만은 확실합니다."

"어떻게요?"

"삼공재에만 오면 단전이 따뜻하게 달아오르고 기분이 좋아지고, 어떤 때는 아주 황홀해져서 삼매경에 들기도 합니다. 그리고 마음이 편안해져서 시간 가는 줄 모를 때가 많습니다."

"그렇다면 기문이 열린 것만은 확실합니다. 집에서도 기운을 느끼십니까?"

91

"물론 느낍니다. 그러나 집에서는 삼공재에서보다 10분의 1 정도밖에 기운을 느끼지 못합니다."

"그렇다면 강복희 씨는 앞으로 수련을 열심히 하여 반드시 대주천 경지에 들고야 말겠다는 확고한 결심이 서고, 꾸준히 실천하면 수련은 계속 향상될 것입니다. 장거리 마라톤 선수처럼 줄기차게 달리기만 한다는 자세로 임한다면 조만간 반드시 목표에 도달할 수 있듯이, 좋은 소식이 있을 것입니다. 마음공부, 기공부, 몸공부 수련은 구체적으로 어떻게 해야 되는가 하는 것은 『선도체험기』에 여러 번 거듭해서 설명해 놓았으니까 그대로 따라 하기만 해도 됩니다."

"그럼 저는 언제쯤 소주천이 될 수 있을까요?"

"그건 아무도 단언할 수 없습니다. 이왕에 선도수련을 하기로 작정한 이상 시간을 따지거나 초조해하지 말고 마음을 느긋하게 먹고 장거리 도보 여행을 떠난 나그네처럼 걷는 것 자체를 즐기면서 꾸준히 나아가는 길밖에 없습니다. 그렇게 가면 갈수록 목표는 차츰차츰 다가오고 있는 것은 틀림이 없습니다. 이것을 확실히 믿어야 합니다."

대주천이 되면 무엇이 다른가요?

강복희 씨는 또 물었다.

"선생님, 대주천이 되면 보통 사람에 비해서 무엇이 다른가요?"

"확실히 다른 데가 있습니다. 바로 어제(2011년 6월 7일) 이곳에서 있었던 실례를 하나 말씀드리겠습니다. 정무영, 김양숙 부부 수행자에 대한 얘기입니다. 이분들이 삼공재를 찾은 것은 1994년 3월 8일이니까 지금으로부터 벌써 17년 전이었습니다. 『선도체험기』가 21권째 나올 때였습니다. 이분들은 이미 그 21권까지 모조리 다 읽고 다른 수련원에서 수련을 받다가 어딘가 미흡한 점이 있어서 삼공재를 찾은 것입니다.

그들은 오자마자 오행생식을 하면서 더욱더 수련에 박차를 가했습니다. 그래서 그런지 이분들은 삼공재에 나온 지 채 한 달도 안 되어 앞서거니 뒤서거니 소주천이 되고 곧이어 대주천 수련이 시작되었습니다. 그후에도 이들은 2003년 말까지 10년 동안 계속 수련에 매진하다가 개인 사정으로 삼공재를 떠났습니다.

그 후 나는 진허 도인에게서 전수받고 나서 내 나름대로 발전시킨 현묘지도 수련법을 2005년 이분들에게도 특별히 불러서 전수했습니다. 그러니까 이분들은 그 후 6년 만에 어제 삼공재를 인사차 찾은 것입니다. 그런데 우리집 사람도 나도 이들을 보자마자 바로 엊그제 왔던 사람을 다시 만난 듯한 모습이었습니다.

나는 우리집 근처의 공원에서 근 20년 동안 새벽마다 한 시간씩 걷기 운동을 하는데, 그곳에서 늘 만나는 사람들은 해가 다르게 늙어 가는 것을 어쩔 수 없이 뼈저리게 느끼건만 이들 부부 수행자의 모습은 세월이 정지한 듯 6년 전과 변한 것이 전연 없었습니다. 이들의 인사를 받고 나도 모르게 내 입에서 나온 첫마디가 '두 분은 모습이 6년 전과 똑같습니다'였습니다.

그러자 그들 역시 나를 유심히 보면서 '선생님께서도 그때와 조금도 변함이 없습니다' 하고 말했습니다. 그렇다고 해서 그분들과 내가 완벽하게 세월의 흐름을 비켜갈 수 있었다는 얘기는 아닙니다. 선도수련을 하지 않은 사람들과 비교해서 어느 정도 세월의 흐름을 피해 갈 수 있다는 것이 정확한 표현이라고 말할 수 있을 것입니다."

"그렇다면 대주천 수련을 하는 수행자는 보통 무명중생(無明衆生)들보다 얼마나 더 오래 살 수 있을까요?"

"과거의 실례로 보아 10년 내지 30년은 수명을 연장시킬 수 있었던 것으로 보입니다. 이 세상에서 제아무리 고명한 수행자요 신선이요, 도인이요 성인이라고 해도 영원히 살 수 있는 경우는 아직 단 한 번도 있어본 일이 없었으니까요. 하긴 히말라야 같은 공기 좋은 성지에는 수백 년 또는 수천 년씩 사는 성인들이 있다는 소문들이 흘러나오고 있지만 확인된 것은 아닙니다.

그러나 속세에서 사는 수행자들은 과거의 실례로 보아 기껏해야 30년 정도 더 오래 무병장수하는 것은 확실합니다. 이것은 겉으로 나타난 징후입니다. 이들은 당뇨, 고혈압, 심근경색, 고지혈, 골다공증, 각종 암, 뇌졸중, 비만, 신부전증, 중풍 같은 현대인들이 노년기에 주로 앓는 질병에 걸리는 일이 거의 없습니다. 그뿐만 아니라 대주천 수행자는 마음 씀씀이도 보통 사람들과는 다릅니다."

"어떻게 다릅니까?"

"자기 자신과 사물을 바라보는 각도가 보통 사람들과는 확연히 다릅니다. 어떻게 다른가 하면 보통 사람들이 자신과 사물을 자기를 중심으로 하여 바라볼 때 대주천 수행자는 순전히 객관적인 눈으로 자기 자신과 사물을 바라보고 살펴보는 습관이 일상생활화되어 있습니다. 이것을 보고 '관(觀)이 잡혔다'고 말합니다. 관이 잡힌 사람은 매사에 나 자신보다는 남의 처지를 먼저 배려하지 않을 수 없게 되어 있습니다."

"그것은 왜 그렇습니까?"

"관이 잡힌 사람은 그 관을 통해서 남의 이익 즉 공공의 이익을 무시하고 자기 개인의 이익을 먼저 챙기는 사람은 결국에 가서는 그로 인해 반드시 자기 자신도 남도 다 같이 공멸(共滅)하게 되어 있다는 것을 무명중생들보다 먼저 깨닫게 되어 있기 때문입니다.

이것을 사기종인(舍己從人, 사익을 버리고 공익을 따르다), 선공후사(先公後私), 멸사봉공(滅私奉公) 정신이라고 합니다. 이것을 또 역지사지(易地思之) 정신 또는 공익정신(公益精神)이라고도 하고 이타심 또는 양심이라고도 말합니다.

요즘 부산저축은행 비리를 위시한 우리 사회에 만연한 각종 부정부패는 공익보다는 사익을 우선했기 때문에 빚어지는 현상입니다. 사익(私益) 추구로 공멸(共滅)하기보다는 공익을 추구함으로써 공생공영(共生共榮)하여 우주에 사는 만물만생의 평화와 상생의 길을 확보하자는 것입니다. 이러한 공익 정신을 바탕으로 계속 마음공부, 기공부, 몸공부에 전력투구하다가 보면 자기 자신도 모르는 사이에 온 우주를 내 마음속에 품게 되고, 뒤이어 시간과 공간까지도 초월하는 불생불멸(不生不滅), 생사일여(生死一如)의 경지에 도달하게 되어 있습니다.

1990년 8월 30일에 안창훈이라는 수행자가 삼공재에서 처음으로 대주천 수련에 들어간 이후 2010년 6월 2일 유정희 수련자에 이르기까지 451명의 대주천 수련 이수자가 삼공재에서 배출되었는데, 이들은 적어도 이러한 정신에 투철한 사람들이라고 봅니다. 이처럼 몸과 마음이 바뀌는 것이 대주천 수행자와 보통 사람이 눈에 띄게 다른 점이라고 말할 수 있습니다."

"그 정도의 수행은 다른 종교 신앙인이나 구도자들도 다 같이 성취하는 것이 아닌가요?"

"그렇지 않습니다. 마음공부 면에서는 다 같을 수 있다고 말할 수 있지만 기공부와 몸공부와 함께 마음공부를 필수 요건으로 하는 것은 삼공선도가 유일합니다. 그것이 특이한 점입니다. 그 때문에서 기문이 확실히 열린 사람이 소주천, 대주천 수련을 제대로 마치고 나서 이 세 가지 공부를 일상생활화 하는 사람은 국민건강보험공단에서 실시하는 건강검진에서 적어도 건강에 이상이 있다는 검진 결과가 나오는 일은 없습니다."

영병(靈病)이 불러온 가정불화

30대 후반의 정부 기관에서 과장으로 일하는 오상순이라는 수행자가 어느 날 삼공재에서 수련을 하다가 다른 수행자들이 다 귀가하고 나와 단둘만 남게 되자 입을 열었다.

"선생님, 저는 삼공재에 나오기 시작한 지 한 3년 되었습니다. 5년 전에 가벼운 차량 충돌 사고로 얻게 된 심한 만성 요통으로 고생을 하게 되었었는데, 삼공재에 1년 동안 일주일에 한 번씩 나와서 수련을 한 결과 지금은 감쪽같이 다 나았습니다.

병원에서는 엑스레이는 물론이고 CT, MRI 촬영까지 다 해 보았는데도 아무 이상이 없다는데도 칼끝으로 찌르는 듯한 심한 요통은 여전했습니다. 저는 용하다는 한의사한테서 침도 맞아 보고 뜸도 떠 보았지만 전연 차도를 보지 못했습니다. 심지어 무속인까지도 찾아가 보았지만 별무효과였습니다.

그때 선생님께서는 저를 보고 삼국 시대의 장군 갑옷을 입은 한 빙의령 때문이라고 말씀하셨습니다. 그 빙의령이 천도되자 요통은 씻은 듯이 나았습니다. 그때 선생님께서는 제가 전생에 적 장수와 맞장을 뜨게 되었는데, 제가 상대의 옆구리에 창을 꽂는 바람에 그가 말에서 떨어져 목숨을 잃었고, 그의 원혼이 지금껏 구천을 떠돌다가 금생에 제가 기문이 열려서 수련이 제법 되는 것을 기화로 저에게 빙의되어 전생의 빚을 갚게 되었다고 말씀하셨습니다. 저는 그때 하도 기쁜 나머지 이 사실을 순진하게도 그대로 아내에게 말했습니다. 그러나 그것이 지금처럼 부부 불화의 원인이 될 줄은 꿈에도 생각지 못했습니다."

"현대의학으로도 고칠 수 없었던 고질적인 영병이 나았으면 부부가 다 함께 기뻐할 일이지 그것이 도대체 무엇 때문에 부부 불화의 원인이 되었다는 말입니까? 혹시 부인은 특정 종교의 맹신자라도 됩니까?"

"선생님 말씀이 맞습니다. 아내는 종교의 다원성을 인정하지 못하고 특정 개신교의 교리만을 맹신하고 있습니다. 그러나 제가 삼공재 수련에서 영병이 고쳐진 얘기를 할 때는 아내가 특정 종교 맹신자라는 사실을 깜빡 잊고 말했던 것이 크나큰 화근이었습니다. 제가 아내에게 그 얘기를 한 것은 아내를, 순전히 저의 고질적인 요통을 함께 걱정해 온 인생의 동반자로만 착각을 한 것인데, 그것이 저에게는 엄청난 실수요 함정이었습니다."

"그 일 때문에 오상순 씨는 부인으로부터 어지간히 시달림을 당한 모양이군요."

"아이구, 제가 그 일 때문에 당한 일은 그야말로 일구난설(一口難說)입니다."

"그래 부인은 뭐라고 하면서 남편 되는 오상순 씨를 괴롭히던가요?"

"자기가 보기에는 저의 허리 통증은 과로할 때 주로 생기는 일종의 피로 현상에 지나지 않는데 무슨 삼국 시대 전생에 있었던 원령(怨靈)의 작용이라니 그게 말이 되느냐면서 길거리에 지나가는 사람을 아무나 붙잡고 물어보라는 것입니다. 일류 대학을 나온 엘리트라는 사람이 그런 비상식적이고 미신적인 말을 천연스럽게 하다니 남 보기에 창피하지도 않느냐는 것입니다.

그게 도대체 하나님의 영을 믿는 기독교 가정에 있을 수 있는 일이냐면서 남 보기가 부끄러워 얼굴을 들지 못하겠다고 기회 있을 때마다 오금을 박는 것입니다. 그리고 제가 일요일 오후 3시에 삼공재에 와서 수련하는 것을 보고 이단과 사이비에 빠져서 쓸데없는 시간 낭비를 한다면서 심히 못마땅해합니다."

"시간 낭비라니요?"

"그 귀중한 시간에 아이들 하고 놀아 주지 않고 쓸데없는 일에 낭비한다는 뜻입니다. 선생님, 저에겐 이건 보통 문제가 아닙니다. 무슨 해결책이 없을까요?"

"오상순 씨는 기문이 열렸기 때문에 기운을 느낍니다. 그러면 그 기운을 타고 관(觀)을 하십시오."

"관만 하면 무슨 돌파구가 열릴까요?"

"물론입니다. 관을 하되 철저히 자기 자신을 객관적으로 바라보는 겁니다. 그러다가 때로는 아내의 처지가 된 오상순 씨 자신을 면밀히 살펴보아야 합니다. 해결책이 문득 떠오를 때까지 말입니다."

이런 일이 있은 지 1주일 만에 삼공재에 나타난 그가 말했다.

"선생님, 지난 일주일 동안 선생님 말씀대로 열심히 관을 해 보았지만 아직 제 수련이 부족해서 그런지 이렇다 할 묘안이 떠오르지 않았습니다. 아무래도 선생님께서 직접 좀 가르침을 주시기 바랍니다."

"문제가 이렇게 불거지기 전에 내가 알았더라면 오상순 씨에게 도움이 될 수 있는 방법을 일찍 가르쳐 줄 수도 있었을 텐데, 지금은 후회막급입니다. 이와 비슷한 일을 전에도 겪은 일이 있어서 나에게도 어느 정도의 노하우가 쌓여 있거든요.

내가 만약에 지금의 오상순 씨 처지라면 부인에게서 이단과 사이비 혐의를 벗을 때까지 부인이 싫어하는 행위는 일절 하지 않을 것입니다. 집안에 『선도체험기』 같은 책도 모조리 없애 버릴 것입니다. 그래도 정 읽고 싶다면 틈날 때 직장이나 도서관 같은 데서 읽을 것입니다.

그 대신 집에서는 시간이 나면 부인이 원하는 대로 아이들과 열심히 놀아 줄 것입니다. 그리고 부인과 함께 교회에도 열심히 나갈 것입니다. 그러나 때때로 관(觀)을 하거나 운기조식(運氣調息)은 게을리하지 않을 것입니다. 왜냐하면 이것만은 부인의 눈에 띄지 않게, 마음만 먹는다면 얼마든지 할 수 있기 때문입니다.

그 대신 나는 어떻게 하든지 기독교 신앙에 있어서는 부인을 능가할 수 있도록 배전의 노력을 기울일 것입니다. 나는 기독교 신앙인은 아니지만 신구약 성경을 여러 번 읽었습니다. 더구나 예수 그리스도는 견성한 구도자임이 확실하므로 그의 행적과 언행이 소상히 적혀 있는 사복음(四福音)은 구도자라면 누구나 정독할 가치가 있으니까요.

그러나 지금 우리나라 개신교 신자들을 객관적으로 살펴보면 잘못된 것이 한두 가지가 아닙니다. 예수는 분명히 기도할 때 골방에 들어가 은밀히 하느님에게 기도하라고 제자들에게 가르쳤습니다. 그런데 목사들은 만인이 들으라고 큰소리로 통성기도(通聲祈禱)를 합니다.

신자들은 교회에 나와서 눈물로 자기의 잘못을 회개하고도 교회 문밖에만 나가면 언제 그랬더냐 싶게 방금 전에 회개한 잘못을 아무렇지도 않게 되풀이합니다. 이것은 형식적인 회개지 진정한 회개가 아닙니다. 그리고 교회에서는 기복 신앙(祈福信仰)이 지배적입니다. 이것은 불교도 무속 신앙도 마찬가지입니다. 나도 한때 열심히 개신교회에 다닌 경험이 있어서 이런 사정은 누구 못지않게 잘 알고 있습니다. 그리고 이것은 세상은 물론, 삼척동자조차도 잘 아는 교회의 비리입니다.

오상순 씨는 아내에게 이러한 기독교의 비리를 지적하여 진정한 신앙인으로 그리고 참크리스천으로 거듭날 수 있도록 열심히 도와주어야 합니다. 이것이 진정으로 종교를 초월한 구도자가 되는 지름길임을 잊지 말아야 할 것입니다. 고시생이 육법전서 외우듯 신구약 성경을 달달 외워 버리고 예수 그리스도의 행위를 본받아 실천한다면 부인은 남편을 교회의 담당 목사 이상으로 존경하게 될 것입니다.

나는 오상순 씨가 아내에게서 진정으로 사랑받고 우러르는 참인격을 갖춘 남편으로 새로 태어나기 바랍니다. 이것이 가정도 살리고 신앙도 살리고 구도도 살리는 공생의 길이 될 것입니다. 물론 실생활에서 실천하기가 만만치 않을 것입니다. 가끔가다가 막히고 걸리는 대목도 있을 것입니다. 그럴 때마다 나에게 메일로 알려 주시면 내 힘자라는 한 도울 것입니다.

구도자인 차주영 씨는 미국 유학 시절에 순전히 나와의 이메일 교환으로 소주천, 대주천, 현묘지도 수련까지 마쳤음은 오상순 씨도 『선도체험기』를 읽어서 잘 아실 것입니다. 엎어지면 코 닿을, 같은 서울 시내, 같은 강남에 살면서 이메일 교환조차도 못할 일은 없을 것입니다. 나와의 이메일 교환도 부인이 싫어한다면 낮에 틈날 때 회사 사무실에서 보내면 될 것입니다. 마음만 먹는다면 길은 얼마든지 있습니다.

'애당초 수련자로서의 삶을 꿈꿨으면서도 결혼을 하게 된 것부터 잘못되어 이런 결과가 생긴 걸까요? 정말 답답합니다' 하고 오상순 씨는 자탄했습니다. 그러나 과거는 이미 지난 일이니 어쩔 수 없습니다. 지난

일을 한탄해 보았자 죽은 아들 불알 만지기밖에 더 되겠습니까? 지금 눈앞에 처한 현실에 대한 대처 능력이 부족함을 깨닫고 적극적으로 난관을 타개해 나가야 할 것입니다. 그런 사람에겐 반드시 인신(人神)의 가호가 있을 것입니다.

당장 눈앞에 전개되는 음산한 그림자를 두려워하지 말아야 합니다. 그것은 빛이 가까이 있다는 징후이기 때문입니다. 부디 이번 역경(逆境)에 좌절할 것이 아니라 그것을 도리어 새 도약의 기틀로 삼아야 할 것입니다. 부디 전화위복(轉禍爲福)의 길을 찾아야 합니다. 그것이 진짱 구도자가 가야 할 길임을 잊지 말아야 할 것입니다."

상대가 이유 없이 폭력을 휘두를 때

우창석 씨가 물었다.

"유원지를 걸어가는데 어떤 깡패같이 생긴 험상궂은 청년이 대뜸 '뭘 쳐다 봐!' 하고 이유 없이 시비를 걸어올 때는 어떻게 해야 합니까?"

"내가 만약 그런 경우를 당했다면 무조건 잘못했다고 정중하게 사과부터 했을 것입니다."

"아무 이유도 없이 사과부터 한다는 말씀인가요?"

"아무 이유가 왜 없겠습니까? 상대의 처지에서 생각할 때 어쨌든 내가 그의 기분을 상하게 해서 그런 말이 나온 것은 사실이니까 정중히 사과부터 할 것입니다."

"그렇게 정중하게 사과를 했는데도 그 사과하는 것을 약점으로 알고 도리어 이쪽을 얕보고, 기가 올라 계속 달려들어 대뜸 따귀부터 한 대 붙이고 나서 발길질과 주먹질을 했다면 어떻게 할 것입니까?"

"고스란히 매는 맞되 반격은 하지 않을 것입니다."

"왜요?"

"그가 나를 가격하는 순간 전생에 내가 그를 이유 없이 구타하는 화면이 짧은 순간 스쳐갔을 것이기 때문입니다. 자업자득이었습니다. 이 세상에 이유 없는 결과 같은 것은 없습니다."

"만약에 거기서 한 발 더 나아가, 그가 갑자기 품속에서 흉기를 꺼내어 미처 손쓸 새도 없이 찔려서 살해당했다면 어떻게 할 것입니까?"

"그래도 그를 원망하지 않고 내가 죽어야 할 업장 하나를 벗게 된 것을 고맙게 생각하고 마음 편하게 죽어갈 것입니다. 그렇게 하지 않고 죽어 가면서 이를 갈며 자손이나 친구나 주위 사람들에게 복수를 호소한다든가 원한을 품어 보았자 끊임없는 복수의 악순환밖에 더 있겠습니까? 적어도 구도자는 무명중생과는 무엇이 달라도 달라야 하지 않겠습니까? 금생에 죽는다고 해서 내 생명이 끝나는 것도 아닙니다. 한 번 더 윤회하면 되니까요. 불생불멸(不生不滅)이 생명의 실상이니까요."

"그 생명이란 도대체 무엇입니까?"

"생명은 바로 하나입니다."

"하나는 무엇입니까?"

"하나는 끝없는 하나에서 시작되고, 하나는 끝없는 하나로 끝난다고 할 때의 바로 그 하나입니다. 시작도 끝도 없는 무한한 하나입니다. 그러니까 이생의 육체 생명이 끝난다고 해서 나의 본래 생명이 추호라도 손상을 입는 것은 아니라는 얘기입니다. 내 뒷배를 봐주는 것은 바로 이 하나입니다. 적어도 이만한 확신도 기개도, 포부도 호연지기도 없다면 어떻게 구도자라고 감히 말할 수 있겠습니까?

남이 나에게 가한 도저히 참을 수 없는 굴욕과 치욕을 얼마나 참아낼 수 있는가 하는 것은 구도자의 능력이요 금도(襟度)라고 말할 수 있습니다. 굴욕과 치욕을 참아낼 수 있는 사람이야말로 자기 자신도 남도, 우주도 죽음까지도 지배할 수 있습니다."

"그 깡패가 아무리 무지막지하다고 해도 유원지에서 많은 사람들이 보는 가운데서, 살인죄인이 될 위험을 무릅쓰고 흉기를 휘두르는 일이야 있겠습니까?"

"여기서는 장소가 문제가 되는 것은 아닙니다. 비록 깊은 산속에서 깡패와 과객 단둘이 마주쳤다고 해도 생사 문제에 관한 한 사정은 마찬가지입니다. 그렇습니다. 지금까지 우창석 씨와 나눈 얘기는 순전히 가정(假定)입니다. 그렇다면 위에 말한 대로 인욕을 할 수 있는 경지에 도달한 도인이 실제로 깡패에게 그런 일을 당할 수 있을까 하고 누가 묻는다면 나는 단연코 그렇지 않다고 대답할 것입니다."

"그 이유가 무엇입니까?"

"내가 1986년부터 지금까지 25년 동안 수련을 해 온 내 감각으로는 그런 일은 실제로 일어날 수 없기 때문입니다."

"왜요?"

"그 정도의 도인에게는 적어도 그의 품위에 알맞은 수많은 보호신장(保護神將)들의 보호를 받게 되어 있기 때문입니다. 하늘의 뜻이 아닌 이상 깡패에게 그러한 치욕은 당하게는 되어 있지 않습니다. 그의 위상에 상당한 대우를 지상에서도 받도록 되어 있기 때문입니다."

"무슨 뜻인지 어렴풋이나마 이해를 할 수 있을 것 같습니다."

"내 몸을 낮추고 또 낮추어 제일 밑바닥까지 내려가 보니 어느덧 나 자신이 가장 높은 자리에 서 있더라고 어떤 사람이 말했는데 바로 그 사람이야말로 진정한 구도자요 성인(聖人)입니다. 이처럼 도는 입이나 머리로 깨닫는 것이 아니라 행동으로 깨닫는 것입니다.

이 행동이 그 사람 자신을 변화시킬 뿐만 아니고 주변 사람들에게까지도 깊은 감동을 줍니다. 이처럼 행동으로 깨달은 사람이라야 생사를 스스로 자제할 수 있고 윤회에서도 벗어나 육도사생을 자유롭게 드나들 수 있습니다."

수술을 해야 할까요?

삼공재 수련을 14년째 하고 있고 대주천을 통과하고 현묘지도 수련까지 마친, 고등학교 수학 교사로 재직 중인 이학진이라는 수행자가 물었다.

"선생님, 저는 3개월 전에 차량 접촉 사고로 목을 삐끗했습니다. 처음에는 아무렇지도 않았었는데, 그런 일이 있은 지 한 달쯤 지난 뒤에 목이 아프고 어깨가 결리곤 했습니다. 병원에 갔더니 담당의사가 각종 검사를 해 보고는 신경을 상했다면서 수술을 해야 한다고 합니다. 수술을 해야 할지 말아야 할지 고민 중입니다. 선생님이시라면 이런 때 어떻게 처신하실지 궁금합니다."

"이학진 씨는 내가 아닌데 어떻게 나를 기준으로 삼으려 하십니까? 나 같으면 그런 경우 내가 그 후유증을 이겨낼 자신감이 있는지를 나 자신에게 먼저 물어볼 것입니다. 나는 선도수련을 하여 운기조식이 확실히 되면서부터 내 몸이 수련 전하고는 확실히 다르다는 것을 알았습니다.

암벽을 타다가 손이나 팔에 부상을 당해도 수련 전 같으면 그 상처가 아무는 데 짧으면 3일, 길면 일주일 걸리던 것이, 단 24시간 안에 아물어 버리는 것을 보고는 내 자연치유 능력이 획기적으로 향상된 것을 알고 건강에 자신감이 생겼습니다.

나 역시 차량 접촉 사고로 목이 삐끗했던 일이 있었고 어깨를 다치기도 한 일이 있었지만 바로 이러한 자신감 때문에 아파도 참고 기다려 보면, 얼마 가지 않아서 나도 모르게 스스로 나아 버리곤 했습니다. 그래서 웬만해서는 병원에 가는 일이 없습니다.

얼마 전에도 삼공재 수련 5년이 되었지만 운기조식은 분명히 되는데 아직 소주천은 안 된 정용성이라는 수련생이 빙판을 걸어가다가 미끌어져서 이마에 바위가 부딪쳐 직경 5센티 정도가 함몰되는 사고를 당한 일이 있었습니다. 병원에서는 수술을 하지 않으면 뇌를 상할 수도 있다고 하면서 수술을 권하는데 어떻게 하면 좋겠느냐고 나에게 상의해 왔습니다.

그때도 나는 지금과 비슷한 얘기를 해 주었습니다. 최소한 운기조식이 확실히 되는 사람의 생리는 그렇지 않은 사람과는 확실히 다른 데가 있으니 관을 통하여 수술 안 하고도 나을 자신감이 서면 안 해도 된다고 말해 주었습니다. 그는 며칠 더 생각해 보겠다고 하더니 그 다음 주에 아무렇지도 않은 얼굴로 나타났습니다. 그는 수술을 안 해도 될 것 같아서 그만두기로 했다고 말했습니다. 그 후 그는 내내 아무 이상이 없었습니다.

또 삼공재 수련 10년 동안에 소주천, 대주천, 현묘지도까지 마친 장국자라는 수련자가 있었습니다. 그녀는 도봉산 산행을 일상생활화 하고 있는데, 어느 추운 겨울날 산행을 하다가 발을 헛딛어 산비탈을 구르다가 팔과 다리에 골절상을 당하고 정신을 잃었습니다. 동료들에 의해 입원을 하고 응급 처치를 받고 입원을 하지 않을 수 없었습니다.

그 다음날 병원에서 깨어난 뒤에 이 사실을 알게 된 그녀는 간호사가 없는 틈을 타, 링거 주삿바늘을 빼어 버리고 목발을 짚은 채 그대로 병원을 빠져 나오고 말았습니다. 누구 맘대로 입원을 시켰느냐는 것이었습니다. 그 후 그녀는 병원 치료비는 청산했겠지만, 다시는 병원 신세 지지 않고 순전히 자가 치료로 다 나았습니다.

이건 좀 지나칠 정도지만 구도자쯤 되는 사람이라면 적어도 이 정도의 자신감과 기개는 살아 있어야 하는 게 아닌가 생각됩니다. 그렇다고 해서 현대 의학의 도움을 받아야 할 경우까지도 깡그리 외면만 하라는 뜻은 아닙니다. 적어도 자기 몸은 자기가 관리한다는 긍지는 가져야 한다고 봅니다."

"선생님, 좋은 말씀 잘 새겨들었습니다."

이렇게 말하는 이학진 씨의 말에는 분명 자신감이 실려 있었다.

수련이 시들해질 때

우창석 씨가 말했다.

"수련이 잘 나가다가 시들해질 때는 어떻게 해야 합니까?"

"수련해 본 사람이면 누구나 다 겪는 현상입니다. 이 세상에 무슨 일이든지 순풍에 돛 단 듯이 잘되어 나가기만 하는 일은 없습니다. 산길을 걸어가다가 보면 내리막이 있으면 반드시 오르막이 있습니다. 내리막만 언제까지 계속되는 일은 없습니다. 관을 잘하는 수행자는 바로 이때에 진가를 발휘하게 됩니다.

수련이 잘될 때부터 수련이 시들해질 때를 예상하고 미리 대비해 두었다가 그때가 오면 정신 바짝 차리고 스스로 수련에 더욱더 박차를 가하여 그 위기를 효과적으로 잘 극복해 나갑니다. 그러나 아무 대비도 없던 수행자는 수련이 시들해지면 슬그머니 수련을 쉬다가 결국엔 흐지부지해 버리고 맙니다. 초심이 흐려지게 됩니다. 이때 수행자의 반수 이상은 이 기간을 극복하지 못하고 좌절하거나 탈락해 버리고 맙니다.

수련을 하려는 '나'라는 존재의 정체가 무엇인가를 끝까지 추적하여 그 실상을 꼭 파악해 버리고 말겠다는 초심은 흐려지고 게으름이 엄습하게 됩니다. 수련을 심심풀이 땅콩식으로 했기 때문에 이러한 일이 벌어집니다. 신혼부부가 꿀처럼 달디단 밀월 기간이 지나자 엄습해 오는 권태기 비슷한 현상입니다. 이때 그들은 외도, 스와핑, 춤, 도박, 술, 마약 같은 데 탐닉하는 경향이 있습니다.

수련이 시들해지는 권태기에 접어든 수행자는 어떻게 될까요? 미리 이때를 위해 대비하지 않는 수행자는 그 어려운 수행을 힘들여 꼬박꼬박 하지 않고도 아주 손쉽게 즉각 깨달음을 얻을 수 있다고 꼬드기는 사이비 교주들의 감언이설에 손쉽게 빠져 버리고 맙니다. 남자는 그 사이비 교주에게 세뇌당하여 그의 충견이 되거나 맹종자나 광신도가 되고, 여자는 사이비 교주의 성의 노리개가 아니면 첩으로 전락합니다.

부모 형제와 주변 사람들이 아무리 설득을 해도 외계인처럼 알아듣지를 못합니다. 구도자가 되려다가 사이비 종교 교주의 맹종자나 광신도로 표변해 버리는 실례는 얼마든지 있습니다. 이들은 자발적으로 그렇게 되었으므로 누구도 효과적으로 구조할 수도 없습니다."

"그러고 보니 수련이 시들해질 때 정말 정신 바짝 차려야겠습니다."

"물론입니다. 그렇게 될 바에는 차라리 처음부터 구도의 길에 들어서지 않는 것이 좋습니다."

"그러니까 구도자는 수행을 시작할 때 미리 이러한 권태기를 처음부터 감안하고 대비책을 세워야겠군요."

"당연한 얘기입니다."

"이런 수련의 권태기를 가장 잘 극복할 수 있는 방법은 무엇일까요?"

"첫째는 사이비 교주들의 감언이설에 넘어가지 말아야 합니다."

"혹시 삼공재 수련생들 중에서 그런 감언이설에 넘어간 사례는 없었습니까?"

"왜 없었겠습니까? 삼공재처럼 힘들고 어려운 수련 과정을 거치지 않고도 아주 손쉽게 그리고 즉각 깨달음을 얻게 해 준다는 감언이설에 빠져서 여러 번에 걸쳐서 개인적으로 혹은 집단적으로 구도자들이 삼공재를 빠져나간 일이 있습니다."

"그 사람들은 그 후 어떻게 되었습니까?"

"거의가 다 예외 없이 사이비 종교 교주의 맹종자, 심복 아니면 광신도가 되었습니다. 혹 개중에는 5년 내지 10년씩 그곳에서 겪어 보고 나서 잘못을 깨닫고 삼공재로 다시 찾아와서 초심으로 돌아가 열심히 수련을 하는 경우도 있습니다."

"삼공재에서 그렇게 떠나간 수련자들이 그곳에서 수련을 하다가 봉착하는 근본적인 난관은 무엇입니까?"

"삼공재에서는 깨달음은 수련자 자신들이 독자적으로 꾸준한 수행을 통하여 진리를 스스로 깨달아 가는 것이지, 외부의 힘이나 신에 의해 이끌려 가는 것이 아니라고 가르칩니다. 그런데도 불구하고 대부분의 경우 그들은 깨달음은 반드시 교주의 힘에만 의지해야 하며 그 교주가 지정하는 무슨 신이나 무슨 성좌의 신령의 에너지를 받아야 한다고 가르칩니다.

이것은 구도 행위가 아니고 일종의 유사 종교 행위입니다. 수행자 스스로 뼈아픈 수련을 통하여 자기 내부에서 깨달음을 얻는 것이 아니라 외부의 힘이나 신의 도움으로 수련을 하는 것은 구도가 아니라 종교 행위입니다. 이것이 근본적으로 다른 점입니다."

"그러면 구도 단체에서의 스승과 종교 단체에서의 교주나 스승의 차이는 무엇입니까?"

"구도 단체에서의 스승은 먼저 깨달음을 달성한 수행의 선배를 말합니다. 구도자들은 스승의 인도를 받을 뿐이지 그의 힘으로 수행자가 깨달음을 얻는 것은 아닙니다. 스승은 단지 자기가 먼저 가 본 경험을 바탕으로 후배 구도자들을 바른길로 이끌어 줄 뿐입니다.

그러나 종교의 교주는 처음부터 구도자가 자기 힘으로 자기 내부에서 진리를 찾아가는 것이 아니고, 순전히 자기가 믿는 교주의 등에 업혀서 처음부터 자기 힘이 아니라 남의 힘으로 진리에 도달하는 것을 말합니다."

"그다음에 또 무엇이 있습니까?"

"마음을 조급하게 서두르지 말고 소처럼 꾸준하게 한 발 한 발 앞으로 나아가는 겁니다. 우공이산(愚公移山)의 심정으로 금생에 안 되면 내생에, 내생에 안 되면 그다음 생 어느 때라도 기필코 구경각(究竟覺)을 성취하고야 말겠다는 흔들림 없는 각오로 나아가야 합니다.

수행자에게 지름길이나 왕도가 따로 있는 것이 아닙니다. 비록 중도에 싫증이 나더라도 이를 극복하여 정도를 가는 것이 바로 지름길이고 왕도입니다. 그러니까 처음부터 정도로 나아갈 자신이 없으면 구도의 길에 들어서지 않는 것이 차라리 낫습니다."

수련이 제일 잘될 때

우창석 씨가 말했다.

"선생님, 수련은 어떤 때 제일 잘됩니까?"

"따뜻하고 배부를 때보다는 춥고 배고플 때, 심신이 고통스러울 때 수련은 오히려 더 잘됩니다."

"왜 그럴까요?"

"따뜻하고 배부르면 보통 사람들은 주색잡기(酒色雜技)에 관심을 갖게 됩니다. 그러나 약간 춥고 배고프고 심신이 고통스러우면 그 문제를 해결하기 위해서라도 공부와 명상에 더 집중하게 됩니다. 운동선수들 역시 모든 것이 충족되고 배부를 때보다 춥고 배고플 때 더욱더 분발하여 연습에 열중하게 됩니다. 이른바 헝그리 정신입니다.

그래서 수련을 제대로 하는 사람 쳐놓고 얼굴에 기름기 흐르고 퉁퉁한 사람은 하나도 없습니다. 따라서 한소식한 사람은 대체로 삐쩍 마르고 굶주린 사람 중에서 나오게 되어 있습니다. 날씬한 몸매와 윤곽이 뚜렷하고 예리한, 얼굴로 먹고 사는 배우, 탤런트, 가수, 댄서 같은 연예인들이 체중계를 항상 옆에 놓고 체중과의 싸움을 벌이듯, 수행자들도 자기 체중을 수련의 척도로 알고 건강관리에 항상 신경을 써야 합니다.

그래서 나는 아무리 수행이 높은 경지에 오른 고위 성직자라고 해도 일단 그가 비만이면 별로 쳐주지 않습니다. 얼마나 수행과 건강관리에 게을렀으면 비만 하나 퇴치해 버리지 못했을까 하는 생각이 문득 들기 때문입니다.

그렇다고 해서 춥고 배고픈 상태가 지나쳐 감기 몸살 또는 중병이 들거나 영양실조에 걸려도 좋다는 뜻은 결코 아닙니다. 건강을 해치지 않고도 공부, 수행, 연구, 연습의 강도를 높일 수 있는 좋은 컨디션을 유지할 수 있는 것이 비결입니다.

목마른 사람이 먼저 우물을 판다는 말이 있습니다. 그리고 매 사냥꾼은 매가 배부르면 사냥을 하지 않는다는 것을 잘 압니다. 그래서 사냥에 내보낼 때는 먹이를 안 주어 굶주린 상태를 유지하게 합니다. 사람 역시 일종의 동물이므로 동물의 속성에서 벗어날 수 없습니다. 따라서 춥고 배고프고 고통스러울 때 가장 강한 성취욕과 초능력을 발휘할 수 있습니다."

기운이 임독을 거꾸로 흐르는 이유

다른 수련생이 또 물었다.

"선생님, 『선도체험기』 8, 9, 10권을 읽어 보면 하단전에서 기운이 임맥을 거쳐 백회로 올라가고 백회에서는 다시 독맥을 거쳐 내려가 회음을 통과하여 하단전으로 들어가게 되어 있습니다. 이것이 기운의 자연스러운 흐름으로 되어 있습니다. 그런데 실제로 소주천할 때 잘 관찰해 보면 기운은 그와는 반대 방향으로 흐르고 있습니다. 그 이유가 무엇인지요?"

"연정화기(煉精化氣)를 하라는 섭리의 작용입니다. 선도수련의 특징은 보정(保精)하고 연정(煉精)하여 정액을 체외에 배출하지 않고 수련 에너지로 바꾸는 데 있습니다. 연정화기를 정착시키려면 기운을 자연의 흐름대로 돌리면 안 되는 이유가 여기에 있습니다."

"그 이유를 구체적으로 설명해 주시겠습니까?"

"남녀 생식기의 구조가 기의 자연의 흐름에 맞추어 정액을 몸 밖으로 배출하게 되어 있습니다. 따라서 정액의 체외 유출을 막자면 기를 거꾸로 돌리지 않을 수 없습니다. 자연의 흐름을 역행하는 것은 그 때문입니다. 그러나 연정화기가 일단 정착되고 나면 임독의 기의 흐름은 다시 제자리로 돌아와 자연의 흐름을 따르게 되어 있습니다. 체외로 사출되어 폐기될 정액이 기체화된 수련 에너지로 바뀌게 됨으로써 연정화기가 정착된 수련자는 그렇지 않은 사람들보다 10년 내지 30년은 무병장수할 수 있게 됩니다."

"그렇다면 결혼한 남녀 수행자는 연정화기가 된 뒤에는 임신이 안 되는 것이 아닙니까?"

"당연히 그렇다고 보아야죠. 그러므로 결혼한 부부 수행자는 상호 합의하에 이미 아이들을 다 낳아 놓고 더이상 낳을 필요가 없다고 생각될 때 연정화기 수련을 시작하는 것이 이상적입니다."

"그러나 처음부터 결혼을 하지 않고 평생 선도수련만 할 사람은 아무 때나 연정화기 수련을 해도 되는 것 아닙니까?"

"그거야 누가 말리겠습니까?"

소주천 운기 다음은

"그리고 선도에 대한 책을 보면 거의 대부분이 하단전에 쌓인 기를 회음을 통하여 장강으로 보내고 독맥을 따라 명문, 척중, 신도, 대추, 아문, 강간, 백회로 올려 보내고 백회에서는 임맥을 거쳐 인당, 인중, 천돌, 전중, 중완, 하단전으로 기를 돌리라고 되어 있습니다. 『선도체험기』 8, 9, 10권에 나오는 김춘식 선생이 말하는 기의 자연의 흐름을 소주천은 역행하는 것으로 되어 있습니다. 이처럼 기를 돌릴 필요가 있습니까?"

"그렇게 돌려야만 보정(保精)을 하여 연정화기(煉精化氣)를 할 수 있기 때문입니다."

"그럼 보정이란 무슨 뜻입니까?"

"정액을 몸 밖으로 배출하지 않고 잘 연단(煉丹)하여 기체 에너지로 바꾸어 수련과 건강에 유익하게 이용하는 것을 말합니다. 이것을 소주천 운기라고 말합니다."

"그런데 위에서 말씀드린 책들에는 그러한 소주천 운기를 하라고만 나와 있지 그 이상은 어떻게 하라고는 나와 있지 않습니다. 그 이후에는 어떻게 해야 합니까?"

"소주천 운기의 목적이 연정화기 성취에 그 목적이 있으므로, 일단 그 목적이 달성되면 그 이상 소주천 운기를 할 필요는 없습니다."

"그럼 그다음부터는 호흡을 어떻게 해야 합니까?"

"행주좌와어묵동정(行住坐臥語默動靜), 염념불망의수단전(念念不忘意 守丹田)만 하면 됩니다. 다시 말해서 보통 사람들이 하는 흉식호흡을 단 전호흡으로 바꾸어 버리기만 하면 됩니다. 요컨대 외기(外氣)를 단전까 지만 운반하면 그 나머지는 수행자의 인체(人體)라고 하는 소우주가 다 알아서 자동적으로 처리하게 되어 있습니다.

우리가 식사를 할 때 어떻게 하는가를 잘 살펴보기 바랍니다. 식탁에 앉아 음식물을 수저로 운반하여 입에 넣고 잘 씹어서 목구멍으로 넘기 는 일까지는 음식을 먹는 사람이 합니다. 그러나 일단 먹은 음식이 목구 멍을 통과한 다음에는 어떻게 되는지 별로 관심을 두거나 잔소리를 하 거나 간섭을 하지 않아도 그 복잡한 소화, 흡수, 연소 과정을 우리의 오 장육부가 다 잘 알아서 자동적으로 능숙하게 처리합니다.

가령 위장에 이상이 있는 사람은 자율신경 계통이 작동되어 오장육부 가 각기 자기 역할을 잘 수행하여 자연치유 능력을 발휘합니다. 자연치 유 능력으로 해결이 안 되는 질병은 의사가 알아서 처리하게 되어 있습 니다. 이와 마찬가지로 우리 수련자들이 열심히 운기조식만 하여 일단 단전까지 들어간 기는 수행자의 인체라는 소우주가 다 알아서 처리하게 되어 있습니다."

"그러니까 수행자는 단전호흡만 열심히 하면 된다는 말씀이군요."

"당근입니다."

【이메일 문답】

한층 강해진 에너지

선생님께. 여러 번 편지를 썼으나 보내지 못해 죄송합니다. 수련은 그동안 징신적으로 안정되시 못한 탓에 선생님과 신계 스승님들의 노움에도 불구하고 큰 성장과 변화는 이루지 못했습니다. 그래도 달라진 게 있다면 내 몸에 쌓인 에너지가 한층 강해진 것 같습니다.

밤새 에너지가 차 있어도 성욕은 전혀 느껴지질 않습니다. (가끔 성욕을 느껴야겠다고 생각되면 그때는 느낍니다.) 빙의령이나 탁기도 더이상 저에게 영향을 끼칠 정도는 아닙니다. 모든 일이 잘되어 항상 선생님과 같이 등산 갈 생각뿐입니다. 비록 보잘것없는 글이지만, 기초 수련자 분들에게 조금이라도 보탬이 되고자 하는 마음으로 몇 자 적어 올립니다.

2011년 5월 5일

지금 이 글을 쓰는 순간에도 흡호(吸呼)를 반복합니다. 왜 호흡이 아닌 흡호냐고 할 것입니다. 호흡이란 말 자체가 이미 잘못된 에너지의 시작이라고 나는 생각합니다. 그 잘못된 모든 에너지로부터 잘못된 생각과 모순이 이 세상에 만연하고 있습니다.

거짓이 쉽게 정의가 되고 정의가 거짓이 되어 지탄받는 이곳이 우주에서도 보기 드문 별이라고 우주인들은 말한다고 합니다. 흡하면 배가 단단해지면서 많은 공기가 들어오겠지만, 실은 많은 에너지가 들어오는 것을 느낍니다.

기초 수련자들도 쉽게 따뜻한 열감을 느끼지 않을까 생각합니다. 흡은 나의 변함없는 친구요 사랑이라는 마음으로 받아들이고 호는 버린다는 마음, 준다는 마음으로 하면 됩니다. 외롭고 힘들 때 대화의 상대가 필요할 때 흡과 호는 변함없이 나에게 편안함을 줍니다.

흡은 우주 생성 이전이요 포용이요, 상대의 마음과 생각 모든 것을 받아들이고 이해할 수 있는 어머님의 마음, 아니 그보다 더 깊은 사랑의 마음자리인지 모릅니다. 호는 나타냄이요 베풂의 마음자리일 것입니다. 흡과 호는 오래전부터 나의 변함없는 친구들입니다. 흡호를 얼마간 한 다음에 오~옴을 마음으로 외우면 또 다른 느낌의 차분한 에너지를 느끼면서 명상에 몰두할 수 있다고 생각합니다.

역사의 뿌리는 중국인들과 같이 힘을 합쳐서 나아가야 할 것입니다. 중국인들도 한국인들과 같이 자신들의 조상의 뿌리를 모르고 잘못된 가르침의 노예가 되어 버린다면 그 어리석음을 어찌 다 말할 수 있겠습니까? 중국인들도 대인이 되려면 조상의 뿌리를 바로 알아야 할 것입니다. 결국 한 조상의 뿌리요 한 조선이 아닙니까.

2011년 5월 7일
미국에서 이도원 올림

【필자의 회답】

홉호(吸呼)에 대한 독특한 견해는 참신해서 좋습니다. 그 방법으로 좋은 수련 효과를 얻을 수 있다면 얼마든지 보급할 가치가 있다고 봅니다. 김연자 씨와 도해 그리고 다른 자녀분들도 잘 지내는지요.

『선도체험기』101권이 늦어도 4월 초엔 나왔어야 하는데, 책 소매점에서 판매 대금 수금이 안 되어 계속 출판이 늦어지고 있습니다. 5월 말경에나 공익재단에서 출판 자금 지원이 있을 것이라고 하여 기다리고 있습니다.

재작년과 작년에 이도원 씨, 도일 씨와 같이 셋이서 등산할 때가 좋았는데, 금년엔 아직 등산을 못 하고 있습니다. 수련에 다소 진전이 있다니 다행입니다. 계속 정진하시기 바랍니다. 다음 메일을 기다리겠습니다.

몸 안의 에너지의 활성화

선생님께 인사 올립니다. 그래도 공익재단에서 출판자금 지원이 얼마라도 있을 가능성이 있다니 정말 반가운 소식입니다. 항상 힘이 되어 드리지 못해 정말 죄송스러운 마음 금할 길이 없습니다.

수련은 큰 변함없이 진행되어 몸안의 에너지가 점점 활성화되면서 컨디션이 50대 초반에서 20대로 돌아간 것만 같습니다. 이젠 잠도 앉아서 자는 것이 더 편하게 느껴집니다. 먹는 것과 배고픔, 목마름, 성욕 그 외

인간이 가진 기본적인 욕구들이 점점 비워지는 것 같습니다. 전생의 나쁜 습들이 없어지면서 좋은 습들이 점점 강하게 되살아나는 모양입니다. 헌데 아직도 마음만은 완전히 뜻대로 되지 않습니다. 아직도 멀고 먼 길을 가야 할 것 같습니다.

난징의 대학살에 관하여 연구해 볼 가치가 있는 것 같기에 몇 가지 자료를 뽑아 봤습니다. 난징은 우리 역사의 숨결과 문화유산이 가장 많이 남아 있던 곳 중의 하나입니다. 왜 하필 그곳에서 처참한 인종말살과 방화와 약탈이 가장 많이 자행되었는지 나름대로 이유는 많지만 다 충분하지 못한 것 같습니다. 언젠가는 진실을 파헤쳐 우리 민족의 뿌리를 찾는 데 힘을 보태야 할 것이라고 생각합니다.

2011년 5월 11일
이도원 올림

【필자의 회답】

예정대로 출판자금 지원이 이루어졌다면 늦어도 4월 초에 나왔어야 할 『선도체험기』 101권이 7월 초에는 나올 것 같습니다. 그러나 그것도 기다려 보아야 할 것입니다. 지금 출판사로서는 그것 외에는 의존할 데가 전연 없는 상태입니다. 궁즉통(窮則通)이라고 그저 잘되기를 바랄 뿐입니다.

수련은 잘될수록 기회라 생각하고 더욱더 박차를 가해야 할 것입니다.

수련이 지금의 페이스대로 계속 이어진다면 미구에 성욕에서 벗어나 더 이상 사정을 하지 않아도 되는 연정화기의 상태에 들어가게 될 것입니다. 마음, 기, 몸공부를 꾸준히 계속하면 반드시 그 경지에 조만간 도달하게 될 것입니다. 다음 소식 기다리겠습니다.

남경(南京)은 조선왕조가 말기에 수도로 삼았던 우리에게는 유서 깊은 도시입니다. 따라서 남경 대학살 때 희생된 대부분의 양민들은 조선족이거나 그 후예라고 보아야 합니다. 따라서 이 사건의 진상은 우리 역사의 진실이 밝혀지는 날, 반드시 우리의 노력으로 낱낱이 백일하에 규명될 때가 있을 것입니다.

이 우주 안에 파사현정(破邪顯正), 사필귀정(事必歸正), 인과응보(因果應報)의 법칙이 살아 있는 한 일본은 어느 때든지 반드시 그 대가를 치르게 될 것입니다.

자리잡히는 연정화기

선생님께.

금년 말부터라도 조금씩 달라질 거라는 기대감은 있지만 늦어도 내년부터는 뭔가 큰 변화가 있지 않을까 합니다. 남경 학살에 관심을 둔 것은 대조선의 새로운 출발은 거기에서부터 시작되는 것이 좋지 않을까 생각해서였습니다. 갈라진 민족이 무언가 하나로 만나야만 그다음에 무엇이 만들어질 수 있다고 생각합니다.

힘이 모여야 세상을 바꾸고 역사를 바로 세워, 새로운 나라를 중심으로 새로운 세상이 열릴 수 있다고 생각합니다. 흥하는 것이 있으면 망하는 것이 있듯이 큰 변화가 다가와야 삼공선도가 일어서는 때가 아니겠습니까?

연정화기는 이제 어느 정도 자리를 잡은 것 같습니다. 단전도 항상 따뜻함과 뜨거움이 번갈아 오면서 차고 뜨거운 느낌이 지속적으로 연결되는 것 같습니다. 정액이 생기자마자 기로 화하는 것 같습니다. 이젠 옷을 벗은 미인들이 앞에 있어도 성욕을 느끼거나 발기하는 현상은 없을 것 같다는 생각이 듭니다. 섹스를 해 본 지 오래되어 확실한 판단은 어렵습니다만 전에도 섹스 중 사정을 끊은 지 오래되었고 지금도 강한 에너지가 항상 몸에서 솟아나도 성욕은 느끼지 않았습니다. 그나마 남아 있던 마음 작용마저도 쇄하고 씻겨져 버린 것 같습니다. 지금 수련 상태가 뭔지 모르게 빠르게 변화하는 느낌입니다.

KBS TV 역사스페셜에 나오는 이은 황태자 편에 1920년쯤 한일합방에 관한 사진을 보면 지금 서울 창경궁과는 다르게 궁궐 기둥 높이가 현재의 세 배 높이쯤으로 커 보이고 분위기도 많이 달라 보입니다. 허나 그 이후 사진들은 지금 느낌과 비슷합니다.

1909년 명동성당 사진에 관해서도 궁금합니다. 조선말기 한반도 이전 시기에 관한 좀더 구체적인 증거가 있었으면 합니다.

2011년 5월 13일
이도원 올림

123

【필자의 회답】

연정화기(煉精化氣) 다음 단계는 연기화신(煉氣化神)입니다. 지금 몸에서 일어나고 있는 수련상의 변화를 좀더 면밀하게 관찰함으로써 다음부터는 추측은 하지 말고, 객관적으로 확신을 가지고 글을 쓰기 바랍니다.

이은 황태자에 관한 역사스페셜에 나오는 궁전은 서세동점기(西勢東漸期) 이후에 한반도에서 급조된 궁전이 아닙니다. 역사스페셜 병인양요 편 자료 화면에 나오는 강화 관청 건물 역시 인천시 강화도의 장면이 아닙니다. 인천시 강화도에는 그렇게 웅장한 관청 건물이 있었던 흔적조차도 없으니까요. 때가 되면 역사의 진상은 반드시 밝혀질 것입니다.

색다른 경험

삼공 스승님 안녕하세요. 오랜만에 인사드립니다. 날씨가 많이 더워졌는데, 스승님과 사모님 모두 불편하신 곳 없으신지요? 세월 참 빠르게 간다더니, 제가 일본에 오게 된 지도 벌써 1년이 넘었습니다. 저는 지난번 메일 보내 드린 이후로 뚜렷한 변화 없이, 그 자리에서 오르락내리락하면서 시간을 보낸 것 같습니다. 아무래도 제가 수련에 전력투구하지 못한 탓이겠지요.

근래에 들어 다시 수련에 박차를 가하고 있는 가운데 오늘은 조금 색다른 경험을 하였기에 문의드립니다. 오늘도 평소와 다름없이 체조와 몇 가지 근력운동을 마친 후, 『천부경』, 『삼일신고』, 『반야심경』을 외우고 선정에 들었습니다. 유난히 온몸의 기혈 순환이 활발해지면서 삼공재 방문했을 때와 비슷하다고 느낄 만큼 온몸이 뜨거워지면서, 자꾸 삼공재 모습과 삼공 스승님 모습이 떠올랐습니다.

그러던 중에 갑자기 머리통이 사라진 것처럼 밝아지더니 엄청난 기운이 백회로 쏟아져 들어온다는 느낌이 들었고, 평소보다 몇 배 강한 진동을 시작하였습니다. 처음에는 목만 까딱까딱하다가 허리를 빙빙 돌리더니 다시 좌우로 까딱까딱하다가, 그러다 또 앞뒤로 흔들흔들거리고 하면서 평소와는 다르게 강도가 매우 강하였습니다. 반가부좌 자세에서 마치 점프를 하듯이 진동을 하다가 다시 허리쯤으로 와서 빙글빙글 거리더니, 갑자기 평생 한 번 배워 보지도 듣지도 보지도 못한 오묘한 동작을 시작하였습니다.

그것은 마치 태극권을 연마하는 듯한 동작이었습니다. 앉은 자세에서 양 어깨가 중심이 되어 움직이는데, 복잡한 가운데 흐름이 있고 대충 움직이는 것 같으면서도 규칙적인 그리고 기의 흐름이 느껴지는 듯한 동작이었으며, 동시에 기혈 순환이 온몸으로 골고루 균형 있게 순환한다는 느낌이 들었습니다.

동작이 다 끝나고 나서 시계를 보니 새벽 1시 40분으로, 오늘은 평소보다 늦게 12시 20분경 시작한 수련이었지만 생각했던 것보다 시간이 빨리 흘러간 느낌입니다. 아니 시간이 흘러간 것조차 느껴지지 않았다는 게 오히려 정확합니다. 그만큼 오늘은 수련에 깊이 집중되었던 것 같습니다.

또 그동안 컴퓨터 업무 때문에 어깨와 목에 피로가 많이 쌓였었는데, 많이 풀렸다는 느낌이며 아직도 온몸에 찌릿한 전율이 남아 있습니다. 이 기회를 발판으로 삼아 수련에 박차를 가하도록 하겠습니다. 향후의 사정을 지켜보고 다른 변화가 생기면 또 연락을 드리도록 하겠습니다.

P.S. 『선도체험기』 101권이 나올 때가 되었는데, 언제쯤 발행될 예정인지요? 만약 나왔다면 구입하고 싶습니다. 그럼 안녕히 계세요.

2011년 6월 16일
도쿄에서 전바울 올림

【필자의 회답】

선도 수행자면 누구나 경험하는 진동입니다. 전바울 씨도 이제부터 본격적으로 수련이 시작되려는 징후입니다. 이런 때일수록 흥분하지 말고 침착하게 수련에 임해야 할 것입니다. 항상 단전을 의식하고 백회로 들어오는 기운을 하단전에 축기해야 합니다.

그러노라면 하단전 안에 기방(氣房)이 형성될 것입니다. 기방이 형성되면 대맥이 열리게 될 것입니다. 그다음에는 임독이 트이게 됩니다. 몸과 마음을 바르게 하고 주변 사람들에게도 친절하고, 백일기도하는 심정으로 조심해야 할 것입니다. 다음 메일을 기다리겠습니다.

기운 유통 활발

삼공 스승님 안녕하십니까? 항상 많은 가르침 감사드립니다. 지지난 주말까지는 스승님의 가르침대로 몸과 마음을 갈고 닦는다는 심정으로 절제하며 지냈으며, 그 결과 기운은 꾸준히 백회로 들어오는 것을 느꼈으며, 온몸의 기운 유통이 활발해짐을 느낄 수 있었습니다.

특히 명상 수련 전에 『선도체험기』를 꼭 읽고 삼대경전을 읽는데, 『선도체험기』에 나오는 몇 구절을 읽을 때면 머릿속에서 종이 울리는 듯한 느낌과 머리 뚜껑이 열리는 것처럼 사라지면서 강한 빛과 함께 기운이 들어오는 것 같을 때가 있습니다. 되도록 기운을 낭비하지 않고 하단전에 차곡차곡 모은다는 심정으로 수련에 임하고 있으며, 하단전에 집중할 때 중단전 상단전이 함께 반응하는 게 느껴집니다.

지난주는 한국에서 중요한 손님이 오셔서 일주일 동안 매일 식사를 대접했어야 하는 관계로 수련에 집중하지 못했으며, 지난 토요일부터 다시 수련에 전심전력을 다하고 있습니다. 단전은 늘 따스하며, 수련 중 태극권 같은 동작은 계속되고 있습니다.

오늘은 멀리 시즈오카라는 곳으로 출장을 오면서 신칸센에서 『선도체험기』를 정독하며 수련에 임하였고, 또 어떤 구절을 읽는 순간 머리가 없어질 듯한 강한 빛과 함께 순식간에 많은 기운이 들어오는 듯한 느낌을 받았으며, 단전이 매우 뜨거워지고 온몸이 뜨거울 정도로 많은 기운 유통이 활발해짐이 느껴졌습니다. 정확히 맞는지 모르겠으나 지난번에 스승님께서 말씀하신 대맥 부위(배꼽의 약간 위에 허리둘레)에 따뜻한 허리띠를 맨 것 같은 느낌을 받았습니다.

제대로 수련이 진행되는 것인지 모르겠습니다. 마음 수련과 관련하여 말씀드리자면, 요즘은 알 수 없는 비애가 느껴집니다. 스쳐간 사람들을 떠올렸을 때 왠지 모를 미안한 마음에 갑자기 눈시울이 붉어지기도 하고, 뜨거운 여름인데도 감수성이 예민해졌다고나 할까요?

예전에는 어떤 사람에게 잘못을 했을 때 막연하게 기계처럼 미안하다고 했다면, 요즘에는 그전보다 진심으로 사과하게 된다는 것을 알 수 있습니다. 그래서 그런지 몰라도 하단전, 중단전, 상단전이 모두 반응하는 듯한 느낌이 많이 듭니다.

이번에 지인 결혼식 참석차 한국에 들어가게 되는데, 7월 14일에 수련과 점검을 받고 싶습니다. 항상 건강하시고, 그럼 또 연락 올리겠습니다.

2011년 6월 27일
도쿄에서 전바울 올림

【필자의 회답】

수련은 아주 잘되고 있습니다. 이제 곧 대맥(帶脈)이 열릴 것 같습니다. 그다음 수련에 대한 구체적인 얘기는 7월 14일 서울 삼공재에서 말하겠습니다.

순조로운 진행

삼공 스승님 안녕하세요. 지난 메일 이후, 비약적인 발전이나 특이한 체험은 없었으나, 순조롭게 진행된다는 느낌입니다. 이젠 언제 어느 때나 단전을 집중하면 따뜻함을 지나 뜨겁다고 느낄 정도로 단전의 존재감이 강해졌습니다.

또 한 가지 이상하게 느껴지는 건, 어떤 섭리의 작용인지 모르겠으나, 최근 들어 식욕과 색욕이 어느 정도 제어되었다는 기분이 듭니다. 일을 마치고 밖에서 저녁을 먹게 되면 이른 시간에 먹기 때문에 집에 와서는 뭔가 간식거리를 찾는 게 보통이었는데, 뭘 먹고 싶다는 생각 자체가 들지 않습니다.

또 아직 독신이긴 합니다만 혈기 왕성한 나이이고, 간혹 미디어의 자극적인 화면을 보게 되면 성욕이 떠오르는 경우가 많았는데, 이제는 뭘 봐도 아무런 생각이 없고 찾아보고 싶은 마음도 들지 않습니다. 이게 수련에만 집중하라는 선계의 신호인지도 모르겠습니다.

수련 중에는 '존재의 실상' 또는 '부모미생전본래면목' 등의 말들이 떠오르곤 하나, 이것이 자성이 암시를 하는 것인지 그냥 우연찮게 떠오른 것인지는 잘 모르겠습니다. 아무튼 방문 전까지 전심전력을 다해 수련에 임하도록 하겠습니다. 항상 많은 가르침 깊이 감사드립니다.

2011년 6월 30일

도쿄에서 전바울 올림

【필자의 회답】

연정화기(煉精化氣)가 시작될 징후입니다. 수련자에게 가장 극복하기 힘든 두 가지 장벽이 있는데 그것은 식욕과 성욕입니다. 이 둘 중에서도 식욕보다는 성욕을 극복하기가 더 어렵습니다. 그 성욕을 극복할 수 있는 수행이 바로 연정화기입니다. 계속 용맹정진하기 바랍니다.

수련이 잘되어 가는 건지

삼공 스승님 안녕하세요. 보내 주신 생식과 『선도체험기』 101권 잘 받아 보았습니다. 여기는 찌는 듯한 더위에 전력 부족 문제로 아주 더운 여름을 지내고 있습니다. 한국에는 비가 많이 왔다고 들었는데, 도우분들 모두 안녕하신지 모르겠습니다.

다름이 아니라 선도수련과 관련하여 이상한 현상이 발생하여 문의드립니다. 어제부터 이런 현상이 지속되고 있어, 이것이 정상인지 잘 모르겠습니다. 『선도체험기』 101권 어느 부분에서 소주천의 혈자리가 쓰인 문장을 본 이후부터 계속 기운이 단전에 머물지 못하고 자꾸 장강을 거쳐 등 쪽으로 올라와 백회를 지나 다시 임맥을 흘러 내려가기 시작합니다.

이게 정말 때가 되어 소주천이 진행되는 것인지 아니면 일시적으로 무의식적인 암시가 되어 이런 현상이 생기는 것인지 잘 모르겠습니다. 오늘 수련 중에는 임맥과 독맥이 뜨거울 정도로 주천을 하였습니다. 이럴 경우는 어떻게 해야 하나요? 부족한 제자 가르침을 부탁드립니다.

2011년 7월 6일
도쿄에서 전바울 올림

【필자의 회답】

전바울 씨가 말한 것을 그대로 믿는다면 기운이 임맥과 독맥을 한 바퀴 도는 소주천이 시작되었습니다. 하단전에서 출발한 기운이 임독을 한 일주하는 데 시간이 얼마나 걸리는지 계속 관찰하여 알려 주기 바랍니다.

믿을 수 없는 일

삼공 스승님 안녕하세요. 저도 믿을 수 없는 일이라 당황스럽습니다. 이번에 삼공재에 방문하여 정확히 점검받도록 하겠습니다. 처음으로 기운이 회음을 지나 장강에서 다시 등 위로 올라갔을 때, 무심코 주천을 의식하였습니다만 꽤 많은 시간이 소요되었던 것 같습니다.

어제 시계를 가지고 측정했을 때는 일주하는 데 약 3~4분 정도 소요되었습니다. 오늘은 측정은 하지 않았지만, 일 주천 시간이 어제보다는 좀더 짧아진 것 같습니다. 일주할 때 대추와 천추 사이에서 시간이 많이 소요되는 것 같습니다. 정말 주천하고 있는 것인가, 제대로 되어 가는 것인가 아직 어리벙벙하지만 기감으로 봤을 때 임맥과 독맥은 확실히 뜨겁고, 기운이 유통하고 있다고 느껴집니다. 주천이 시작되면 입에 단침이 고입니다. 그리고 이제는 어느 때나 단전은 늘 뜨겁습니다. 다음주 14일에 삼공재에서 제대로 점검받고자 합니다. 항상 많은 가르침 깊이 감사드립니다.

2011년 7월 8일
전바울 올림

【필자의 회답】

전바울 씨가 말한 것이 모두 사실이라면 대주천 수련에 들어갈 때가 된 것 같습니다. 다음에 대주천 수련 준비를 하고 7월 14일에 삼공재에 오시기 바랍니다.

대주천 이후 수련 현황

삼공 스승님 안녕하세요. 도쿄, 전바울입니다. 지난 7월 14일, 삼공재에서 대주천 수련을 받은 이후 오래간만에 메일을 올립니다. 사실, 지난 7월 14일 삼공재 방문하기 직전까지만 하더라도 지극히 개인적인 느낌으로 여러 차례 메일을 올려 드려, 실제로는 제 수준이 아직 멀었는데 괜한 소리를 한 것은 아닌가 하고 심히 염려스러웠습니다.

그리고 막상 대주천 수련을 진행할 때도 긴가민가하는 마음이었으나, 대주천 수련 이후로 전신에 느껴지는 기운의 열감과 찌릿함이 계속 이어지고 백회로도 끊임없이 기운이 들어와 단전에 쌓여지는 느낌으로 미루어봐, 잘은 몰라도 어찌어찌 수련이 진행되어지는 것 같습니다.

이게 모두 삼공 스승님과 선계 스승님들 덕분입니다. 다시 한 번 깊이 감사드립니다. 대주천 수련 이후로는 몸을 가다듬고 마음을 너그럽게 쓴다는 마음으로, 되도록 수련에 집중하는 나날을 보냈습니다. 일본으로 복귀한 이후로는 회사 손님들 방문과 지인들의 방문 등으로 바쁘게 지냈습니다. 이에 술 접대가 많았으나 되도록 절제하고 있습니다. 빙의가 들어도 하루 이상 머물지 않는 것 같으며, 백회에도 그때그때 많게 적게 기운이 들어오며 단전은 거의 늘 따뜻합니다.

수련을 할 때는 가끔 혈도가 열리는 느낌이 들면서 약간의 통증 이후 시원한 느낌이 들기도 합니다. 아직까지 특이 사항은 없으나, 수련은 그저 여여하게 강물이 흐르는 듯 천천히 진행되는 것 같습니다. 요즘 들어 아침에 양기가 올라 불편함을 느낍니다. 대주천 수련 이후로 이전보다 좀 강해진 느낌입니다. 이게 정상인지는 모르겠으나 오늘 새벽에는 몽정이 있었습니다. 뭔가 찝찝하고 불쾌한 기분이 들어 곰곰이 따져보니 빙의였던 것 같습니다.

수련이 조금씩 향상되면서 빙의 수준도 높아지는지 빙의 시 답답함과 두통이 더 심하게 느껴집니다. 수련에 박차를 가하라는 선계 스승님들의 신호로 알고, 더욱 열심히 정진하겠습니다. 8월 6일 입국할 예정이오니, 시간을 내어 삼공재 방문하겠습니다. 또 연락드리겠습니다. 안녕히 계세요.

2011년 8월 2일
도쿄에서 전바울 올림

【필자의 회답】

지난 7월 14일 대주천 수련 이후 며칠 동안 서울에 머물다가 일본으로 간다고 하기에, 한두 번 더 삼공재에 들르라고 했더니 그러겠다고 하고는 오지 않기에 기다렸습니다.

업무상 술대접을 하게 되는 일이 있어도 술에 취하는 일이 있어서는 절대로 안 된다는 것을 명심하기 바랍니다. 술 때문에 오래 동안 쌓은 수련을 일시에 망치는 경우가 많으니 조심하기 바랍니다.

그리고 대주천 수련이 되면 갑자기 운기조식이 활발해지므로 성욕이 항진되게 되어 있습니다. 이때 조심하지 않고 운우정사에 깊이 빠지면 수련을 망치게 되므로 극도로 조심하기 바랍니다. 연정화기(煉精化氣)가 몸에 완전히 정착할 때까지는 항상 살얼음 위를 걸어가는 심정으로 몸조심해야 할 것입니다.

남들과 똑같이 일상생활을 하면서도 입산 구도자를 능가하는 구도생활을 병행하는 것이 얼마나 힘들고 고생스러운 일이라는 것을 잠시도 잊어서는 안 될 것입니다. 생활선도를 하기로 작정했을 때 이미 그만한 각오는 했을 것으로 압니다. 그러나 그러한 고행 끝에 반드시 법열(法悅)이 있음을 잊어서는 안 될 것입니다.

성욕과 몽정을 이기는 법

삼공 스승님 안녕하세요. 지난번 귀국 시에 다시 찾아뵙지 못했던 이유는 친구 결혼식 참석차 잠시 귀국하여 방문 기간이 짧았고, 하필 결혼식이 부산이어서 다시 시간을 내기가 쉽지 않았습니다. 제대로 상황을 설명드리지 못하고 저 혼자 생각하여 얼렁뚱땅 넘겨 버려 이러한 상황이 발생한 것 같아 죄송스러운 마음 어찌할 바를 모르겠습니다. 다음부터는 이런 일이 발생하지 않도록 조심하겠습니다.

업무상 마시는 술 관련해서는, 되도록 맥주 한두 잔 정도에 그치려고 합니다만 간혹 상대에 따라서 과음하게 되는 경우가 있습니다. 아직까지 회사 술 문화라는 것이 윗사람에 맞춰질 수밖에 없기 때문에, 내가 싫다 해도 윗사람을 맞춰 주기 위해서 마시는 경우가 다반사입니다.

특히 해외에서 오시는 손님들이 대부분 매니저급이므로 저로서는 맞출 수밖에 없는 환경이 됩니다. 회사 업무뿐만 아니라 회식이나 저녁 식사도 업무의 연장으로 받아들여지고, 이것 또한 평가로 이어지므로 저같이 회사 월급으로 살아가는 사람들은 좋든 싫든 따라갈 수밖에 없는 실정입니다. 이외의 상황에 대해서는 수련자 입장에서 최대한 술을 피하고 있습니다. 업무와 관계되더라도 과음하여 취하는 일은 없도록 주의를 기울이겠습니다.

성욕과 관련해서는 확실히 대주천 수련 이후 성욕이 강해진 것 같으며, 거기에 따라 많은 유혹을 느끼고 있습니다. 그러나 아직까지 잘 절제하고 있으며, 특히 그런 마음이 일어날 때마다 100권에 나온 '수행과 성' 항목을 읽으며 마음을 다스리고 있습니다. 게다가 다행히도 아직 독신이므로 쉽게 유혹에 빠지지 못하는 환경에 있습니다.

다만, 간혹 몽정을 하게 되는 상황에 대해서는 어떻게 대비해야 할지 모르겠습니다. 아직 수행이 얕아서 그런지 의식 안에서는 절제가 가능하지만 잠에 들어 있는, 즉 의식이 없는 상황에서 유혹에 너무나도 쉽게 빠져 버리는 것입니다. 몽정이라고는 해도 꿈속에서 유혹의 상황이 만들어져 버리기 때문에 어떻게 하면 극복이 가능한지 알고 싶습니다.

마지막으로, 제가 처음 선도에 입문하게 된 계기는, 고등학교 때 친구가 읽던 『소설 한단고기』를 빌려 읽고, 거기에 나오는 선도수련 체험기의 내용에 호기심을 느껴 『선도체험기』를 읽고 수련을 하게 되었습니다만, 고등학교 때부터 지금까지 1권에서 101권까지 읽어 오면서 처음의 그 호기심이 이제는 나의 존재의 실상을 아는 것이 목표가 되었습니다.

벌써 많은 세월이 흘렀지만 그 사이, 제가 어려울 때나 힘들 때나 삼공선도가 제 곁에서 힘이 되어 왔고 이제는 거대한 목표를 향해 함께 나아가고 있기 때문에, 당장 지금 현실이 고생스럽고 힘들다고 쉬어 간다거나 포기할 수 있는 것이 아니라고 생각합니다.

왜냐하면 삼공선도가 제 삶의 기둥이기 때문이지요. 포기하거나 그만둘 것이었다면 벌써 그만두었을 것입니다. 제가 별다른 재능은 갖추지 못했지만, 끈기 하나 만큼은 자신이 있습니다. 삼공 스승님과 선계 스승님들께서 이끌어 주시는 대로 열심히 좇아가겠습니다.

현재 제 스스로 염려되는 점은, 제가 아직까지 지혜롭지 못하여 세속적인 일들에 이리저리 휘둘리고 남들 가는대로 제대로 좇아가지도, 그렇다고 생활선도 수련을 완벽하게 구사하지 못하고 있다는 것입니다. 아직 독신이지만 부모님께서는 머지않아 좋은 배우자를 만나 결혼하길 원하시고, 사회에서는 출세를 원하고, 제가 살아가는 테두리 안에서 완벽하게 삼공선도를 실천할 수 있을지, 어느 정도가 적정한 수준인지 아직까지 답을 얻지 못하였습니다. 아직까지 이기심의 미망에서 한참 헤매고 있는 것 같습니다.

수련 진행 상황 관련해서는 지난번에 말씀드린 것처럼, 기운이 들어오고 단전은 늘 따뜻한 상황이며, 빙의가 자주 들어오나 오래 머무르는 경우는 별로 없는 것 같습니다. 스승님께 메일을 받은 이후로 기운이 더 강하게 느껴지며, 며칠 사이 기운에 취해 아직까지 몸에서 감당이 안 되는지 피로감을 느낍니다. 그러나 깨어나려고 하면 또 금방 기운이 돌아옵니다.

오는 8월 6일(토요일) 다시 휴가차 귀국하게 되는데, 8월 6일 바로 삼공재에 방문하여 수련 점검을 받고자 합니다. 많은 가르침 깊은 감사를 드립니다. 또 메일 올리겠습니다.

2011년 8월 5일
도쿄에서 전바울 올림

【필자의 회답】

수행 초보자가 꿈속에서 일어나는 몽정을 피하기는 어렵습니다. 그러나 몽정이 일어나는 시간대를 알아내어 알람시계를 그 시간에 맞추었다가 그 시간에 일어나 조깅을 하든가 운기조식을 하도록 하면 효과가 있습니다.

이것이 성공한 뒤에는 연정화기(煉精化氣)에 집중해야 합니다. 임독맥상의 자연의 기의 흐름을 역행하는 소주천 운기를 강화하라는 얘기입니다. 이 수련이 일정한 수준에 도달하면 체외로 배출하는 정액을 기체로 바꾸어 수련 에너지로 이용할 수 있습니다. 몽정을 해결할 수 있는 가장 확실한 방법입니다. 『선도체험기』에서 관련 부분을 정독하여 실생활에 이용하기 바랍니다.

시험을 앞둔 큰딸

선생님! 안녕하십니까? 부산의 윤명선입니다. 지난주 뵙고 와서 인사 드린다는 것이 늦었습니다. 자주 찾아뵙지도 못하면서 메일로도 수련에 관해서 질문도 하고 그래야 되는데... 폐 끼칠까 염려가 되어 잘 못했습니다.

책을 보면 선생님 뵙는 것과 같다 생각되어... 선생님! 세월만 보내는 것 같아 송구스럽습니다. 다른 분들은 수련이 일취월장하는 것 같아 부럽기 그지없구요.

시험을 앞두고 있는 큰딸아이에게 신경이 곤두서서 일이 손에 잡히지가 않네요. 부산대학 화학과를 올해 초에 졸업하고 작년에 약학대학에 갈 수 있는 PEET 시험을 처음 시행한 1회 시험에 불합격되고, 올해 8월 말에 2회 시험을 준비하고 있다 보니 온통 그 아이에게 마음이 쏠려 있다 보니 정신이 없습니다. 부모 자식의 인연이 지중한가 봅니다.

선생님! 이런 질문을 여쭙는다는 것이 선생님의 제자로서의 10년여의 세월이 무색한 것 같아 죄송하기 그지없습니다만, 엄마로서의 제가 시험을 치를 딸아이를 위해 할 수 있는 방편법이 있을까요? 죄송합니다! 제가 수련만 열심히 하면 될 것을, 선생님께 이런 말씀을 드리게 될 줄 몰랐네요.

현묘지도 수련 중 열심히 하지 못한 벌로 교통사고 후유증이 꽤나 길게 갑니다. 좀더 열심히 해 보겠습니다. 참! 메일 주소를 옮겼습니다. 그럼 다음에 찾아뵙겠습니다. 안녕히 계세요.

2011년 6월 29일
윤명선 올림

【필자의 회답】

삼공재에 나오는 40대 주부 수련생이 있는데 16세와 12세의 두 딸을 두었습니다. 작은딸은 수재지만 큰딸은 중3으로서 내년에 고등학교 진급이 불가능한 정도로 성적이 저조합니다. 그 수련자는 항상 큰딸 때문에 걱정이 태산입니다. 하도 스트레스가 쌓이고 노심초사하여 얼굴은 노랗게 뜨고 반쪽이 되었습니다.

왜 하필이면 지구상 60억 인구 중에 내 딸만이 그래야 하냐고 한탄입니다. 그러나 그런다고 해서 달라지는 것이 무엇이겠습니까? 자기가 어떻게 할 수 없는 외부 환경을 상대로 불평을 할 게 아니라 적어도 자기 마음대로 할 수 있는 자기 마음을 다스리는 길밖에 없다고 타일러 줍니다.

역경에 처했을 때 구도자와 무명중생이 다른 점이 무엇일까요? 구도자는 자기에 밀어닥친 어려운 환경을 순순히 받아들이지만 무명중생은 한탄하고 거부하고 불평하고 애면글면하고 속을 썩입니다. 그렇게 하여 자기 마음과 몸만 상하게 합니다.

나는 윤명선 씨가 부디 그러한 무명중생이 되지 않기 바랍니다. 큰따님을 있는 그대로 허심탄회하게 받아들이고 현실적으로 가능한 범위 안에서 해결책을 모색하시기 바랍니다. 그러나 이 세상 학부모들은 현실을 있는 그대로 겸허하게 받아들이기를 거부합니다. 70점짜리면 70점짜리로 솔직하게 받아들이지 않고 왜 100점이 아니냐고 화를 내든가 근심 걱정을 합니다.

그렇게 하지 말고 현실을 있는 그대로 겸허하게 받아들이고 나면 우선 근심 걱정에서 벗어날 수 있을 것입니다. 그다음에 차분하게 관을 하면 해결책이 눈 안에 들어올 것입니다.

장모님의 천도

지루하게 내리던 장맛비도 그치고 무더운 햇살이 내려쪼이는 이때 선생님과 사모님 그동안 안녕하신지요. 오랜만에 메일을 쓰게 되었습니다. 그동안 있었던 일들을 시간 나는 대로 쓰도록 하겠습니다.

지난 12일에는 장모님께서 돌아가셨습니다. 2002년에 논 2,000평과 밭 600평을 혼자서 농사지시던 분이 손자의 잘못된 보증으로 인하여 집과 땅이 경매에 넘어가게 되었습니다. 그 충격으로 인하여 발작을 일으키신 이후로 치매가 생기면서 건강이 급속히 나빠지기 시작했습니다.

너무나 고통스럽고 잊고 싶은 일이 있을 때 인간의 뇌는 스스로의 뇌를 파괴해서 그 고통으로부터 벗어난다고 합니다. 그 후로는 경매에 대한 얘기는 일체 하지 않으셨습니다. 물론 저희들도 경매 얘기는 꺼내지 않았죠. 그 후 건강이 나빠지시기에 저의 집으로 모셔 한 달 정도가 지난 어느 날부터는 잠도 안 주무시고 집에 가시겠다고 13층 베란다 문을 여시고 나가시는 걸 모셔와 앉혀 놓고 저의 식구가 옷자락을 잡고 3일을 울었습니다.

그전에 화장실에 가셔서 넘어져 갈비뼈가 부러지는 부상을 당하셨기에 한 사람은 교대로 장모님의 옷자락을 잡고 뜬눈으로 밤을 새웠습니다. 옆에서 부스럭 소리만 나도 잠에서 깨는 예민한 성격인지라 3일 밤을 새고 나자 정신이 하나도 없었습니다.

그 후 집사람과 의논해서 치매 전문 병원으로 입원시켜 드렸고, 치료비 문제로 퇴원을 해서 개인 요양 시설에 부탁을 하게 되었습니다. 병간호는 가족은 가슴이 아파서 못하고, 남이라야 감정에 치우침이 없이 잘할 수 있다는 엉뚱한 논리로, 그렇게 10여 년이 다 되도록 3군데의 개인 시설을 옮기게 되었지만 모시는 분들마다 정성을 다해 너무나도 고마움을 느끼게 되었습니다.

누구는 부모도 못 모시는데 저분들은 남을 저렇게 정성스럽게 돌보시는구나 하는 생각에 부끄럼마저 느끼곤 했습니다. 몸은 N자로 굳어지고 딸과 사위들도 알아보지 못하는 야윈 모습으로 서서히 떠나셨습니다. 장례를 치르는 동안 남은 가족들은 제가 앞장서서 사이좋고 우애 깊게 지낼 테니 아무 걱정 마시고 부디 저한테로 들어오시라고 『천부경』을 외우며 지냈습니다.

지난 일요일 삼공재에서 떨리는 마음으로 장모님이 저에게 들어와 계신가 여쭙게 되었고 선생님께서는 들어와 계신다 하셨습니다. 고맙습니다. 선생님께 큰 은혜를 입었습니다. 더욱 수련 열심히 하고 또 메일 드리겠습니다. 안녕히 계십시오.

2011년 7월 19일
김춘배 드림

【필자의 회답】

김춘배 씨의 장모님의 영가는 지난 7월 17일 삼공재에서 선도수련하는 사위 덕으로 천도되어 응당 가야 하실 곳으로 가셨습니다. 만약에 김춘배 씨에게 장모님을 천도할 만한 영력이 없었다면 그분의 영가가 실려 들어오시지도 않았을 것입니다.

2006년 4월 16일부터 지난 5년 동안 삼공재에 일요일마다 꼭 나와서 꾸준히 일사분란하게 수련에 열중한 결과라고 봅니다. 앞으로도 더욱 수련에 용맹정진하여 김춘배 씨와 인연이 있는 모든 영가들을 천도할 수 있는 영능력을 계속 키울 수 있기 바랍니다. 지금과 같은 수련에 대한 열정과 정성이 계속된다면 꼭 그렇게 될 날도 멀지 않을 것이라고 생각합니다.

해코지하려는 영가와 천도되려는 빙의령

고맙습니다. 그 모든 것은 선생님 덕분에 가능했겠지요. 장례식장에서 빙의되는 느낌이 조금은 있었으나 그 외 다른 점은 느낄 수 없었습니다. 예를 들면 긴 병을 앓으신 분의 통증 전이(轉移)라든가 가슴 답답함, 기운의 딸림 현상은 느낄 수 없었습니다.

평상시보다 더 단전에 집중하고 몸과 마음을 관을 해선지 담담하고 편안한 상태였습니다. 해코지하고자 들어온 영가와 천도되기 위해서 들어온 영가의 느낌이 다른지요? 또한 평범한 생을 살다간 영가와 한이 많았어도 큰 스승님께 천도된 영가의 차이점이 궁금합니다.

비록 한이 많았어도 큰 스승님에 의해 천도된 영가는 마음이 열려 다음 생에는 이타행과 도를 만나 공부하는 행운을 얻지 않을까 생각해 봅니다. 선생님께 다시 한 번 감사드리며 다음에는 수련에 대한 메일을 올리겠습니다. 안녕히 계십시오.

2011년 7월 28일
김춘배 드림

【필자의 회답】

해코지하려는 영가와 천도되려는 빙의령의 차이점은 수련자가 직접 체험을 하면서 스스로 터득해 나가는 것이 훨씬 더 공부에 더 보탬이 됩니다.

삼공재 수련 4개월 체험기

석 기 진 (시인, 수필가)

삼공 김태영 선생님께

지난 4개월 동안 삼공재에 일주일에 한 번씩 다니면서, 회복하기 힘든 중증 환자처럼 망가진 몸이지만, 이제는 조금씩 힘도 나고 기공부도 미약하나마 잘되고 있으며, 또한 깨닫게 되는 것도 많아졌습니다. 그중에 한 가지는 수천 년 잘못 전해져 내려온 선도수련의 한 가지 오류를 알게 되었습니다.

바로 단전에 축기를 한다는 표현 때문인 것으로 봅니다. 소위 이제까진 단전에 기운을 채워 넣는다는 것이었습니다. 그로 인해서 어떤 분은 숨을 오래 참으면 축기가 많이 된다, 혹은 인위적으로 호흡을 길게 강하게 하면 축기가 많이 된다는 등 단전을 풍선으로 보고 그 풍선 속에 가득 기운을 강제로 채워 넣는 것을 축기로 잘못 알고 수행하게 됩니다.

그 결과 고요한 정좌 수련에서 인위적이고 무리한 복력을 쓰는 호흡으로 부작용이 생긴다는 것을 알게 되었습니다. 정좌 수행 시 호흡이란 단전에 의식을 두고 자연스러워야 하는데, 그렇지 못하고 무리하게 복부에 힘을 가하다 보니, 호흡과 인체 심박동과 혈류 흐름이 서로 어긋나고 충돌이 생기게 된다고 봅니다. 상기증, 복부의 각종 냉적, 혈적, 기적 같은 다양한 부작용이 나타나는 첫째 원인이라 봅니다.

동맥과 정맥 등 눈에 보이는 핏줄을 음(陰)으로 보았을 때 기운이 흐르는 경락은 양(陽)이고, 눈에 보이는 육신을 음으로 보았을 때 육신을 거느리는 영혼, 생각은 양으로 볼 수 있듯 모든 것이 음양 관계에 있는데, 호흡 수련 시에도 음양이 잘 조화를 이뤄야 한다는 것을, 무형으로 이뤄진 하늘의 천기와 유형으로 이뤄진 땅의 지기인 음식물의 영양분이 서로 단전에 합성되는 것인데, 천기를 받아들인다고 인위적으로 호흡을 강하게 참거나 함부로 복부에 강한 압력을 주면 고요히 앉아 있는 육체와 서로 리듬이 맞지 않게 되고, 핏줄 속 혈류의 자연스런 흐름들도 깨진다는 것을 알았습니다.

우리 몸속에 자율신경으로 심장이 펌프질하여 혈액순환이 되는데 오히려 가만히 무심으로 두었을 때 가장 안정적으로 제 역할을 잘하듯이, 호흡 역시 우리 의식이 강제로 호흡을 구사하여 힘을 쓰기보다는 그냥 숨이 쉬어지도록 최대한 편안하게 무심을 이룰 때 가장 단전에 축기가 잘되는 것 같습니다.

어린아이처럼 혹은 태아처럼 스트레스받지 않고 번뇌 망상 없이 고요함으로 집중이 될 때 비로소 유형인 몸뚱이의 자율신경 운동과 무형인 천지기운의 호흡이 서로 균형 있게 잘 섞여 단전에서 합성을 원만히 이루는 것 같습니다.

다만 한가락 호흡에 의식을 실어서 단전을 주시하면 된다는 것을 알게 됩니다. 태양빛을 받아 돋보기가 초점을 모아 열을 내듯이, 의식이란 돋보기가 하단전에 초점을 맞추어 집중을 하면서 저절로 자연스럽게 쉬어지는 숨이 가장 축기가 잘된다는 것을 알게 되었습니다.

예전엔 한 달에 한 번, 석 달에 한 번, 혹은 일 년에 한 번 나타나 삼공재 수행을 하다가 지금은 비록 4개월을 넘었지만 일주일마다 삼공재에 앉아 있어 보면, 이 놈의 몸뚱이가 알아서 저절로 숨이 쉬어지는 것을 알게 됩니다.

때론 숨이 멈추기도 하고, 강하고 짜릿하고 청신하고 또 묘하게 시큼하고 아릿한 고도로 정제된 기운이 기파를 통해 저에게 흘러와서 막히고 뒤틀어진 제 몸속의 자력이 뚫리고 조절될 땐 온몸이 짜릿하여 숨도 못 쉴 정도가 되어 버리기도 합니다.

그러다 저절로 강한 호흡이 되기도 하고, 중단을 뚫어 주시고, 오른쪽 옆구리와 등 뒤쪽까지 꽉 막힌 것도 뚫어 주시고, 단전까지 호흡 길을 내 주시면 그땐 저절로 수승화강이 이뤄지고 아랫배로 의식과 힘의 중심이 이동하여 호흡이 저절로 쑥쑥 내려가게 됩니다.

4·5성, 6·7성이던 인영맥도 삼공재에 앉아 있는 동안은 거의 평맥에 가깝게 조절이 되어 버리는 것도 겪어 보지 않은 분들은 이해를 못 할 것입니다. 4·5성, 6·7성 때려잡으려면 굵은 침으로 합곡과 기경팔맥 중 양경의 통혈에 강자극을 몇 달을 해도 힘든데, 삼공재에 앉아 있는 동안은 평맥이 되어 버립니다.

물론 다시 집으로 와서 생활하다 보면 다시 맥이 4·5성, 6·7성으로 서서히 올라가고 단전의 힘이 다시 떨어지고, 뚫어 주신 경맥이 다시 막히기에 그땐 염치 불구하고 다시 삼공재를 방문해서 도움을 또 받게 됩니다. 그 점이 죄송스러울 뿐입니다.

몇 번을 다시금 생각해 보는데, 선도수련이란 하단전에 기운을 강하게 복식호흡으로 축적하는 것이 아니란 것을 알게 됩니다. 하단전은 풍선이 아니기에 빵빵하게 힘을 쓰는 호흡을 한다고 기운이 채워지는 것이 아니라, 하단전을 신묘한 기운으로 일깨워 부화를 시켜야 한다는 것입니다. 어미 닭이 알을 품어서 따뜻한 온기로 잘 굴려 주어 병아리가 저절로 부화가 되듯이 하단전 역시 부드럽게 은밀히 부화를 시켜야 한다는 것을, 그와 동시에 고요하고 자연스런 호흡으로 우주의 기운을 하단전으로 부채질하여야 한다는 것을 알게 됩니다.

물속에 어미 물고기가 알을 부화시키기 위해 끊임없이 지느러미로 부채질해서 산소와 온도를 조절해 주어 물고기 알이 부화되듯이, 그렇게 하단전으로 호흡과 의식을 부채질하여 단전이란 시스템을 활성화시키고 원자력 발전소를 가동시켜야 한다는 것을 알게 됩니다.

아무리 용이 될 용 종자인 잉어 알이라도 어미의 보살핌이 없인 스스로 부화하기 힘들 듯이, 아무리 잘난 사람이라도 경우에 따라서 혼자선 기공부가 어려울 수 있으니 그땐 반드시 기회를 놓치지 말고 올바른 스승의 가르침을 받아야 한다는 것을 다시금 절실히 느낍니다.

또한 걷기, 달리기, 등산, 암벽, 철봉, 평행봉, 절 운동, 무술 수련 등 몸을 움직일 땐 인체의 온몸과 뼈대와 근육이 강하게 움직이고, 심장도 강하게 펌프질하여 혈액순환이 강하게 되니 그땐 또 그때대로 몸뚱이가 저절로 알아서 강한 호흡을 하여 강하게 움직이는 인체 조직과 균형을 이루니, 그땐 강한 호흡이 전신을 단련하는 강한 무식호흡이 된다지만, 몸을 움직이지 않는 고요한 정좌 수행에선 심장세균(深長細均) 호흡을 하고 생각의 돋보기로 단전을 주시하면 된다는 것을 알게 됩니다.

삼공재에 앉아 있어 보면 단전뿐 아니라 인체 모든 경혈과 경락과 신경세포들 역시 깨어나고 활성화되고 부화되는 것 같습니다. 기감이 살아납니다. 기문이 열려 갑니다. 천기는 온 우주에 꽉 차 있는데 그것에 반응하고 활동하는 능력 역시 경락, 경혈, 모든 인체 신경 세포들의 기문이 열려야 한다는 것을 알게 됩니다.

첨단 전자산업의 성패도 외부 조건에 즉시 반응하는 센서 기술이 관건이듯이, 우리 인체 건강과 수행 역시 온몸의 신경, 경락, 경혈의 센서들이 녹슬지 않고 기능이 되살아나야 한다는 것을 알게 됩니다. 즉 삼공선생님 말씀처럼 기문이 확실히 열려야 한다는 것입니다.

저는 처음엔 손바닥에 미약하게 기감이 느껴지다가 마침내 손바닥 전체에 강한 자력을 느낍니다. 그것이 점점 확대되어서 이제는 양팔과 어깨까지 강한 기감이 느껴집니다. 서서히 어깨와 등과 가슴 쪽으로 기감이 더 파고들기 시작하는데, 신기한 것은 손바닥 노궁에서부터 강하게 느껴지는 기감이 상기를 시키지는 않는다는 것을 알게 되었습니다. 다른 분들은 어떤지 모르지만, 저는 손바닥 노궁혈에서부터 강하게 뭉게뭉게 피어오르는 기감이 팔을 타고 몸통까지 기문이 열려 가는데 그 기운이 머리로는 상기되지 않아서 천만다행입니다.

호흡이 단전에서 떠 버리는 등의 부작용도 없습니다. 단전이 허약한 상태로 인당이나 백회에 강한 기운을 먼저 느끼면 상기증으로 어김없이 고생하는데, 손바닥 노궁혈부터 열려서 기문이 살아나는 것은 하단전 축기의 기공부에도 긍정적이란 생각이 듭니다. 어찌됐든 부작용은 없으니, 가능한 그 기감이 팔을 타고 막힌 중단전을 뚫고 하단전까지 휩쓸어서 하단전이 가장 따뜻하고 가장 강한 기감이 느껴지도록 항상 노력하겠습니다.

요즘은 수행이 잘될 때는 집에서 혼자 정좌 수행해도 수승화강이 잘 이뤄지고 손바닥부터 양팔로 무겁고 찌릿하고 뭉게구름처럼 묘한 자력이 느껴지면서 하단전도 차갑지 않고 호흡이 어느 정도 잘 내려갑니다. 그땐 바로 이 자리가 명당자리란 자각이 듭니다. 그러다가 아직 엉망이 되어 완전 건강으로 회복되지 못한 몸뚱이가 너무 피곤할 땐, 낮이라도 쓰러져 눈을 붙이고 나면 편안하고 아픈 것이 없어지고 피로도 풀립니다. 가만히 생각해 보니 인간에겐 3가지 좋은 명당 터가 있는데 항상 이곳에 안주해야 한다는 것을 알게 됩니다.

첫째! 몸공부를 잘하고 바른 인체를 만들면 인체의 뼈대와 살들이 그 자체가 균형 있는 하나의 건축물이 되어 좌우 양팔과 양다리가 좌청룡 우백호가 되고, 척추를 곧게 세우고 앉으면 피라미드 3분의 1지점에 기운이 모인다 하듯이 아랫배 하단전이란 명당혈에 자연 기운이 모입니다. 그러니 천하 명당 터가 딴 데 있는 것이 아니라 내 몸뚱이가 그것이고 하단전이 핵심 명당혈이라는 것을 알게 됩니다. 그러니 몸을 소중히 여겨 등산도 하고 걷기, 달리기, 절 운동, 뼈대 교정 운동 등으로 몸공부를 열심히 해야 합니다.

둘째는! 마음공부를 잘해서 항상 스트레스를 받지 않아야 한다는 것도 계속 느낍니다. 제 자신이 그렇지 못했기에, 살면서 어려움들을 참느라 중단전이 꽉 막혀서 삼공재 갈 때마다 중단전이 뚫리느라 청신하고 묘하고 아릿한 기운이 몰리는 것만 봐도 그렇습니다. 중단이 뚫려서 마음이 편안해지면 그렇게 행복하고 좋습니다. 그러니 우리는 생활에서도 항상 마음 편하게 역지사지 방하착하는 삶, 바르게 사는 삶, 최소한 오계(五戒)라도 지켜서 업을 짓지 않고 편안한 마음자리의 명당을 지녀야 한다는 것을 알게 됩니다.

셋째는! 기공부를 잘하여서 전생에 지은 악업과 영적인 빙의 등으로 오는 파장도 능히 따듯하게 품어서 녹여야 하고, 조상 산소 유골에서 오는 파동과, 집터나 일터의 땅에서 오는 각종 파동도 강한 기운으로 제압을 하여 당하지 않아야 하며 또한 각종 공해와 전자파 시대에 강한 운기를 할 수 있어야 보호막이 된다는 것을 알게 됩니다.

사주팔자의 운세, 기복에 의해서 발생하는 파장도 충분히 기공부로 넘어서야 한다는 것을 느낍니다. 그러니 몸공부, 마음공부, 기공부 삼공 공부를 잘해서 이 3가지 명당에 잘 안착하는 길이, 바로 하늘 십승지(十勝地)에 드는 길이라 봅니다.

예전엔 땅의 십승지를 찾아서 전쟁과 기근과 환란과 삼재팔란을 피했고, 풍수로 양택, 음택하고 각종 사주팔자 비방, 비술 등으로 운을 열려고 개운법들이 있었는데, 이제 말세엔 하늘 십승을 찾아야 한다고 했으니, 하늘 십승은 딴 데 있는 것이 아니라 몸과 마음과 기운을 다 같이 공부하는 삼공선도 수련을 하여 소우주로서 오롯이 독립할 정도로 공력과 내공을 쌓는 것이 그것이라 봅니다. 그러니 앞으론 수행자가 되지 않고는 닥쳐올 지구 변혁의 시기 또한 무사히 넘기기 어려울 것 같다는 생각도 해 봅니다.

불교나 기독교처럼 마음공부만 위주로 하던 것으론 앞으론 살아남기 어려우니, 선도수련이 부활한 것이라 봅니다. 수많은 기록에 선도 수련가들이 금단을 잘못 먹고, 호흡을 잘못해서 부작용으로 고생한 기록들이 있다 합니다. 그런데 지금은 때가 되었는지, 올바른 스승의 지도만 받으면 능히 귀신도 모르는 그 어려운 기공부를 성취할 수 있다는 것입니다.

인류는 이미 외계인과 교류가 있었다고 느껴지는데 독일이 그렇게 앞선 과학기술을 외계로부터도 간접적으로 받아들이고, 러시아와 미국과 중국도 배워서 자기 것으로 만들어 지구촌의 전자과학, 우주과학기술이 발달한 것과 같이, 분명 하늘에서도 사람을 살리기 위해 선도수련의 부활을 위해 보이지 않는 곳에서 간접적으로 활동을 한다는 것이 확연하다고 느껴집니다.

병원 약 과다 복용으로 인류 전체의 면역력이 집단으로 약화되어 있고, 경제 발전과 더불어 먹거리는 이미 농약, 화학비료, 항생제, 방부제 등으로 오염되었고, 대기오염 역시 심하고, 기후 변화로 오는 기상이변과, 중국과 일본에 집중된 원자력 발전소가 지진, 해일 등으로 방사능이 누출될 경우 상태는 더욱 심해질 것으로 보입니다. 각종 암환자들이 늘어나서 암 보험상품이 거의 다 사라져 가는 것만 봐도 그렇고, 각종 이상기후에 어쩔 수 없이 인류는 앞으로 어려운 고비를 넘겨야 하는 시기가 온다는 것은 불을 보듯 뻔해 보입니다.

청산거사처럼 당신 혼자만 반짝하고 선도수련의 일정한 성취를 보이고 사라져선 안 되고, 앞으로 계속 삼공재에서 배출된 많은 제자분들이 그 후에도 절대 수행의 끈을 놓지 말고 불씨를 이어 세상에 퍼뜨려야 함은 어쩔 수 없는, 하늘이 사람 살리라고 지워준 사명이라 봅니다.

그래서 삼공 선생님과 일정 부분 수행의 경지가 높아진 수많은 삼공재 제자분들이 존경스럽고 고맙기 그지없습니다. 우리가 한세상 호강하고 행복하며 욕망을 누리려고 이 무거운 육신을 품고 온 것이 아니기에, 죽을 때까지 수행의 끈을 놓지 않아야 하고 또한 자격이 갖춰진 분들은 제자들 양성에 힘을 써야 함은 숙명인 것 같습니다.

저도 4월부터 수행을 시작하면서 100일 넘게 함부로 하지 않다가 이상하게 지지난 주에 삼공재 가기 2일 전부터 밤에 잠이 오지 않아 고생하고, 당일엔 밤을 꼴딱 새우다가 아침에 잠깐 잠이 들었는데 몽정을 하고 말았습니다. 안 그래도 회복이 덜되어 건강의 고삐를 쥐지 못했는데, 이틀 동안 잠 못 자고 힘 빠지고 아침엔 100일 만에 처음으로 성에너지까지 낭비하고 보니 허전하고 억울하고 몸에 힘이 다 빠져서 부끄러워 삼공재 가는 것이 망설여졌습니다.

그래도 시들은 몸을 끌고 수행을 하는데, 삼공 선생님께서 이미 다 기운으로 말없이 체크하시고 여러 가지 조치를 해 주셔서 부끄럽고 감사할 뿐입니다. 겨우 4개월 동안 일주일에 한 번씩이라도 삼공재를 방문하면서 조금 건방지지만, 제가 체험한 삼공 선생님 수행 경지를 가늠해 봅니다.

선도수련의 산 증인이시기 때문이시고 공개적으로 제자를 지도하시는 스승님이시기 때문입니다. 어디 숨은 선도수련의 고수가 있으시다지만 공개적으로 제자를 두시고 활동한다는 소문도 없고, 또한 공개적으로 각종 선도수련 명함을 내고 활동한다는 분들 중에서도 제자를 받을 정도로 기운을 운용하시는 분을 제가 알지 못하기 때문입니다.

대부분 보면 간판만 ○○선도수련 등 내걸고 활동할 뿐, 정작 제자를 바르게 이끄시는 분이 있는지 저는 모르겠습니다. 오히려 어떤 사람은 ○○선도수련, ○○생식 등 간판을 내걸고 영업을 하면서도 정작 호흡이나 기운에 대해선 전혀 모르고 있는 것 같습니다.

그저 간단한 최면으로 온몸에 힘이 빠지고 단전이 따뜻해지고, 그 따듯해진 단전의 기운이 온몸으로 돌아서 4·5성, 6·7성이 없어지고 평맥이 된다고 그냥 최면만 걸어 댈 뿐이고, 선도수련의 기초인 도인체조만 이것저것 개발해서 시키고 무술동작이나 시킬 뿐, 정작 기운을 모르면서 선도수련 간판을 내건 곳이 많은 것 같습니다.

그것까진 좋은데, 회원들을 상대로 생식이나 선도수련 등 교육을 시키다 정작 기 수련에 대한 질문이 나오면 꿀 먹은 벙어리가 된다는 것입니다. 그러니 자신의 기맹(氣盲)을 얼버무리기 위해 엉뚱하게 다른 소문난 스승을 향해서 "그 사람은 인영 6·7성이다, 20성이다" 하고 허언(虛言)을 하는 것 같습니다. 또 초임 회원들이 생식의 기초 이론을 보고 매료되었을 때, 그 타오르는 초심을 이용해서 아예 생식 일 년치를 한꺼번에 구입하라 하고, 한 달분은 안 판다고 하는 곳도 있는 것 같습니다.

일 년치 생식을 사고 또 화분 등 이것저것 따로 다달이 먹다 보니 6개월 만에 생식 비용만 400만 원을 썼다는 어떤 네티즌의 사연도 인터넷을 떠돕니다. 요법사 강의료도 상당히 비쌉니다. 93년경에 제가 ○○선원에서 그곳 사범에게 『선도체험기』 이야기를 꺼내자마자 김태영 선생님은 ○○선원을 떠난 후론 기운줄이 끊어져서 기공부가 끝났고, 아파서 누워 계신다고 허언(虛言)을 무서운 줄 모르고 하던 것과 똑같고, 또한 공부에 한참 푹 빠진 회원들을 상대로 무슨 특별수련, ○○○과정 등을 핑계로 한꺼번에 수백 수천만 원씩 특별수련비 왕창 받아 챙기는 일과 똑같아 보입니다. 다 비슷한 부류인 것 같습니다.

미국이 세계 최강대국이 된 이유 중 가장 큰 것이 인류애, 형제애로써 다양한 문화와 인종과 인재들을 받아들인 것이라 봅니다. 미국의 우주항공기술도 역시 자국의 능력이 아니라 독일의 과학자들을 받아들인 것이고, 세계 각국의 좋은 문화와 인재를 받아들이고 각 주로 나눠진 군대와 정치를 하나의 미국으로 통합한 것입니다.

작년에 우리나라가 나로호 발사 실패를 했는데 국민들 여론이 "부끄럽다, 그것도 러시아의 도움을 받아야 하는가?" 등이었습니다. 하지만 도움을 받을 것은 받는 것이 현명한 것이라 봅니다. 중국이 전학삼이란 과학자를 사상과 이념이 다른 미국으로 유학 보내 우주항공 과학자로 키운 덕에 중국 역시 스스로 위성을 쏘아 올리게 된 것을 알게 되었습니다.

갇힌 마음을 열고 좋은 것은 서로 받아들이는 것이 부끄러운 것이 아님은 삼공 선생님 뵈면 알 수 있습니다. 선도수련에 도움이 된다면 직접 달려가서 당장 오행생식도 배워서 내 것으로 만들고, 밥따로 물따로 음양식사법이 건강과 수행에 도움이 된다면 역시 직접 실천해 보시고 도움이 되는 부분은 충분히 받아들이시고, 또 몸살림 운동이 선도수련과 건강에 도움이 된 것을 확인하시곤 또 배우시고 직접 실천을 하시며 끊임없이 마음을 열어 놓으신다는 것입니다. 그런데 세상의 많은 사람들은 자신이 어떤 위치에 서거나 한자리하면 스스로 권위 의식이 생겨서인지 좋은 것이 있어도 배우려 하지 않고 오히려 질투를 하는 것이 안타깝습니다.

전에 김영우 원장님과 청견 스님께 선물 드리려고 『선도체험기』 2권을 마련해 놓고는 아직 제 방 책꽂이에 있습니다. 신경정신과 김영우 원장님은 최면치료로 정신치료의 영역을 확장한 분으로 『전생여행』이란 책과 『영혼의 최면치료』란 책이 유명한데, 그분이 지금 여러 가지로 어려움에 처해 있는 것 같습니다. 뭐냐면 잘 낫지 않는 환자들을 최면치료로 고치는데, 빙의된 환자들 역시 최면으로 어느 정도 안정을 시키고 제령을 하는 것 같습니다. 그런데 문제는 최면할 땐 멀쩡해졌다가 얼마 되지 않아서 다시 다른 빙의 증상을 호소하면서 찾아온다는 것입니다.

나쁜 기운이 빠져나간 자리에 올바르고 진리적인 기운이 계속 채워져야 합니다. 그러려면 천상 수련을 해야 하는데, 거기서 꽉 막힌 것 같다는 생각입니다. 충북 괴산의 어떤 도인도 자칭 도사이고, 하는 일은 무속인 법사인데 양심은 있어서 내림굿이나 천도굿을 할 때 다른 사이비 무속인처럼 수백만 원, 수천만 원씩 받고 사기 굿 하는 것과는 좀 달리, 실비로 조금만 받고 빙의 환자들 천도를 해 주는데, 그 사람 말로는 끝이 없다고 합니다.

상 차려놓고 고쟁 치고 뚜드리고 경문 외워서 죽어라 밤새도록 천도를 시키고 나면, 몇 달 있다가 또 다른 영혼에 빙의되어 고생고생하면서 찾아오면 일 년에 몇 번을 굿을 다시 해야 하고, 그러다 보면 기둥뿌리 뽑아먹기에 아예 가리굿을 잘해서 신명을 잘 접신시켜 무당 만들어 버리면 오히려 속이 편하답니다.

또 어떤 이상한 절에서도 조상 천도고 뭐고 4번은 기본으로 해야 한다고 수백만 원씩 수천만 원씩, 일억도 넘게 굿하느라 정신없는 것 같습니다. 그러다 굿하고 천도재 지낼 돈도 바닥이 나면 그땐 자포자기의 심정으로 우울증, 각종 정신병 환자들은 마지막으로 정신병원으로 보내는 것 같습니다. 독한 양약으로 생체 기능을 저하시켜 바보 만들어 놓고, 그냥 말썽 없이 감금해 놓는 수밖엔 없는 것 같습니다. 그래서 정신병원은 많고 절과 무속인들이 수백만 명이나 되지만 그 어떤 곳도 뚜렷한 해결책이 될 수 없습니다.

오로지 진리의 문에 들어서 착하고 바르게 살기로 마음먹고 수행을 해야 한다는 것을 깨닫게 됩니다. 진리의 기운으로 내 몸을 건강하게 하고 영혼을 성장시키지 않는 이상 돌파구가 없다고 봅니다. 그래서 김영우 원장님께 『선도체험기』를 참고하시라고 선물하려 했는데, 그분이 박사시고 병원 원장님이시고, 과연 선도수련을 받아들이실까? 하는 걱정도 있어서 선뜻 선물로 드리지 못하고 있습니다.

청견 스님 역시 스님 신분으로 단전호흡과 수승화강을 열심히 가르치시는 분인데, 그분은 불교 부처님만 최고로 하는데 과연 선도수련에 대한 책을 반가워할까? 하는 걱정도 조금 듭니다. 하지만, 조만간 이왕 구한 것 선물로 드리려 합니다.

선도수련이 허구가 아니란 것은 삼공재 수련을 하면 저절로 알게 됩니다. 기를 느끼는 수련자들, 단전에 축기가 되면서 강하게 진동을 하는 수련자들을 봐도 증명이 되고 또한 소주천을 하고 백회를 여는 분도 계시고, 현묘지도 수련을 열심히 하시는 분도 계시고 또한 수많은 분들이 백회를 열고 현묘지도 수련 일정 과정을 졸업하셨습니다.

기문, 축기, 소주천, 대주천, 현묘지도, 연정화기, 연기화신, 연신환허 등의 과정이 거짓이 없다는 것을 그대로 체험합니다. 연정화기가 되어 기운이 장해지면 그 강해진 기운으로 인해 자동으로 수련자는 연기화신(煉氣化神)으로 신(神)이 맑아지고 밝아지고 명랑해집니다. 즉 정신이 명랑해집니다. 하단전의 강한 육체적인 기운이 강해야 정신력이 따라서 강해진다는 것을 알게 됩니다. 연기화신이 되면 정신이 강해지고 맑아져서 관(觀)하는 능력이 뛰어나다는 것을 압니다. 마치 군대에서 조기경보기가 최첨단의 레이더를 작동시켜서 주변의 모든 것을 손금 보듯이 다 파악하듯이, 정신을 관하는 레이더 역시 고성능으로 된다는 것입니다.

무속인은 접신된 신령의 힘, 즉 타력으로 어쩌다 관하고 상대방을 파악하는 능력이 있어서 점사를 하지만, 이내 하단전의 기운이 허약해서 힘이 빠지고 지쳐 버리기에 기운이 센 산으로 산 기도를 다녀 에너지를 보충해야 겨우 살아남습니다. 그러나 선도 수련자는 하단전의 충만한 기운을 밑천으로 자동으로 연정화기, 연기화신이 되어 타력이 아닌 스스로 정신이 맑고 밝아져서 관하는 능력이 극대화됩니다. 또한 관을 하더라도 에너지 낭비를 충분히 감당한다는 것을 압니다.

연정화기, 연기화신은 현실 세상에서도 적용이 되는 것 같습니다. 하단전에 축기가 되어 정력이 강해져야 하듯이 우리 사회도, 국가경제 역시 성장하고 튼튼하여서 정력이 충만해야 비로소 엄청난 돈과 기술이 사용되는 공중 조기경보기도 쉽게 운용할 수 있게 되는 것과 같습니다.

국민들이 밥도 못 먹고 살 정도로 경제력, 정력이 약한 국가라면 도저히 최첨단 레이더를 장착한 공중 조기경보기를 운용할 수 없는 것과 마찬가지로, 수행자 역시 강한 단전의 정력이 뒷받침되어 주어야 하고 그 정력이 닦여져서 기로 화하고, 기운은 강한 정신력으로 화해야 한다는 것을 알게 됩니다. 그런 정신이 있어야 관하고 집중하는 힘이 강해져서 깨달음을 얻는 큰 밑천이 된다는 것입니다.

삼공재에 앉아 수련을 해 보면 선생님과 제자분들은 서로 별다른 대화도 없지만, 수련자는 열심히 암 소리 안 하고 정좌 수련하고 삼공 선생님께서도 아무 말씀 없으시지만, 최고 성능 레이더를 작동하듯이 제자분들의 모든 상태를 기운으로 이미 다 꿰뚫어 보시고 저마다에 필요한 조치를 해 주시는 것을 알게 됩니다. 연정화기를 거쳐서 연기화신으로 수행이 이미 충분히 정착하신 것을 이심전심으로 절로 알게 됩니다. 또한 더 나아가서 연기화신으로 명랑하고 관하는 신력(神力)이 극대화되어, 연신환허(煉神還虛)의 경지 또한 갖추고 계신다고 봅니다.

거의 모든 욕망을 내려놓으시고 그 어떤 상황에서도 텅 빈 허공과 같이 연신환허의 무심도인의 풍모를 지니고 있음을 체험합니다. 그 이유는 삼공재에 그냥 앉아 있어 보니 저절로 압니다. 강력한 자석 옆에 가면 일개 쇠붙이도 따라서 자력이 생겨 자석이 되듯이, 삼공재 가서 앉아 있으면 자력에 공명을 하고 마음도 편안해집니다.

모든 욕망이 사라지고 마음이 차분하고 깨끗하고 맑아지고, 지난 일주일 동안 제멋대로 아무렇게나 살았던 삶이 부끄럽고 후회되고 더 좋은 삶을 살고 싶어지고, 원한과 욕망과 갈등으로부터 헐떡이던 마음들도 즉시 편안해집니다. 선생님의 영력의 범위 안에 들면 자동으로 강하고 올바른 영력과 합일을 하고 비슷하게 닮아 가게 되어, 몸이나 기운뿐 아니라 마음까지도 정화가 됩니다.

공부란 일정 경지에 들면 내가 성취한 공부가 내 영향권 안에 들어오는 다른 사람에게도 그대로 작용한다는 사실을 알게 됩니다. 그것을 볼 때, 한 사람의 영혼은 그 작은 육신에 갇힌 것이 아니라는 것을 알게 됩니다. 그 육신을 넘어서 무한성을 가지고 있다는 것을 느낍니다. 마음만 먹으면 온 우주에 꽉 차게 되는 것 같습니다. 영혼이 육신 속에 갇히는 것이 아니라 이미 영혼은 육신을 초월하여 무한정 확장할 수 있고 자유롭게 된다는 생각이 듭니다.

더 나아가서 다른 사람을 품어 줄 수 있다는 것입니다. 자기 자신만 그런 경지를 이룬 것을 넘어서, 타인까지 감화를 시킨다는 것으로 보아 우리들의 영혼은 원래 서로 하나의 영혼이었던 것 같습니다. 100번째 살인을 하려고 석가모니에게 덤벼드는 앙굴리말라의 분출된 살인과 증오의 강력한 정신을 석가모니께서는 상처받은 자신과 같은 영혼으로 여기시고 즉시 연신환허의 영력을 구사하시어 날뛰는 앙굴리말라의 마음을 허공과 같이 가볍고 편안하게 이끌어 주신 것이 거짓이 아니라는 것을 알게 됩니다.

색심이 불타오르는 무리들과 향락을 벌이며 밤을 새워 함께 축제를 하면 나 역시 자동적으로 공명현상으로 욕망이 생기고, 폭력적인 집단 속에 살면 나 자신도 점차 폭력적이 되고, 시기 질투하는 무리들과 함께 하면 나 역시 모든 것을 부정적으로 보고 투쟁과 시위를 하려는 마음들이 강해지지만, 연신환허를 이루시고 그 이룬 공부를 시공을 초월해서 다른 제자들에게까지 영향을 미치는 스승 곁에 가면 제자 역시 날뛰던 분별망상의 정신이 안정되고 텅 빈 하늘처럼 고요하고 평안해진다는 것을 알게 됩니다.

이렇게 또다시 대놓고 면찬을 드리는 것은, 저보다 건강하고 더 능력 있고 훌륭한 선도수행하시는 분들이 많을 것을 알기 때문입니다. 그런 착하고 능력 있는 분들이 삼공재에 많이들 와서 선도수행을 하셨으면 좋겠다는 생각 때문입니다.

거대한 이기주의와 욕망의 세상에 비해서 수행자는 극소수에 불과한데, 언제 다들 수행을 열심히 해서 스스로 정화되고 타인들까지 정화시킬 수 있을까 하고 생각해 보면 아득하게 멀게 느껴지지만, 결국은 그렇게 밑바닥에서부터 끊임없이 수행을 하는 수밖엔 없는 것 같습니다.

살아 보니 어렵고 힘든 일도 계속 많고 하지만, 어쩔 수 없는 것 같습니다. 그냥그냥 하루하루 견디며 또 견디며 수행하며 살아가야 하는 것 같습니다. 그런데 또 생각을 달리해 보면 어둠이 깊을수록 새벽이 가까워 온다고 했는데, 조만간 우리의 선도수행이 만천하에 급속히 퍼질 날도 멀지 않았다고 봅니다.

예전엔 스승이 계셔도 교통이 불편하고 출판 기술이 열악하여 진리를 설파하는 데 큰 어려움이 있었지만, 지금은 그와 반대로 컴퓨터 키만 누르면 온갖 정보를 공유할 수 있고, 출판 기술의 발달과 교통의 발달 또한 사회교육의 발달로 마음만 먹는다면 한민족의 선도수련이 크게 부활할 것이라 봅니다.

편지를 올린다는 것이 장문의 글이 되었습니다. 선생님과 사모님 가족분들 다 건강하시고 다음에 찾아뵙겠습니다. 감사합니다.

2011년 8월 9일
원주에서 제자 석기진 올림

【필자의 회답】

4개월 동안 일주일에 한 번씩 삼공재에 다니면서 자신에게 일어난 심신의 변화를 생생하게 기록한 체험기로서 후진들에게는 좋은 읽을거리가 될 것 같다. 그중에서도 축기 과정을 상세히 설명했는데, 석기진 씨가 말한 대로 무조건 단전호흡만 강하게 한다고 축기가 되는 것이 아니다. 축기가 되려면 수련자가 무엇보다도 먼저 기를 느끼고 기문(氣門)이 열려야 한다. 그 다음에 하단전 안에 기방(氣房)이 형성되어야 비로소 축기가 본격적으로 시작된다.

그 밖에 필자에 대한 관찰 기록이 대부분인데, 결점은 없거나 생략하고 장점만 지적한 것 같아서 좀 면구스러울 뿐이다. 요컨대, 석기진 씨

163

도 삼공재에 일단 발을 들여놓았으니 한소식해야 하지 않을까? 그러자면 단전에 축기된 기운이 대맥을 연 다음에 회음으로 내려가 장강을 거쳐 독맥을 타고 명문을 거쳐 백회까지 올라갔다가 다시 임맥을 타고 전중, 중완을 통하여 하단전까지 임독을 한 바퀴 돌아야 한다.

이처럼 소주천만 되면 곧 대주천으로 이어질 것이고, 잘하면 단시일 안에 연정화기의 경지에 들어 더이상 몽정을 하는 일 따위는 없어지게 될 것이다. 지금의 열의와 내공과 정성만 계속된다면 미구에 곧 좋은 소식이 있을 것이다. 계속 분발하시기 바란다.

현묘지도 수련 체험기 (25번째)

안 종 윤

체험기를 쓰기 전에 간단히 저의 소개를 하자면 전남 장흥군 관산면에서 한 농가의 삼남 중 장남으로 태어났다. 농사를 업으로 하시던 부모님은 7세 때 할아버지께서 지병으로 돌아가시면서 "너희들은 여기서 생활하지 말고 도시로 나가 살라"는 유언에 따라 경기도 부천으로 부모님을 따라 상경한 후 현재 33년간 살면서 건설회사의 관리 요원으로 일하고 있다.

그 당시 기(氣)에 관한 책들을 읽어 보면 수련에 관해 선전적 표현이나 흥미를 끄는 이야기들이고 계속해서 연결되는 부분이 없어, 어디까지 믿고 받아들여야 할지 고민하던 중이라 다들 비슷하게 생각하였었다. 몇 번의 서점 방문 후에 우연찮게 『선도체험기』가 7권까지 나와 있어 심상치 않게 생각되어 1권을 보는데 허구 소설 형식이나 3인칭 체험 소설이 아닌 실제 작가가 체험한 소설이라 몰입의 강도가 상당했다.

3권까지 사 들고 집에서 밤을 세우면서 읽고 시내 서점에서 나머지 『선도체험기』도 구입해 읽었는데 방황 속에서 구심점을 찾은 기분이었다. 책에서 선생님께서 강조하시는 기본 조건을 갖추기까지 책을 읽으면서 수련을 하다가 점점 혼자 수련하는 데 한계를 느껴 수련에 도움을 받기 위한 마음은 있었는데, 전화 연락을 차일피일 미루다가 이래서는 안 되겠다는 자각과 함께 2006년 겨울에 선생님과 연락이 되어 허락을 받고 삼공재에서 수련을 시작하였다.

삼공재에서 수련을 하면 일취월장할 거라 생각하고 있었는데 삼독의 업연이 두터워 이리저리 휩쓸리고 수련은 지지부진했다. 결국은 나의 우유부단함과 게으름 때문이었다. 나보다 늦게 삼공재에서 수련을 시작한 막내동생은 벌써 대주천 수련에 들었다.

이에 자극을 받아 마음을 새롭게 다지고 수련에 일심으로 정진하여 2010년 1월 1일 대주천 수련에 들었다. 이런 둔재도 믿음을 갖고 『선도체험기』를 바탕으로 삼공 수련을 꾸준히 하면 수련이 된다는 것을 보여주는 한 예가 되었으면 한다.

이 자리를 빌려 옆에서 도움을 주신 김미경, 하선우, 김영준 이외 선·후배님들께 감사의 인사를 드리고 모든 도반님들 성통공완(性通功完) 하시길 진심으로 바란다. 그리고 가르쳐 주시고 이끌어 주신 삼공 스승님과 선계의 스승님들, 국조이신 한인·한웅·단군 할아버지들과 조상님들께 머리 숙여 감사 인사 올린다.

1단계 화두수련

2010년 1월 31일 일요일

경인(庚寅)년, 삼공재에서 2010년 1월 1일에 백회를 열고 한 달이 지난 오늘 천지인삼매 화두를 동생과 같이 받다. 그간 선배님들의 현묘지도 체험기를 보면서 부럽기도 하고 분발하고 노력해야겠다는 마음이 들 곤 했었다.

이번에 현묘지도를 수련케 해 주신 삼공 스승님과 국조이신 한인 · 한웅 · 단군 할아버님들과 선계 스승님들께 깊이 감사드리고 지극정성을 다하여 수련에 임하겠다고 다짐하다. 선생님께 첫 번째 화두를 받고 좌정하여 화두를 암송하다.

청아한 기운이 백회로 쏴하며 들어오고 잠시 후 진동이 시작되다. 고개를 좌우로 도리질치고 고개를 뒤로 힘껏 젖히고 조금 후 방바닥까지 숙이기를 반복하다. 상반신이 전기에 감전되듯 찌릿찌릿하기도 하고 양발가락 끝까지 뜨거운 물에 닿은 듯 뜨겁다.

2010년 2월 1일 월요일

오후 회사 의자에 앉아서 화두 암송. 상체가 뒤로 힘껏 젖혀졌다 잠시 후 다리 밑으로 숙이는 행동을 반복하며 백회로 청량한 기운이 솔솔 들어온다. 인당이 개혈되려는 듯 인당 부위가 깨질 듯 아프다가 시원한 기운이 들어오고 나오기를 반복하다. 화두를 단전에 한 자 한 자 쓰면서 인당에 새기면서 동시에 암송하다.

2010년 2월 2일 화요일

18:30~19:20 의자에 앉아 화두 암송. 어제처럼 고개를 앞으로 최대한 숙였다가 고개를 최대한 뒤로 젖히기를 반복하다. 퇴근길에 차에서 화두 암송하다. 백회와 인당에 청량한 기운이 솔솔 들어오는데 백회로는 벽사

문 바깥쪽 라인으로 시계방향으로 회전하며 들어온다.

지극정성이란 무엇일까? 아상이 떠난 세계가 아닐까? 나도 잊고 주위의 잡음 소리도 들리지 않는 오직 화두만 떠오르는 세계일 것이다. 다시한 번 지극정성으로 수련에 임해야 한다고 마음을 다졌다.

2010년 2월 3일 수요일

20:10~21:30 좌정에 들어 화두 암송. 인당이 깨질듯 아프다가 괜찮아졌다를 반복하다. 가위에 눌렸던 뭉툭한 느낌처럼 내가 몇 배나 확장돼 묵직한 느낌을 경험하고 이마가 바닥에 닿은 상태로 한참 머무르는데 온몸의 경혈이 뚫린 듯 상쾌하고 시원하다. 인당에 밝은 빛이 나타났다 사라지기를 반복한다.

2010년 2월 6일 토요일

15:10~16:30 화두수련. 인당에 빛무리가 흐리게 보였다 사라짐이 반복. 진동이 심하게 옴. 특히 고개가 좌우상하 도리도리가 수련 내내 일어남. 퇴근 중 차에서 화두수련. 백회로 시원하고 청량한 기운이 들어옴.

2010년 2월 8일 월요일

꿈에 은하가 보이고 위로 폭발하는 광경을 보고 일어남. (잘못 본 게 아닌지 의식하니 맞다는 감응이 옴.)

2010년 2월 9일 화요일

18:35~19:40 사무실에서 제자리 뛰기 하면서 화두수련. 10분쯤 지나자 백회로 시원하고 청량한 기운이 무더기로 들어옴. 인당으로도 기운이 들어오는데 중단전은 왜 반응이 없을까 생각하면서 중단전을 의식하자 서서히 아려 오면서 묵직하게 막혀 있다. 계속해서 그곳에 기운을 보냄. 차츰 전중혈이 뚫리는데 신도혈에 가서 멈춰 서서는 한참을 씨름한 이후에 신도혈까지 뚫리는데 시간을 보니 어느덧 1시간가량이 지났다. 이렇게 수련을 시켜 주시고 허락해 주신 삼공 스승님과 선계 스승님께 감사하는 마음이 한없이 든다.

퇴근길 차에서 백회는 물론 오른쪽 눈썹 끝부분으로 시원하고 청아한 기(氣) 바람이 계속 불어와 혹시 창문이 열려 겨울바람이 아닌가를 확인해 보니 창문은 닫혀 있다. 머리 전체가 박하를 바른 듯 화하다.

2010년 2월 11일 목요일

05:15~06:00 화두수련. 중단전이 부각되면서 모든 것을 있는 그대로 받아들여야 한다는 생각이 든다. 출근할 때까지 모든 것이 마음에서 나와 다시 마음으로 회귀한다는 생각과 소량의 물이든 다량의 물이든 근원지인 바다로 돌아가듯 우리의 마음도 바다처럼 삼라만상을 있게 한 근원이며 포용하고 받아들이는 근본 바탕임을 깨닫다. 결국 천·지·인은 셋이나 하나이다.

15:10 빙의령이 중단전에 머물다 1시간 후 나가다.

19:15~20:25 제자리 뛰면서 수련. 심장으로 기운이 통하면서 시원하

다. 머리가 시릴 정도의 기운이 백회와 인당으로 쏟아져 들어오다. 이 기운이 인당을 통과해 양 옥침혈까지 관통시키다. 머리 전체가 시원하고 없는 듯하다.

2010년 2월 12일 금요일

인당 바로 앞에 희미한 밝은 빛이 나타나고 인당이 깨질듯 2번 정도 아프다. 왼쪽 귀에 "이제 걱정하지 않아도 된다"는 감응을 듣다. 첫 화두 수련 중 화면이 안 보여 걱정하던 부분이다.

15:00~17:00 삼공재 수련. 2시간 내내 진동을 하는데 고개를 바닥까지 숙이고 반대로 천정까지 들어올리는 행동을 계속 반복. 수련 마칠 때 선생님께서 1단계 수련 끝났는지 물어보라신다. 1단계 수련 끝났는지 선계 스승님들께 물어보는데 인당으로 기운이 솔솔 들어오기에 아직 안 끝났다고 말씀드리고 귀가하다.

2010년 2월 14일 일요일

인당에서 황금빛이 일렁이다 사라진다.

2010년 2월 15일 월요일

07:00~08:00 인당에 초록색 빛과 붉은색 빛이 번갈아 나타났다 사라지기를 몇 번 반복하다.

2010년 2월 19일 금요일

19:10~20:20 중단전에 머물던 빙의령이 1시간 후에 떠나고 화두가 나와 하나 됨을 느끼다. 중단전과 하단전 사이가 텅 빈 것 같고 시원하다.

2010년 2월 20일 토요일

05:30~06:10 화두가 내 몸에 안긴 것 같고 중단전과 하단전 사이가 텅 빈 것 같다. 내가 화두가 되고 화두가 나인 것 같다. 백회가 아프며 빙의령이 3번 빠져나간다.

15:30~17:00 삼공재 수련. 인당에 빛이 아른거리고 알 수 없는 형태가 아른거린다. 중단에 아린 느낌의 빙의령이 감지되고 한참 후에 나가며 존재한다는 것이 아름답고 감사하며 사랑이라는 느낌과 환희지심이 솟아오른다.

2010년 2월 21일 일요일

06:40~08:20 인당에 황금빛 형체가 아른거림. 작은 의식을 가진 생명체들은 고등 의식을 가진 생명체들에게 형체를 희생하는 대신 진화에 필요한 고등 의식의 에너지를 받는다. 다음 단계로 진화하기 위해선 자기 임계 이상의 고차원 에너지를 공급받아야 진화할 수 있다는 생각이 든다. 우리의 최종 목표는 우주의식과 하나가 되는 단계일 것이다.

2010년 2월 25일 목요일

10일째 왼쪽 귀에서 매미 우는 소리가 들려 여기에 관을 하면서 제자리 뛰기 하다. 백회로 기운이 소나기가 오듯 쏟아져 들어오다. 머리 상부 일부분이 없어진 듯하다.

2010년 2월 26일 금요일

05:20 수련 중 눈물이 흐른다. 『천부경』이 나이고 모든 것이 『천부경』이란 생각이 든다.

2010년 3월 1일 월요일

06:50 제자리 뛰면서 나는 누굴까? 의문을 제시한다. "하나이면서 하나가 아닌 둘이고, 둘이면서 둘이 아닌 하나다"는 『선도체험기』에서 읽은 구절이 생각난다. 그런데 이건 무슨 뜻인가? 계속 의문이 일면서 관을 한다.

둘은 삼라만상이고 하나에서 나왔으며 하나와 삼라만상은 결국 둘이되 둘이 아닌 하나구나! 하는 깨달음과 그럼 나는 뭐지? 하는 의문이 일고 이 의문을 계속 관하자 "나는 생명력이구나. 나는 생명력이다! 나는 생명력이다!" 하는 깨달음과 백회로 폭포수 같은 기운이 내리꽂히며 온몸에 전율이 인다. 삼라만상은 생명력이며 하나이고 한이며 허공이며 자성인 본질을 바탕으로 무수한 변화를 한다. 『천부경』의 "일묘연 만왕만래 용변부동본"의 구절이다. 정좌하는데 하늘에서 백회로 호스(관) 같은 게 연결된 느낌이다. 잠을 자던 와이프가 일어나 건드리는 바람에 일어나 정좌 수련을 마치다.

2010년 3월 2일 화요일

백회로 호스가 연결되고 농축된 기가 들어옴.

2010년 3월 3일 수요일

이제까지와 다른 더욱 정제되고 시원하고 맑은 기운이 백회를 통해 폭포수와 같이 쏟아져 들어온다. 조금 후에 온몸 여기저기에서 작은 물 방울들이 터지듯 온몸이 시원하고 상쾌하며 피부호흡이 된다. 누적된 피로가 물로 씻은 듯 사라진다.

2010년 3월 4일 목요일

20:10~21:30 호흡이 바뀌고 몸이 변화한다. 백회로 기운이 무더기로 쏟아지는데 머리 전체로 들어온다. 피부호흡의 범위가 수련할 때마다 조금씩 커지는 것 같고 하체 쪽으로 운기가 활발하다. 오른 다리 정강이 바깥쪽과 발뒤꿈치 쪽으로 뜨거운 기운이 지나가고 왼다리는 발뒤꿈치 쪽으로 시원한 기운이 경락을 통해 흐른다.

2010년 3월 5일 금요일

인간은 하늘의 무한한 사랑을 받고 땅의 무한한 지혜 속에서 무한한 생명력을 꽃피운다. 꿈에 현묘지도 화두가 순서대로 공중에 떠 있는데 화두는 동그라미 속에 가려져 있다.

2010년 3월 6일 토요일

빙의령과 씨름하느라 기운이 없다. 저녁에 백회로 시원한 기운이 들어와 보충해 준다.

2010년 3월 7일 일요일

05:10~07:10 빙의굴에 들어온 건지 정신이 없고 백회로 쌉싸름한 기운이 들어와 백회가 아리면서 일정한 시간을 두고 빠져나간다.

2010년 3월 8일 월요일

05:15~06:00 일정한 주기로 인당이 깨질 듯 아프다.
21:10~21:40 머리 전체로 시원한 기운이 들어와 쌓였던 피로를 몰아낸다.

2010년 3월 9일 화요일

어느 순간 잡념이 사라지고 "내가 천지인(天地人)이고 천지인이 나란 생각과 천지인도 없다"란 생각과 "나란 자체가 천지인이다"란 생각으로 이어지며 머리 전체로 시원한 기운이 들어온다. 연이어 마음에 천지인이 있고 천지인이 삼라만상이며 삼라만상은 없고도 있다. 결국 일체는 마음자리에서 있다가도 없는 것이다.

2010년 3월 11일 목요일

평화란 무한한 생명력이 우주심과 하나로 화합하는 것이다. 중단에 머무는 빙의령에게 감사하고 사랑하는 마음을 전하면서 "우리는 하나이며 우주심이므로 우주심과 하나 되는 것은 둘이면서 하나를 깨닫는 것이다"는 마음을 전달하자 가슴에 희열과 함께 백회로 빙의령이 나가다.

20:30~21:30 25일째 왼쪽 귀에서 나는 매미 소리와 파장을 일치시키려 관을 하자 온몸으로 피부호흡이 된다. 가슴이 신도혈과 하나로 붙은 것처럼 아리고 저리다. 감사하고 사랑하는 마음을 계속 전하자 수련 마칠 때쯤에 풀리다.

2010년 3월 12일 금요일

05:15~06:00 왼쪽 귀에서 들리는 매미 소리를 관하다. 일정한 간격을 두고 백회로 아린 기운이 나간다.

20:00~21:30 인당과 백회로 청아한 기운이 들어온다. 인당이 일정하게 압박을 받는다.

2010년 3월 13일 토요일

04:30~06:00 인당이 깨질 듯 여러 번 아파 온다.

08:40 자기도 모르게 미워하는 마음이 이는 것은 남과 나를 다르게 보는 데서 생긴다. 아상(我相)의 자리에서 보면 둘이 둘로 보이고, 자성의 눈으로 보면 둘이 하나로 보인다. 잠시 명상 중 인당에 압박이 오며 1m 전방을 응시하는데 자꾸 눈앞으로 당겨지는 것을 1m 거리를 유지하며 한 생각이 일었다.

하단전에서 한 기운이 일어나 온몸으로 퍼져 다시 하단전으로 돌아오는데, 하단전에서 일어난 기운은 시작 없는 기운이고 다시 돌아온 기운은 끝이 없는 기운이다. 순간 몸 전체가 앞뒤로 크게 진동이 오고 백회에서 한 꺼풀의 껍질에 작은 틈의 구멍들이 생기며 하단전으로 직통하여 꽂히며 달아오른다.

진화와 개화는 시작도 끝도 없는 순환 속에서 끊임없이 이루어진다. 겸허하고 겸허하며 겸허해라! 스스로에게 속삭인다. 삼공 스승님과 선계 스승님들 그리고 한인·한웅·단군 할아버님들께 감사하는 마음이 일다.

2010년 3월 14일 일요일

새벽에 잠시 깼는데 나선은하와 우주의 한 부분이 사각 틀 안에 보인다. 전에는 흑백에 평면이라면 이번엔 칼라에 입체적 화면이다. 꿈속에서 무슨 맹세를 했는데 기억이 나지 않는다.

07:20 5분가량 인당에 은회색 구체가 보이고 황금색으로 변했다 다시 은회색이 됐다를 반복한다.

15:00~17:00 삼공재 수련 시 진동이 오고 앞이마를 방바닥에 찧기를 반복한다. 상단전 혈을 열려는 듯하다. 방바닥에 하도 이마를 비벼대서 살 타는 냄새가 나고 벗겨지고 쓰라리다.

2010년 3월 15일 월요일

05:00~05:50 인당이 깨질 듯 여러 번 아프다.

2010년 3월 16일 화요일

20:00~21:15 백회에 파스를 바른 듯 시원하고 상체에서 시작된 피부호

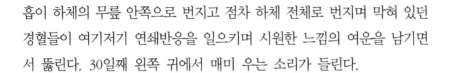

흡이 하체의 무릎 안쪽으로 번지고 점차 하체 전체로 번지며 막혀 있던 경혈들이 여기저기 연쇄반응을 일으키며 시원한 느낌의 여운을 남기면서 뚫린다. 30일째 왼쪽 귀에서 매미 우는 소리가 들린다.

2010년 3월 17일 수요일

20:00~21:25 피부호흡이 상체에서 전체로 퍼져 나가고 왼쪽 귀에서 들리는 매미 소리가 하단전, 상단전, 중단전 다시 상단전 순으로 스쳐 머리 뒤쪽 후두부를 감싸 안으며 독맥을 지나간다.

2010년 3월 18일 목요일

05:35~05:55 왼쪽 귀에서 들려오는 파장이 상단전, 중단전, 하단전 순으로 더듬는다. 삼공 선생님께서 암벽 등반 시작하시는 것을 뒤에서 지켜보며 따르려 한다.

20:00~21:45 피부호흡이 되고 양쪽 무릎 안쪽의 경혈이 긴 여운을 남기고 뚫리다. 화두와 함께 큰대(大)자를 같이 암송하다. 형상이 꼭 사람이 양팔을 벌리고 있는 모습이며 크고 무한하다.

2010년 3월 19일 금요일

18:50~20:30 허리와 중단전 사이에서 시원하고 청량한 여운을 남기고 이쪽저쪽에서 연쇄 폭발이 일어난다.

2010년 3월 20일 토요일

20:30~21:00 엉덩이 양쪽이 파스를 바른 듯 화끈거리고 시원하다.

2010년 3월 24일 수요일

아침마다 자성에게 10배 수련을 이끌어 주신 한인·한웅·할아버님들과 천계 스승님들 그리고 삼공 스승님께 3배를 하는데 3배할 때 고개가 앞뒤로 끄덕이고 좌우로 도리질하며 성·명·정과 심·기·신을 읊조리다.

"진망이 대작 삼도" 하는데 심·기·신은 성·명·정을 수련하기 위해 존재하는데 허상이다. 성·명·정은 무한하고 큰 대(大)라는 생각이 든다.

2010년 3월 28일 일요일

삼공재에서 생식을 처방받고 수련 중 도반 한 분이 『선도체험기』를 펼쳐 보고 있는데 『선도체험기』가 하얀 빛으로 보인다. 이마를 방바닥에 문지르고 내려찧는다. 자성에게 1단계 화두 끝났는지 물었지만 아무 감응이 없다. 선릉역에서 김용남, 김영준, 이서영 도반님과 동생 그리고 나를 포함하여 다섯이서 이런저런 담소를 나누다.

2010년 4월 01일 목요일

14:25~15:15 정좌 수련 중 기운이 독맥에 이어 임맥 그리고 대맥을 강하게 흐르고 상체가 증기탕에 있는 것처럼 후끈거린다.

2010년 4월 11일 일요일

요즘은 화두수련을 자성에게 묻는다. 며칠 전 꿈에서 내 몸의 일부분이 하나씩 사라져 완전히 없어졌는데 나는 여전히 존재한다. 삼공재 수련 중 내 몸에서 로켓(의식의 덩어리)이 지구 밖 하늘로 순식간에 날아가 우주의 어느 목적지에 꽂히며 이제 되었다는 메시지를 받다.

1단계 화두가 끝나다. 천지인삼재를 뚫는 것은 "경계가 없다"는 것을 알았다. 본래부터 없던 경계를 사람들이 경계를 만들어 그 경계 속에서 아웅다웅한다. 선릉역에서 전철 문이 열리며 들어가는데 "경계가 없다"란 감응과 몸 전체가 희열이 일며 머리 전체로 시원한 기운이 들어오다.

2단계 화두수련

2010년 4월 17일 토요일

15:15 삼공재에서 선생님께 1단계 화두 끝난 것 같다고 말하고 2단계 화두를 받다. 2단계 화두를 받는데 3단계 화두가 짐작이 간다. 화두를 외우자 처음에는 평소처럼 운기가 되면서 얼굴에 땀이 흐른다. 시간이 흘러 얼굴에 봄바람 같은 기운이 약하게 들어온다.

1단계에서는 이마를 방바닥에 쿵쿵 소리가 나도록 내려찧었는데, 2단계에서는 이마를 방바닥에 붙이고 힘닿는 대로 내려누르며 좌우로 태양혈 부위를 자극한다. 인당에 천연색인 연두색이 달걀처럼 보이다 사라지곤 한다.

2010년 4월 18일 일요일

07:15~07:45 인당으로 기운이 산들바람처럼 불어온다. 인당 앞에 태양이 떠올라 인당을 비춘다. 초원의 들판에 사자의 이미지가 머리에 떠오른다. 경기 시흥에 위치한 소래산 산행에서 돌아오는 중에 혀끝의 혈이 뚫리면서 입천장에 더욱 밀착이 된다.

2010년 4월 21일 수요일

05:35~06:05 전중으로 기운이 들어와 시원해지며 백회에 속이 텅 빈 기둥이 생성되고 그 안으로 엄마가 갓난아기를 애지중지 돌보는 듯한 부드러운 기운이 들어온다.

2010년 4월 22일 목요일

꿈속에 성욕이 일어 모두가 경계가 없는 하나인데 성욕이 어디 있느냐는 생각을 하다.

2010년 4월 25일 일요일

오전에 경기도 시흥에 위치한 소래산에 동생과 올라 사과를 껍질째 하나를 먹고 돌아오는 길에 농약 알레르기가 일었다. 양 장심과 양 용천 그리고 회음부와 백회가 자동 가동되면서 탁기를 몰아낸다. 집에 들어와 오한이 일어 잠시 누운 후 검은색의 대변을 본 후 속은 가라앉았는데 전중에 심한 빙의가 되다. 삼공재 수련 시 방바닥에 이마와 양 태양혈을 문지른다.

2010년 5월 1일 토요일

근로자의 날을 맞아 회사 직원 및 근로자와 1박2일로 대이작도로 야
유회를 가다. 이작도행 배에 올라 바다를 바라보는데 중단전으로 잔잔하
고 고요하고 평화로우며 끊임없이 진동하는 심파(心波)가 전해진다. 지
구 생명체의 모태라 할 수 있겠다.

2010년 5월 9일 일요일

삼공재 수련 시 진동이 심하게 일다. 머리를 방바닥에 부딪치고 비비
고 상체를 일으키고 고개를 도리질 치고 좌우로 움직이고를 반복하다.
머리가 방바닥에 부딪히고 비빌 때는 청색과 붉은색이 보이고 고개를
들 때는 좌측으로 황금빛이 일렁인다. 하얀 궁전이 우측 머리를 방바닥
에 비빌 때 순간적으로 보이다 하얀빛이 되어 사라진다.

2010년 5월 10일 월요일

간밤 꿈에 반쪽 난 무가 서로 붙어 하나가 되었다.

2010년 5월 11일 화요일

아침 명상 중 아상이 없는 곳에 나와 삼라만상이 존재한다. 마음과 기
운과 몸은 끊임없이 변화하고 생각이 없는 곳에 존재한다.

2010년 5월 15일 토요일

오후에 돌집에 참석하기 위해 서해안 고속도로를 타고 천안으로 내려가

던 중 저 멀리 나무들과 창공을 바라보는데 가슴으로 잔잔한 파동이 일며 서로 교류가 이루어진다. 결국 삼라만상은 하나이며 서로 연결되어 있다.

2010년 5월 23일 일요일

삼공재 수련 중 심한 진동을 함. 진동을 하고 나면 몸이 지치는 것 같다. 주로 머리혈을 방바닥에 대고 문지르고 돌린다. 어머니라는 감응이 와 어머니는 따로 계시다는 생각을 하자, 인간으로 태어날 때의 최초의 어머니라는 생각이 들다.

2010년 6월 6일 일요일

아침 수련 중 이마를 방바닥에 붙이고 비벼댄다. 그 와중에 청색, 적색, 백색이 인당에 아른거린다. 삼공재 수련 시 이마 양쪽 측면 혈을 중심점으로 방바닥에 문지른다.

2010년 6월 13일 일요일

일어나려는데 투명한 도장이 가슴에 찍힌다. 수련 중 이마를 바닥에 대고 문지르면서 인당에 청, 적, 황, 백, 흑색이 뒤섞여 보인다. 인당 앞에 황금빛 태양이 떠오르고 이마를 비추다가 머리 전체를 감싼다.

3단계 화두수련

2010년 7월 4일 일요일

2단계 화두수련에 변화가 없다. 주로 다리와 팔의 경맥으로 운기가 많이 됐다. 삼공재 수련 시 앞뒤로 상체가 숙였다 뒤로 젖히는 행동을 반복하고 독맥의 명문, 척중, 신도 혈이 심하게 막히는 바람에 갇혀 있던 탁기들이 여러 번에 걸쳐 백회로 나가다.

수련 끝나고 선생님께 3단계 화두를 받다. 집에서 3단계 화두를 외우자 2단계 화두 시 들어왔던 기운보다 강하고 1단계 화두 시 들어오던 기운보단 약한 기운이 백회로 들어오고 하단전이 달아오른다. 2단계 수련 시 들어왔던 기운들이 하나로 뭉쳐진 기운인 듯하다.

2010년 7월 7일 수요일

"모든 것에 겸허해라!" "더이상 낮아질 수 없는 자리에서 삼라만상을 올려다보라! 그리고 한없이 낮추어라."

2010년 7월 9일 금요일

아침 수련 중에 인상이 험악하고 도끼를 한 손에 든 사람이 소리치며 싸우자고 한다. 나를 없애니 싸울 상대가 없어진 사내 역시 사라진다. 나로 인해 생긴 모든 것들이 나를 없애자 덩달아 없어진다.

2010년 7월 10일 토요일

일어나 입공 수련. 가슴에 빙의령이 감지되고 느껴지는 만큼 나를 없애자 잠시 후 백회로 나가다. 선계에 스승님들께 죄송한 마음이 들고 늦더라도 확실하게 나아가는 것이 사상누각보다 낫다는 생각을 하다.

이렇게 수련을 도와주시고 이끌어 주시는 삼공 스승님과 도반님들께 감사하는 마음이 들다. 항상 자성은 그대로 끊임없이 우리를 포용하고 있는 느낌이다. 일 년에 2번 와이프 대학 동창생들과 부부 동반 친목 모임이 있는데 오늘이 그날이라 오후 8시에 오산에 있는 한화 리조트로 출발하여 9시경에 도착하다.

도착하기 전 완구 형님이 떠오르며 하단전으로 기운이 들어오는데 천기와 지기의 중간 정도인데 기운을 전달해 주라는 느낌을 받았다. (완구 형님은 참석하지 않아 그날 저녁 잠자리에 들기 전 큰딸인 예서에게 기운을 전달하다.)

2010년 7월 13일 화요일

나(我相)에서 나온 이기심이나 사심을 비워 낼수록 가슴은 행복한 충만감이 더해진다.

2010년 7월 14일 수요일

우리는 큰 생명력 속에 각자의 생명력을 발휘한다. 이기심과 욕심에서 벗어날 때 본생명력은 드러나며 큰 생명력과 일체를 경험한다.

2010년 7월 18일 일요일

삼공재 수련. 단전이 빈 것을 느끼다. 절반 정도 차오르면 비워지고 차오르면 비워지고를 반복한다. 여러 사람들이 나타났다 사라지는데 흐릿하여 알 수가 없다.

2010년 7월 20일 화요일

진아(眞我)와 망아(妄我)는 서로 다르지 않고 진아(眞我)가 곧 망아(妄我)이며 또한 망아(妄我)가 곧 진아(眞我)이다. 망아(妄我)는 진아(眞我) 속에서 무수한 변화를 하지만 불생불멸·불구부정·부증불감이다. 마음이 욕심과 집착, 이기심에 물들 때 망아(妄我) 속에서 허우적대고, 욕심과 집착을 버릴 때 마음이 진아(眞我)의 자리에서 투명하게 빛난다.

2010년 7월 22일 목요일

"본심 본 태양" 인심이 천심과 합일될수록 우리는 하나임을 알 수 있다. 우리는 하늘과 마음이 통할 때 하늘의 기운을 받는다. 알게 모르게 삼라만상과 기운의 교류를 한다. 무심이 곧 천심이다. 하늘은 무형질, 무단예, 무상하사방, 허허공공, 무부재, 무불용이다.

올해 초 백회를 열고 현묘지도 수련하기 전(1월 중순)에 선생님으로부터 억겁의 세월 동안 어떤 풍파에도 끄떡이지 않을 암벽 같은 기운의 형상을 받았다. 의지가 약해 이리저리 잘 흔들리는 마음을 잘 아시고 암벽과 같은 부동심의 마음으로 끊임없이 정진하라는 스승님의 마음을 알 것 같다. 삼공 스승님과 선계의 스승님들께서 제자들의 자질에 맞게 이끌어 주시는 마음에 깊이 감사드립니다.

2010년 7월 23일 금요일

"무위자연"이란 사념들을 없애니 순리(천리, 천심)대로 돌아간다는 뜻이다. 오감(색·수·상·행·식)의 세계에서 일어나는 사념들이 실상의 세계를 가린다. 오감이 곧 실상이지만 오감은 몽·환·포·영·로·전인 것을 관하면 실상의 세계가 나온다. 귀가 후 입공 수련 시 사념 덩어리들이 독맥의 신도혈에 모여 아우성이다.

2010년 7월 24일 토요일

일어나니 독맥의 신도혈에 사념 덩어리들이 남아 있다. 도인체조 하는 중에 신도혈이 뚫리며 시원하다. 출근 중에 사념들이 꼬리를 물며 일어난다. 담배를 처음 끊을 때 금단 현상처럼 사념들이 꼬리를 물고 일어나지만 항상 깨어 있고 관하면 무념으로 돌아간다.

선이든 악이든 한 번 자리를 잡으면 그것을 유지하려는 특성이 있어 언제나 깨어 있어야 하며, 수련에 게으름이 끼어들 여지를 주어서는 안 된다. "생사 일여이다." 생과 사는 어디에 있는가? 생과 사는 없다.

쳇바퀴처럼 끊임없이 돌아가는 운명의 수레바퀴만이 존재한다. 우리의 마음이 무사무념이고 공심일 때 우리 몸의 8,400개의 모공을 통해 전율을 일으키며 알려 준다. 백회로 정제되고 강해진 기운이 들어온다.

2010년 7월 29일 목요일

천심(天心)은 무사무념(無私無念), 공평무사(公平無私)이다.

2010년 8월 01일 일요일

삼공재 수련. 진동이 심하게 온다. 고개를 좌우로 도리질하고 상체를 앞뒤로 좌우로 반복 운동을 하다. 특히 독맥 경혈 중 명문과 신도 혈이 막혔다 뚫리기를 반복하다.

넷째 이모가 음식점 식당에서 식사 중 식당 여종업원의 불찰로 매운탕 찌개를 무릎에 뒤집어썼고 화상을 입어 입원하였다. 문병 가려는 생각과 함께 영혼의 무게가 느껴질 만큼의 빙의령이 가슴을 답답하게 하는 게 느껴졌다. 어머니 문병 끝나고 이모께서 입원하신 병원에 주차하고 난 후 답답한 가슴이 원상회복되다. 이모 문병 끝나고 빨리 회복하시라고 이모 손을 잡자 손에서 내 기운이 순간적으로 이모에게 빨려 들어간다.

2010년 8월 02일 월요일

오른쪽 엄지발가락으로 운기가 활발하여 뜨겁다. 아상(我相)으로 인한 사념들이 사라질 때마다 온몸의 모공을 통해 짜릿하고 충만감으로 가득한 기운들이 들어와 전율을 일으킨다.

2010년 8월 04일 수요일

하루 종일 사념들이 꼬리를 물고 일어나 정신을 차릴 수가 없다. 가슴은 답답하고 무게감이 느껴진다. 꾸준히 관을 하지만 사념들에 치인다. 점심 식사 전에 손기 증상이 있어 차에서 잠시 휴식 후 회복. 오후에도 사념들에게 치인다.

5단계 화두수련

2010년 8월 15일 일요일

삼공 스승님으로부터 4단계 무념처 11가지 호흡이 적힌 종이를 받고 수련에 들다. 1~3단계 현묘지도 수련 중에서도 두서없이 일어났던 호흡이 저절로 쉬어진다. 호흡이 하단전으로 쏠릴 때는 상체가 시계 반대 방향으로 회전한다.

호흡이 일정치 않을 때는 "호"를 한없이 일으키다 "흡"을 순식간에 하고 반대로 "흡" 시에는 숨을 한없이 들이쉬었다가 "호"할 때 순간적으로 숨을 내뱉는다. 11가지 호흡이 끝나자 고요하고 평온한 호흡으로 돌아간다.

5단계 화두를 받고 수련에 들어감. 물가에서 아이들이 물장난 치는 화면이 스쳐 지나간다. 귀가 중 전철을 기다리는데 신도혈에 사기가 들어오다. 부천역에서 내려 집으로 걸어가는 중에 신도혈에 있던 사기가 나가다.

2010년 8월 16일 월요일

귀가 후 씻기 전 독맥의 신도혈이 막혀 있어 입공 자세로 관을 하며 화두 암송. 중단전으로 호흡이 몰리며 신도혈에 자극을 주고 잠시 후 막혀 있던 신도혈이 뚫리며 등짝 전체로 기운이 들어옴. 나는 전체이고 불생불멸이며 불구부정하고 부증불감의 존재라는 감응과 함께 온몸이 짜릿하고 전율이 일어난다.

2010년 8월 26일 목요일

오후 2시 30분경 과천 현장에서 교량 도장 작업을 하던 개인 사업체 사장과 통화를 하자마자 신나 냄새가 나고 온몸을 짓누르는 빙의령이 들어오면서 현기증이 일었다. 사무실에 들어가서도 1시간가량 속이 울렁거려 집중적으로 관을 하자 11가지 호흡 중 현재 상태에 맞게 호흡이 일어난다. 이 빙의령은 금주 일요일 삼공재에서 나간 듯하다.

2010년 8월 29일 일요일

빙의령에 치여 10시경에 기상. 삼공재 수련 시 그동안 밀렸던 빙의령들이 나가며 백회로 시원한 기운이 들어옴. 자가발전을 못 하고 스승님께 의존하는 못난 제자를 얼굴색 하나 변하지 않으시고 묵묵히 지켜보시고 이끌어 주시는 스승님께 깊이 감사드립니다. 근기가 낮아 일취월장은 힘들어도 꾸준히 한 발 한 발 앞으로 나아가는 노력하는 제자가 되겠습니다.

2010년 9월 10일 금요일

5단계 화두수련 중 아침 기상 전 왼쪽 종아리 바깥쪽 중간 정도 혈이 아리고 막혀 그쪽으로 기운을 보내 뚫곤 한다. 그런데 금일은 종아리 중간 혈도 막혀 기운을 보내 뚫다.

2010년 9월 12일 일요일

아침 수련 중 인당에 하얀빛이 아른거리다 사라짐. 오후 삼공재 수련 중 사자가 먹이를 잡는 모습과 곰의 모습이 스쳐 지나간다. 이런저런 사람들이 소곤거리는데 확실한 모습이나 소리는 기억에 남아 있지 않다. 수련 내내 몸이 시계추처럼 좌우로 왔다갔다한다. 삼공재에서 한 시간 가량 지나자 백회로 시원한 기운이 솔솔 들어온다.

2010년 9월 14일 화요일

기상 후 입공 수련. 백회로 순수하고 고차원의 기운이 들어오다. 나는 원래 과거나 현재나 미래나 소우주이며 대우주와 본래부터 하나이다.

2010년 9월 18일 토요일

아침 명상 중 사람들이 둥글게 손에 손잡고 돌다가 삼태극 모양을 만든다.

2010년 9월 19일 일요일

아침 입공 수련. 나는 소우주이며 평범하다. 평범하므로 모든 것을 담을 수 있고 모든 것이 됐다가 다시 평범해지는데 본래부터 평범하다. "일묘연만왕만래 용변부동본"이다. 나는 감사함이며 사랑 그 자체이다. 온몸으로 짜릿한 전율과 황홀감이 휘몰아친다.

중단전에 빙의령이 잠시 후 나가고 백회를 아래에서 위로 쳐다보니 백회 밑에 끼어 있던 불순물들이 떨어져 나가며 시원한 기운이 들어온다. 정좌 수련 시 땅속에서 개미들이 나오고 자라 여러 마리가 있고 다시 붉은 개미들이 보임. 와공 수련 시 몸이 붕 떠 있는 느낌과 창공에 흰구름들이 떠 있다.

2010년 9월 22일 수요일

기상 후 잠시 누워 있는데 사람 어깨 위에 독수리가 스쳐 지나간다. 입공 수련. 명문 혈에 모여 있던 사기들이 중단전을 거쳐 백회로 나간다.

2010년 9월 23일 목요일

처가에서 기상 후 입공 수련. 탁기들이 명문혈에 있다 척중으로 올라간 후 다시 신도혈에 한참을 머무는데 그 범위가 신도혈을 중심으로 등짝만하다.

2010년 9월 26일 일요일

삼공재 수련. 비었던 단전이 달아오르고 몸체가 좌우로 움직이며 호흡이 저절로 이루어진다. 인당에 태극이 스치는데 위는 흰색이고 아래는 검은색이며 한참 후 번개가 지나간다.

2010년 9월 28일 화요일

기상 후 입공 수련. 기수를 태운 경마들이 인당을 통과해 지나간다.

6단계 화두수련

2010년 10월 10일 일요일

삼공 스승님으로부터 6단계 화두를 받다. 합장 상태에서 몸 상체가 좌우로 도리질 치고 잠시 후 합장한 손이 앞뒤로 흔들거리고 점점 위로 추켜올리더니 목뒤 대추혈을 두드린 후 머리 뒤 강간혈을 두드리는데 두드린 혈이 시원해진다. 단전에 음기가 충만해 시원하다.

2010년 10월 24일 일요일

꿈에 한 남자가 해변이 보이는 길에서 허리 뒤로 철삿줄에 큰 돌을 달고 수련을 하는데 그 기운에 일격 필살의 의지가 담겨 있다. 오후 3시 삼공재에서 6단계 화두 가운데 글자를 선생님께 확인하고 수련함.

진동이 심한데 몸 전체가 좌우로 도리질 치고 좌우로 시계추처럼 왔다갔다 반복함. 삼공재 창문으로 빛이 들어오는데 몸이 좌우로 왕복하면서 인당에 햇빛이 비쳤다 안 비쳤다를 반복한다. 꼭 빛과 그림자를 반복해서 보여 주는 듯하다. 인당에 보이는 빛은 둥근 모양에 모눈종이처럼 나누어졌는데 형형색색이다.

2010년 10월 30일 토요일

둘째 동생이 일본으로 2박3일 동안 출장 중이라 동생을 제외한 제수씨와 조카 둘 그리고 아내와 아들 여섯이서 마니산에 산행을 위해 오후 2시에 출발하여 4시에 강화도 마니산 주차장에 도착하다.

운전 중 졸음과 씨름하며 주차장에 도착 후 차안에서 약간의 단잠을 자고 먼저 정상을 향해 출발을 했다. 주차장을 벗어나자 머리 전체로 시원하고 강한 기운이 쏟아져 들어온다. 쏟아져 들어오는 기운에 집중하면서 오르는데 어느덧 기도원이 있는 1004계단의 초입에 이르러 백회로 집중적으로 기운이 들어오고 머리가 아파 온다.

정상으로 갈수록 기운의 강도가 강해지는 것을 알 수 있다. 정상에 도착 후 마음속으로 한인·한웅·단군 할아버지들에게 3배씩 구배와 자성에 1배 총 10배를 하고 하산, 기도원 앞에서 가족들과 조우하여 하행을 하다. 가을이라 주위는 어느덧 어둠에 덮여 달빛에 의지하여 내려오다.

2010년 11월 7일 일요일

삼공재 화두수련. 좌정한 상태에 합장하고 화두수련. 상체가 좌우로 도리질 치며 좌우로 빛과 어둠이 반복해서 보이고, 어느 정도 시간이 흐르자 합장한 손이 하단전을 강하게 내려친다. 하단전이 점점 달아오르고 상체에서 땀이 배어 나온다. 수련 내내 진동이 심하다. 고개가 천정을 올려다볼 때 인당에 초록색으로 빛나는 그물망이 아른거린다. 향내가 삼공재 문을 들어서기 전부터 수련 내내 간간이 난다.

2010년 11월 21일 일요일

동생과 삼공재로 향하는 전철 안에서 졸음과 씨름하며 어느덧 강남구청역에서 내려 삼공재로 향하는 내내 백회로 또 다른 기운이 한없이 쏟아져 들어온다. 선생님께 인사드리고 합장한 상태로 좌정, 고개가 좌우로 도리질 치며 빛과 어둠이 보이며 나중에는 어둠도 빛이 나며 비슷해지며 경계가 사라진다.

11가지 호흡 중 몇 가지 호흡이 저절로 일어나고 백회로 기운이 수돗물을 틀어 놓은 듯 콸콸 쏟아져 들어온다. 하단전이 채워지는 듯 비었다는 느낌과 향내가 진동하고 향내가 모여 내 몸을 감싸는데, 삼공재에 계신 도반님들께 향내를 나눠주고 싶은 마음과 한편으론 아직 그럴 때가 아니라는 마음이 교차하며 더욱더 화두에 집중하다.

수련 중 하늘에 방사형으로 규칙적인 점들과 숫자가 배열되어 있는 모습이 보이는데 희미하다. 옛날 다층으로 된 전각과 다부진 여성의 모습이 스쳐 지나가고 인당에 흰빛과 초록색 빛이 아른거리고 흰빛을 초록색 빛이 감싼다.

2010년 11월 22일 월요일

나는 어디서 오는 것도 아니고 어디로 가지도 않으며 스스로 존재한다. 6단계 화두수련을 하는 이유는 스스로를 자각하기 위한 수련이다.

2010년 11월 24일 수요일

꿈속에서 우주를 유영하는데 내가 우주선이고, 우주선이 나이며 나의 의지대로 움직인다.

2010년 11월 27일 토요일

하나의 반달이 무수한 반달들이 되고 사라지는데 "일시무시일 일묘연 만왕만래 일종무종일"이다.

7단계 화두수련

2010년 12월 5일 일요일

선생님으로부터 7단계 화두를 받고 수련에 들다. 온몸을 개조하려는 듯 진동이 심하다. 모르는 사람이 봤으면 미친 사람 취급할 정도로 진동의 강도가 심하다. 상체에 시원하고 상쾌한 천기가 가득하여 시원하며 진동이 사지로 퍼져 나가며 사지 또한 상쾌해진다.

"천기가 내 기운이고 내 기운이 곧 천지 기운"이다. 순간적으로 화면들이 지나가는데 높은 계단이 밑으로 내려다보이고 전각 대문이 보이며 또 다른 화면에 밑그림을 다시 그리라고 하신다. 진동과 함께 고개가 하늘 높이 추켜올리기를 반복하며 "하늘이다"를 반복해서 스스로 외치며 1단계 화두수련 시 봤던 큰 대(大) 자가 떠오른다.

2010년 12월 8일 수요일

창공을 날다. 나를 스쳐 지나가는 세찬 바람이 창공임을 짐작게 해 준다.

2010년 12월 9일 목요일

나의 본모습은 무한 대(大)이다.

2010년 12월 15일 수요일

별의 형상(☆)이 투명한 선으로 그려지고 별의 문양이 떠오른다.

2010년 12월 16일 목요일

온몸이 황금색인 학 한 마리가 하늘을 올려다본다.

2010년 12월 19일 일요일

삼공재 수련. 온몸을 개조하려는 듯 머리부터 발끝까지 정신을 차리기 힘들 정도로 진동이 심하다. 몸에 기적 장치들을 시험하는 듯하고 가장 적당한 장치 하나가 설치된 후 우주의 기운이 백회를 통과해 하단전에 내리꽂힌 후 중단전으로 올라와 설치된 기적 장치에 의해 사방으로 퍼져 나간다.

하단전이 용광로처럼 달아오르고 기운이 독맥을 지나 임맥을 통과해 하단전으로 돌아오는데, 독맥을 지날 때는 뜨거운 기운이 흐르며 중요 혈들이 뜨겁게 달아오르고 임맥을 통과할 때는 시원한 기운이 흐르며 단전으로 되돌아온다. 화면에 위에 6개, 밑에 6개 총 12개의 화면이 배열되어 있는데 자세한 기억이 없다.

요즘은 기존 습이 되살아나 습의 에너지를 하단전으로 인도해 『선도체험기』 읽기와 명상 수련 에너지로 바꾸는 수련을 하다. 현묘지도 수련의 단계가 올라갈수록 마음이 가아(假我)와 진아(眞我)의 중간에서 진아(眞我)의 방향으로 올려다본다.

2010년 12월 20일 월요일

나의 본모습이 우주 기운이란 자각과 함께 중단에 있는 기적 장치가 작동하여 우주 기운을 퍼트린다.

2010년 12월 21일 화요일

순간순간 이기심에서 오는 온갖 관념과 감정 그리고 사욕에서 오는 모든 욕구를 하단전으로 인도해 수련 에너지로 탈바꿈하는 데 노력한다.

2010년 12월 22일 수요일

새벽꿈에 사람들과 교육이 끝나 자유 시간이 주어지고 각자 흩어져 시간을 보내는데, 나는 어디를 향해 강가를 걸어가다 옆을 날아가는 백학을 손으로 잡고 쳐다보다 놓아 주는데 날아가지 않고 나에게 보여 주려는 듯 우아한 모습으로 강 속으로 들어갔다 나와 나를 쫓아오는데 나는 피하려고 한다. 피하려는 이유가 백학의 하얀 깃털에 더러운 이물질들이 묻어 있기 때문이다. 현세의 아내가 문을 두드리며 문을 열라고 한다. 문을 두드리는 걸 보니 차원이 다른 세계인 듯하다. 문이 열리며 백

학하고 같이 있는 걸 보고 안심한다.

2010년 12월 25일 토요일

나는 전지전능하고 무한한 사랑과 지혜와 능력과 생명력인 하나님의 일부로서 사욕을 공익으로, 이기심을 이타심으로 바꿀 수 있다. 내가 하나님의 일부라는 자각이 깊어질수록 백회를 통해 더욱 순수하고 맑은 기운이 들어온다.

2010년 12월 28일 화요일

꿈에 누구(자성?)의 인도로 어떤 방에 도착하여 벽에 붙어 있는 욕망의 찌꺼기들을 떼어내고 그 방에 살았던 욕망을 올려 보낸다. 감기에 걸려 있던 아들의 기침 소리에 일어나 아들의 양손 합곡혈을 두 손으로 자극시키는데 병맥이 심하게 저항한다.

아들의 양손이 아프다고 그만하라기에 가슴에 손을 올리고 우주의 기운을 불러 나의 하단전을 거쳐 아들 가슴에 머물러 있던 냉기가 사라질 때까지 넣어 주다. 잠시 후 심하게 기침을 하던 아들이 곤히 잠을 잘 잔다.

욕망이나 이기심은 스스로 착각에 의해 만들어진다. 이런 욕망이나 이기심이 허상이란 것을 깨달으면 본성을 느낀다.

8단계 화두수련

2011년 1월 2일 일요일

오후 3시 삼공재에서 생식을 짓고 화두수련에 들다. 시작도 끝도 없이 무한히 순환하는 뫼비우스 띠 모양(∞)과 어둠과 빛이 하나로 연결되어 있는 모습을 본 후, 인당에 하얗게 발광하는 원형의 빛 덩어리를 보고 그 빛 덩어리를 감싸고 있는 빛무리가 보이는데 끊임없이 움직인다.

8단계 화두를 받고 수련에 들다. 수련에 들자마자 머릿속을 비우려는 듯 온몸을 뒤흔든다. 진동이 소주천 진행 방향으로 순방향과 역방향으로 교대로 진동을 한다.

2011년 1월 16일 일요일

오후 3시 삼공 스승님께 인사드리고 수련에 들다. 여전히 진동이 심한데 고개가 뫼비우스 띠(∞)를 그리는데, 삼공재 유리창으로 비추는 햇빛이 나의 인당에서는 아주 강력한 황금빛으로 번쩍거린다.

한참 후 하늘이 구름으로 뒤덮이고 회전하며 그 중심에서 구름 기둥이 밑으로 내려온 후 용이 승천하듯 구름 기둥을 중심으로 구름 덩어리들이 회전하며 하늘로 올라간다. 그리고 시간이 흘러 나의 하단전으로 생명력이 자리를 잡는다.

2011년 2월 13일 일요일

삼공재 수련. 지금까지 삼공재에서 수련 중에 가장 많은 화면을 본 것 같은데 대부분 생각나지 않고 그중에 인당에서 빛이 사방으로 퍼지는 화면만이 떠오른다. 그 와중에 여러 빙의령들이 백회로 나가다.

2011년 2월 17일 목요일

아침 입공 수련. 마음에 "만왕만래"란 글자가 떠오른다. 『천부경』에 있는 "일묘연만왕만래 용변부동본"이다.

2011년 2월 27일 일요일

삼공재 수련, 선생님께 인사드리고 수련에 들자 단전이 뜨겁게 달아오르고 진동이 시작된다. 고개가 하늘을 쳐다보는데 우주가 보이고 별들이 뒤로 지나가는 것이 우주를 유영하는 듯하다.

2011년 03월 13일 일요일

삼공재 수련. 선생님께 인사드리고 화두수련. 8단계 화두수련 중 떠오른 "만왕만래"의 화두를 가지고 수련에 들다. "만왕만래"란 무엇인가? 자성에게 묻는다. 거의 한 달 가량을 이 화두를 가지고 수련하는데 정확한 답이 떠오르지 않는다. 계속 의문을 제시하며 답을 찾아간다. 이 말은 무엇인가? 모든 것이 나오고 들어가게 하는 존재는 무엇인가?

8단계 수련이 막바지에 다다른 느낌인데 막막하다. 수련에 박차를 가하는데 어느 순간 생명이 자리하는 하단전에 스승님과 선계의 스승님들 그리고 국조이신 한인 · 한웅 · 단군 할아버님들과 지구에 사는 모든 사람들과 지구 · 태양계 · 은하와 우주가 하단전으로 들어가며 "무"가 된다. 그리고 한참 후에 "무"에서 생명이 자리하는 하단전을 통해 삼라만상의 모든 것들이 사방팔방으로 쏟아져 나온다.

온몸이 짜릿짜릿하며 전율과 피부호흡이 자동으로 이루어진다. 이 "생명"은 무엇인가?가 화두로 떠오른다. "생명"은 부처께서 말씀하신 "천상천하 유아독존"이며 영원함이며 "무"이고 『천부경』에 나오는 하나이면서 셋이고 하나이다. 그리고 스승님께서 말씀하시는 대각경의 하나님의 분신이다.

생명은 스스로 존재하며 영원하다. 우주에 있는 삼라만상은 생명의 한 조각으로 스스로 존재하면서 영원한 존재이다. 그럼 나는 자존하면서 영원한 존재인데 무엇을 해야 하는가? 얼핏 사자 한 마리가 먹이를 잡기 위해 최선을 다하는 모습이 지나간다.

나는 영원하고 무한이며 스스로 존재하는 생명의 한 부분으로 대생명을 따라 한 순간순간 최선을 다하여 살아가는 것이다. "수신제가 치국평천하"라는 말이 떠오른다. 나를 닦고(마음공부, 기공부, 몸공부) 이웃과 모든 사람들에게 우리는 영원하고 무한하며 스스로 존재하고 진화하는 생명의 일부라는 것을 일깨울 때 평천하가 이루어진다는 생각이 든다.

국조 할아버지들의 홍익인간, 재세이화의 큰 사랑이 이러한 깨달음에서 오는 것이 아닐까? 선생님께 8단계 화두 끝났다고 말씀드리고 이끌어 주시고 가르쳐 주심에 감사하는 마음을 담아 스승님, 선계의 스승님들, 국조이신 한인 · 한웅 · 단군 할아버지들과 조상님들께 삼배를 하다.

현묘지도 수련을 마치고

나의 시선이 가아(假我)에 있다가 진아(眞我)와 가아의 중간에서 진아(眞我) 쪽으로 향하게 되었다. 앞으로 진아(眞我)를 향해 한 걸음 한걸음 나아가 진아(眞我)와 하나가 될 때까지 최선을 다해 앞으로 나아갈 뿐이다.

【필자의 논평】

여기 또 한 사람의 현묘지도 화두수련 통과자가 나간다. 안종윤 씨의 체험기를 읽어 나가다 보면 처음부터 끝까지 선계 스승님들로부터 각별한 보살핌이 깃들어 있는 것을 알 수 있다. 선풍(仙風)이라고 할까, 선계의 에너지라고 할까 하는 특이한 기운이 내내 그를 감싸고 있는 것이다.

사상누각보다는 어떻게 해서라도 바위 위에 튼튼한 전각을 짓겠다는 건축공학도다운 구도자의 집념과 의지가 엿보인다. 이 글을 계기로 부디 선도인으로서 대성을 바란다. 선호는 포우(包宇).

〈103권〉

다음은 단기 4344(2011)년 8월 6일부터 단기 4345(2012)년 3월 11일 사이에 있었던 필자의 수련 과정과, 필자와 수련생들 사이에 오고 간 수련과 인생에 대한 대화 그리고 필자와 독자 사이의 이메일 문답을 수록한 것이다.

삼공재는 병 고치는 데가 아닙니다

작년 봄부터 6개월 동안 일주일에 한 번씩 삼공재에 나와서 수련을 하면서 지병이던 중풍과 구안와사가 나은 일이 있었던 50대 중반의 오갑원 씨가 근 일 년 만에 다시 찾아왔다. 작년 가을에 삼공재를 말없이 떠날 때는 말끔하게 다 나았던 구안와사가 처음 찾아올 때처럼 다시 도졌고 우반신이 다시 부자유스러운지 오른쪽 다리를 약간 절기까지 했다.

그는 작년 봄에 삼공재에 찾아오기 전에 우연히 책방에 들렀다가 『선도체험기』가 눈에 띄자 이상하게도, 자기도 모르게 자꾸만 끌려서 1권에서 3권까지 구입해다가 읽으면서 책에서 기를 느끼고 지병이 완화되어 삼공재를 찾아온 일이 있었다. 그는 원래 요식업자였는데 지병으로 일손까지 놓고 있다가 이러한 일을 당하고는 하도 신기해서 나를 찾은 것이다. 그 사연을 듣고 나서 내가 그에게 말했다.

"오갑원 씨가 『선도체험기』에서 기를 느꼈다는 것은 전생부터 선도와 깊은 인연이 있었기 때문입니다. 중풍이 든 것은 이 사실을 일깨워 주고 선도를 공부하게 하기 위한 하늘의 섭리라고 보아야 합니다."

그러자 오갑원 씨가 말했다.

"하늘의 섭리라면 무엇을 뜻하는지요?"

"전생부터 하던 수련을 금생에도 계속하라는 신호라는 뜻입니다."

"그럼 선생님, 제가 어떻게 하면 될까요?"

"이제부터 지금까지 발간된 『선도체험기』를 1권서부터 102권까지 주욱 읽는 한편 오행생식을 하면서 삼공재에 일주일에 한 번씩 나와서 수련을 하시면 됩니다."

"그럼 선생님께서 저에게 수련 지도를 해 주실 겁니까?"

"물론입니다."

"그럼 선생님 하라는 대로 하겠습니다."

"그리고 한 가지 유의해야 할 것은 이곳 삼공재는 병 고치는 데가 아니라는 겁니다."

"그럼 무엇 하는 곳입니까?"

"선도수련을 하는 곳입니다. 『선도체험기』를 1권서부터 차례차례 읽어 나가노라면 그런 것은 저절로 다 알게 되어 있습니다. 그러니까 지금 오갑원 씨가 앓고 있는 중풍도 이곳에서 운기조식을 하면서 꾸준히 수련을 하다가 보면 자연히 낫게 될 것입니다.

기를 느끼고 운기조식이 되고 축기가 되어 하단전에 기방(氣房)이 형성되고 대맥(帶脈)이 열리고 임맥과 독맥이 뚫리어 소주천이 된 후에, 기운이 온몸의 경혈에 유통되는 대주천 수련을 하는 동안에 자연치유력이 크게 향상되어 몸속 곳곳에 잠복해 있던, 막혔던 경혈들이 열리고 온 갖 병소(病巢)들은 하나씩 하나씩 차례로 분쇄되어 나가게 될 것입니다.

따라서 수련 도중에 병이 낫는 것은 수행을 성취하기 위한 하나의 과 정일 뿐이지 치병 자체가 목적은 아니라는 얘기입니다. 그러니까 병이 좀 나았다고 해서 내 허락 없이 수련을 중단한다면 치병도 수련도 다 놓쳐 버리고 말 것입니다."

"그럼 어떻게 해야 됩니까?"

"구도자가 되어야 합니다."

"구도자가 되면 어떻게 되죠?"

"결국은 수행으로 승부를 보아야 한다는 얘기입니다. 그렇다고 해서 수련에만 인생 전체를 걸라는 뜻은 아닙니다. 자기 직업에 종사하고 일상생활을 남들과 똑같이 하면서도 한 사람 몫의 독립된 구도자로서 그리고 선도인으로서 이 사회에 기여하겠다는 사명의식을 가져야 한다는 뜻입니다. 불교의 보살도에서처럼 상구보리 하화중생하겠다는 결의로 수행에 임해야 된다는 뜻입니다."

"대체로 무슨 말씀이신지 이해는 할 수 있을 것 같습니다."

"이제 『선도체험기』를 10권, 20권, 30권, 40권, 50권... 100권 읽어 나가는 동안 모든 것을 구체적으로 스스로 터득하게 될 것입니다."

"좌우간 선생님 말씀대로 열심히 수련에 진력하도록 하겠습니다."

이렇게 다짐하고 과연 열심히 수련을 하던 그가 6개월이 지나면서 구안와사가 완전히 원상회복되고 중풍기가 사라지면서 그는 삼공재에서 슬그머니 소식도 없이 사라졌다가 오늘, 1년여 만에 삼공재에 처음 찾아올 때의 병자의 모습을 하고 다시 나타난 것이다. 나는 외모를 보고 그가 나를 찾아온 이유를 뻔히 알면서도 짐짓 모르는 척하고 물었다.

"오늘은 무슨 일로 나를 찾아오셨습니까?"

"보시다시피 작년 가을에는 말끔히 다 나았던 중풍과 구안와사가 금년 여름부터 다시 도졌습니다. 선생님의 허락 없이 수련을 그만두면 안 된다고 하셨건만 그것을 지키지 못한 것은 순전히 제 불찰입니다. 제 잘못을 꾸짖어 주시고 다시 수련을 할 수 있게 해 주셨으면 합니다. 물론 그동안 읽기를 중단했던 『선도체험기』도 다시 읽을 것이고 그만두었던 오행생식도 다시 시작하겠습니다."

"『선도체험기』는 몇 권까지 읽으시다가 중단했습니까?"

"15권까지는 읽었습니다."

"내가 작년 봄에 오갑원 씨를 받아들일 때에도 말했듯이 삼공재는 선도수련을 하는 곳이지 난치병 고치는 곳이 아니라고 말했습니다. 오갑원 씨가 순전히 지병을 고치기 위해서 나를 찾아왔다면 나는 처음부터 단연코 받아들이지 않았을 것입니다.

왜냐하면 나는 의사가 아니기 때문입니다. 병은 당연히 의사가 고쳐야지 나 같은 수행자가 고치면 돌팔이로 처벌을 받게 됩니다. 그런데도 결과적으로 오갑원 씨는 처음부터 수련은 한낱 구실일 뿐, 순전히 병만을 고치기 위해서 삼공재 수련을 이용한 것입니다. 그랬기 때문에 지병인 중풍과 구안와사가 낫자마자 수련은 헌신짝 내던지듯 하고 나한테는 일언반구 단 한마디 상의도 없이 슬그머니 삼공재에서 사라져 버렸던 것입니다.

그런 사람이 오갑원 씨뿐이 아닙니다. 요즘 와서 그와 비슷한 사람들이 부쩍 늘어나고 있습니다. 작년 여름에도 고혈압과 뇌출혈로 졸도하여 우측 마비로 수저질도 못하고 말도 어눌하고 글씨도 쓸 수 없어 비관 끝에 몇 번이나 자살까지 하려고 했다가 친지의 권유로 『선도체험기』를 읽으면서 기를 느끼고 상태가 좋아진 한 중년 남자가 찾아온 일이 있었습니다. 그때도 나는 오갑원 씨에게 말한 대로 그는 수련을 하기로 약속하고 삼공재에 일주일에 한 번씩 나오다가 금년 4월에 몸이 좋아지자마자 슬그머니 사라진 일이 있습니다.

또 금년 2월에는 산후풍으로 10년 동안 겨울에는 바깥출입도 잘 못하고 한여름에도 벙거지를 쓰고 내복을 입어야 하는 고통을 겪다가 우연히 『선도체험기』를 읽고는 책에서 기를 받고 몸 상태가 좋아졌다면서 찾아온 중년 부인도 있었습니다. 그런데 그녀 역시 수련을 하기로 작정하고는 『선도체험기』를 읽고 오행생식을 하면서 삼공재에 나와서 수련한 지 4개월 만에 산후풍 증상에서 말끔히 벗어나자마자 나와의 약속을 어기고 사라져 버렸습니다. 모두가 수련은 말뿐이고 병이 낫자마자 기다렸다는 듯이 모습을 감추어 버린 것입니다.

내가 보기에는 그분들은 처음부터 수련 따위는 안중에도 없고 오직 병 고치는 데만 관심이 있었던 것입니다. 오갑원 씨도 그분들과 똑같은 사람으로 내 눈에는 비칩니다. 다시 한 번 강조하지만 삼공재는 병 고치는 데가 아니라 선도수련하는 곳입니다.”

“그건 잘 알겠습니다. 이번에 선생님께서 다시 수련을 하도록 허락만 해 주신다면 저는 선생님과의 약속을 반드시 지킬 것입니다.”

“지금이야 우선 병 고칠 욕심으로 그렇게 말씀하시지만 그 말을 누가 믿겠습니까? 오갑원 씨가 내 입장이라면 그 말을 그대로 믿겠습니까?”

소 잡는 도끼로 고작 지렁이를 동강내고 말 것인가?

이렇게 말하면서 나는 왜 하필이면 중풍, 구안와사, 고혈압, 뇌출혈 같은, 허가받은 의사들도 고치기 어려운 난치병 환자들만 수련을 구실로 하여 삼공재를 찾아오는 것일까? 도대체 그 원인이 무엇일까 하고 생각해 본 일이 있었다.

10년 전에는 한때 암환자들이 줄을 이어 찾아온 일이 있었다. 이들 암환자들 중에도 기초 생명력이 있는 환자들은 『선도체험기』를 읽고 오행생식 하면서 일주일에 한 번씩 삼공재 수련을 하다가 증세가 호전되고 낫기만 하면 으레 소리소문 없이 슬그머니 사라져 버리곤 했었다.

여기서 어떤 사람은 기초 생명력이란 무엇인가 하고 의문을 제기할 것이다. 기초 생명력이란 다른 게 아니고 음식을 소화하여 흡수하는 데 지장이 없는 환자를 말한다. 암환자들 중에는 겉으로 보기에는 일상생활 하는 데 아무 지장도 없이 멀쩡한데도 의학상으로는 위암 또는 폐암 3기니 말기니 하는 사람들이 있다.

이런 사람들 중에서 오행생식을 소화하고 흡수하기만 하면 암은 틀림없이 나았다. 그런데 요즘은 의학이 발달하여 웬만한 암은 병원에서도 치료가 되어, 찾아오는 사람들이 없고 그 대신 중풍, 구안와사, 고혈압, 뇌출혈, 뇌졸중 같은 난치병 환자들이 찾아온다. 이유는 의사들이 효과적인 치료를 하지 못하기 때문인 것 같다.

도대체 이들 중풍환자들은 어떤 사람들인가 하고 집중적으로 관찰하기 시작했다. 나의 영안에는 이들은 대부분 원령(怨靈)들에게 빙의나 접신이 되어 있었다. 쉽게 말해서 전생에 남에게 원한을 살 만한 짓을 하여 그 원령들이 복수를 위해 들어온 것이다.

양의사고 한의사고 할 것 없이 그들이 수행을 통하여 영안(靈眼)이 열리지 않은 이상 이 사실을 알 리가 없다. 따라서 아무리 현대 의술이 발달하고 또 제아무리 명의라고 해도 영병(靈病)에는 속수무책인 것이다. 중풍이 쉽사리 낫지 않는 이유가 여기에 있다.

병의 원인이 남에게 원한을 살 만한 일을 해서 일어난 것이라면 그 원한을 풀어 주면 그 병은 자연히 낫게 되어 있다. 어떻게 하면 그 원령들의 원한을 풀어 줄 수 있을까? 나는 곰곰이 생각해 보았다. 선도수련이 본격적인 단계에 접어들면 빙의령에 대한 천도 능력이 향상되어 구안와사 같은 것은 자연히 낫게 되어 있다. 따라서 수련이 계속 진전되면 중풍도 자연히 낫게 되어 있다. 수련이 그 정도에 도달하려면 무엇보다도 먼저 기를 느껴야 한다.

그러나 기는 아무나 다 느낄 수 있는 것이 아니다. 금생에 특별히 수련을 하지 않았는데도 기를 느끼는 사람은 전생에 지극정성으로 수련을 했던 사람들이다. 그리고 사람들이 남에게 원한을 사는 이유는 내 이익을 챙기기 위해서 남의 이익을 침해했기 때문이다. 그러니까 내 이익을 생각하기에 앞서 상대의 이익을 먼저 생각하는 습관을 붙여 놓으면 남에게 원한을 사는 일은 없어질 것이다.

다시 말해서 나와 상대하는 모든 사람들과의 거래에 앞서 역지사지 정신을 발휘하면 남에게 원한을 사는 일은 없게 된다. 이처럼 이타 정신, 역지사지 정신을 일상생활에서 구사할 수 있다면 남에게 원한을 사는 일은 없어질 것이다. 선도수련에서 마음공부의 기초가 되는 덕목이다.

이렇게 보면 중풍과 구안와사는 선도수련 중 마음공부의 덕목인 역지사지 정신 즉 이타행과 불가분의 관계에 있다고 볼 수 있다. 그런데 삼공재를 찾는 환자들 중에는 마음을 먼저 근본적으로 고칠 생각은 하지 않고 병 증세만 완화되면 수련을 집어던지고 삼공재를 떠나 버리는 악순환이 되풀이되는 것이다.

그렇다고 해서 역지사지 정신만 함양하고 실천하면 해결된다고 보면 안 된다. 마음공부와 함께 기공부, 몸공부도 함께 병행되어야 한다. 그 기공부가 바로 소주천, 대주천, 연정화기, 현묘지도 화두 수행 등이다. 이러한 수행으로 획득된 능력이 바로 천도를 가능하게 하는 것이다.

한 가지 주의해야 할 점은 위에 열거한 세 사람의 경우 질병에 걸렸을 때 공통적으로 기를 느낄 수 있었다는 것이다. 기를 느끼고 기문이 열려 운기조식을 할 수 있는 것은 전생에 다년간 선도수련을 한 경험이 있었기 때문에 가능한 일이다.

요즘은 열심히 수련만 하면 대체로 몇 달 안에 기를 느끼지만 옛날에는 기를 느끼는 데만 보통 5년 내지 10년이라는 세월이 필요했다. 그래서 선도나 불교를 막론하고 어떤 수련 단체에서 기를 느끼고 백회가 열린 수행자가 나오면 큰 축제가 벌어지곤 했었다.

그래서 전생에 기공부를 하던 사람은 단전호흡을 시작하자마자 또는 시작한 지 얼마 안 되어 기를 느끼게 되어 있다. 더구나 그런 사람이 난치병에 걸릴 경우 자기도 모르게 기를 느끼게 되는 것은 그것을 계기로, 그에게 잠재해 있던 자연치유력이 구사되어 병도 고치고 내쳐 수행을 시키려는 섭리가 작용했기 때문인 것이다.

기를 느낀다는 것은 도계에서는 예부터 하늘의 특혜로 간주되어 왔다. 이러한 특혜를 겨우 병 고치는 데만 이용하려고 하는 것은 마치 소 잡는 도끼로 지렁이나 동강내고 마는 것만큼 어리석은 일이다. 그럼 어떻게 해야 할 것인가? 이 귀중한 능력은 마땅히 자신의 참나를 구현함으로써 구경각을 성취하는 데까지 밀어붙이라는 것이 섭리의 뜻임을 알아야 한다.

23년 만에 찾아온 대형 기몸살

2011년 8월 24일 수요일

오늘은 초등학교 학생들에게 무상급식을 하되, 저소득층으로부터 단계적으로 실시할 것이냐 아니면 일시에 전면적으로 실시할 것이냐를 놓고 서울시 유권자들이 가부 투표를 하는 날이다. 겉으로 보기에는 초등학생들의 점심 식사는 사소한 일 같지만 실상은 복지 포퓰리즘으로 확대되어 나라의 흥망을 좌우하는 거창한 문제의 발단이 될 수 있다.

누적된 복지 포퓰리즘으로 그리스, 이탈리아, 스페인, 일본 같은 나라들이 막대한 부채로 재정 위기를 겪고 있는가 하면, 과거의 남미 여러 나라들도 같은 이유로 재정 파탄을 겪었다. 이 때문에 선진국 진입을 앞두었던 나라들이 3류 국가로 전락하고 말았다.

더구나 외환 관리의 부실로 우리나라는 1998년 IMF 관리 사태라는 치욕을 겪었다. 이와 같은 금융 위기를 자초하지 않기 위해서라도 복지 포퓰리즘은 기필코 막아야 한다는 것이 평소의 내 생각이었다. 바로 이 때문에 나는 며칠 전부터 시작된 기몸살로 보행이 불편한데도 불구하고 아침 6시가 되자 아내와 같이 투표소로 향했다. 집에서 5백 미터 거리에 있는 학동초등학교 투표소에 가까워졌을 때 나는 갑자기 걷기가 어려워졌다.

집으로 되돌아가려 해도 보행 거리에는 별로 차이가 없을 것 같아서 다소 무리를 해서라도 투표를 하기로 했다. 겨우 투표를 마치고 집으로 돌아오는 길에 나는 기어코 길가에 주저앉고 말았다. 왼쪽 고관절과 무릎 관절의 통증 때문에 도저히 힘을 줄 수 없는 비상상태였다.

"도저히 못 걷겠는데."

"그럼 그 자리에 앉아서 좀 쉬세요."

아내가 말했다. 이처럼 졸지에 보행이 불가능해져 보기는 내가 1986년 정월부터 선도수련을 시작한 지 두 해쯤 뒤에 있었던 대형 기몸살을 빼고는 처음이었다. 그때 나는 아직 신문사에 다닐 때였다. 아침 식사를 마치고 현관에 나가 막 구두를 신고 일어서려다가 그 자리에 주저앉고 말았다. 졸지에 앉은뱅이가 된 것이다.

그때만 해도 나는 이것이 선도수련하는 사람에게 흔히 일어나는 부작용인 명현반응 또는 기몸살이라는 것을 알고 있었다. 운기조식이 되는 수행자가 수련 도중에 기몸살을 만났을 때는 무슨 일이 있어도 병원에 가면 안 된다는 것도 알고 있었다.

그때 내가 나가던 수련원의 60대 수련자는 갑자기 척추가 빳빳이 굳어 버린 일이 있었다. 그는 선도수행 도중에 일어나는 기몸살이나 명현반응 때 병원에 가면 절대 안 된다는 경고를 북새통에 깜빡 잊고 식구들에 의해 병원에 실려 가서 각종 첨단 장비를 총동원하여 엑스레이, CT, MRI 검사를 다 해 보았지만 원인을 알 수 없었다.

그러자 의사는 척추에서 골수를 한 사발이나 뽑아 검사를 하는 등 소란을 피웠지만 끝내 병의 원인은 밝혀내지 못한 채 치매 증상을 나타내다가 끝내 폐인이 되고 말았다. 이런 사고는 삼공재 수련생 중에서도 일어났다. 신부전증이 있는 중학교 교사인 여자 수련생은 선도수련을 시작하면서 기를 느끼고 기문이 열리고 운기조식을 하게 되어 기운이 나고 몸의 상태가 갑자기 좋아지기 시작했다. 동시에 좋지 않았던 신장의 막혔던 경락들이 열리면서 그 부작용으로 얼굴이 붓기 시작했다. 신부전증으로 기능이 정지되었던 신장에 자연치유력이 발동된 것이다.

나는 그녀에게 이때 신장에 칼을 대면 큰일난다고 경고를 했다. 무슨 일이 있어도 병원에만 가지 않으면 반드시 살길이 열린다고 말해 주었다. 그녀 역시 나에게 몇 번이나 절대로 병원에는 안 가겠다고 철석같이 다짐했었다. 그러나 그녀의 가족들이 그녀를 그대로 내버려두지 않았다. 특히 대학교수이며 신장병 전문의인 그녀의 친정아버지가 제자를 시켜 그녀에게 거의 강제로 투석(透析) 수술을 하고야 말았고, 그 즉시 그녀는 숨이 끊어지고 말았던 것이다...

잠시 쉬고 나니까 간신히 일어나 아내의 부축을 받아 조금씩 걸을 수 있었다. 아내의 어깨에 의지하여 겨우 집에 돌아온 나는 그때부터 완전히 앉은뱅이가 되고 말았다. 왼쪽 무릎 관절과 고관절이 시큰거리고 통증이 심하여 앉아 있기도 어렵고 천상 침대에 누울 수밖에 없었다.

걸을 수 없는 나에게 제일 문제가 되는 것은 화장실 출입이었다. 침실에서 화장실까지는 무릎걸음으로 걸어 보았지만 무릎 통증이 심하여 그럴 수도 없었다. 할 수 없이 엉덩이를 마루에 대고 두 팔로 밀어 겨우 이동을 할 수밖에 없었다. 엉덩이가 마루에 계속 쓸려서 아팠다. 생각 끝에 방석을 엉덩이에 대고 두 손으로 밀어서 기동을 했다.

이런 때 휠체어가 있었으면 제격인데 길어 보아야 한 주 또는 두 주일 안으로 회복될 기몸살 때문에 그 비싸다는 휠체어를 구입할 수는 없는 일이었다. 이럭저럭 하는 사이에 오후 3시가 다가오고 있었다. 수련생이 올 것을 미처 생각지 못한 것을 알았다. 경황이 없어서 미리 전화로 연락을 못 한 것이다.

할 수 없이 오늘만은 삼공재 내 자리에 앉아서 두 시간을 견디어 보기로 했다. 다행히 수련생은 둘밖에 오지 않았고 평소처럼 무사히 마칠 수 있었다. 내가 갑자기 중병 환자가 된 것을 보고 아내와 아들과 며느리의 걱정이 태산 같았다.

"여보, 내일 아침엔 병원에 가 봅시다. 아무리 기몸살이라고는 하지만 이젠 나이도 있고 하니 예방 차원에서라도 병원에 가서 일단 진찰만이라도 받아 봅시다. 중요한 시간 다 놓치고 나서 후회하지 말고."

"당신은 23년 전에 내가 갑자기 앉은뱅이가 되었을 때도 나를 기어코 병원에 데리고 가서 검사를 해 보았지만 원인을 밝혀내지 못했고 한의원에 가서 침을 맞았는데도 아무런 효험이 없지 않았소. 그때도 내 말대로 며칠 만에 다시 정상을 회복하지 않았소. 그런데 이제 새삼스레 또 병원에 가서 무슨 소용이 있겠소. 내 생각엔 1, 2주 안으로 반드시 원상 회복이 될 테니 두고 보시오."

"그럴까요?"

"그렇다니까?"

아내는 더이상 말이 없었다. 화장실 출입으로 고생한 것 빼고는 밤잠은 잘 잤다.

2011년 8월 25일 목요일 (하루 새 3킬로나 빠진 체중)

아침에 체중을 달아 보니 평소보다 무려 3kg이나 줄었다. 보통 몸살이 아님을 알 수 있었다. 오늘은 1994년 8월 26일 북한 땅 함경북도에서 86세에 타계하신 어머니의 기제삿날이다. 집안에 우환이 있으면 제사를 지내지 않는다고 하나 나는 이번 기몸살을 우환으로 보지 않았다. 예정 대로 오늘밤에 제사를 지내기로 했다. 제사 준비는 며느리가 전담했다.

오늘 삼공재에 오기로 예정된 수련생들에게 내가 갑자기 여행을 떠나 게 되었다고 연락을 했다. 그중에는 부산에 사는 박순미 씨도 있었다. KTX 표를 구입했다고 하기에 환불이 가능하냐니까 그렇다고 했다. 그런 데도 오후 3시가 되니 부산에서 윤명선 씨와 임행자 씨가 수련차 와서 아내가 갑자기 일이 생겨서 내가 여행을 떠났다고 둘러댔다고 알려 주 었다. 왜 나에게 알리지 않았느냐니까 그렇게 되면 큰 병이라도 걸린 줄 알고 놀랄 것이고 일이 복잡해질 것이라고 했다. 부산에서 모처럼 찾아 온 두 수련자에겐 미안하기 짝이 없었다.

방석을 깔고 두 손으로 밀어서 이동하는 일도 결코 쉬운 일이 아니었 다. 손녀, 아내, 며느리가 번갈아 뒤에서 밀어 주었다. 침실에서 제사 지 내는 응접실까지 왕복할 때는 아들이 업어다 주었다. 제사 지낼 때 영안 으로 보니 어머니, 아버지의 영체가 예년처럼 나타났는데 어머니가 무엇 이 그렇게 기쁜지 훨훨 춤을 추셔서 내 눈길을 끌었다. 4년 전 내가 송 사를 당했을 때에 있었던 제사 때는 두 분의 영체가 몹시 침울했었다. 이것만 보아도 이번 기몸살은 결코 우환이 아님을 알 수 있었다.

2011년 8월 26일 금요일 (되찾은 안정)

어제보다는 다소 안정되었다. 그러나 여전히 걸을 수는 없었다. 좀 불 편하긴 했지만 4명의 수련생을 앉아서 맞이할 수 있었다.

2011년 8월 27일 토요일

생각 끝에 아들이 쓰는 굴레바퀴 달린 의자를 내 이동수단으로 쓰기로 했다. 휠체어만은 못해도 방석을 깔고 앉아 이동하는 것보다는 훨씬 나았다. 손녀와 며느리, 아내가 번갈아 뒤에서 밀어 주었다. 이번 기몸살에 대하여 곰곰이 생각해 보았다. 해병대나 공수 부대원에게 실시되는 지옥훈련과 같은 느낌이 들었다.

그러나 이런 대형 기몸살은 누구에게나 예정된 것은 아니다. 수행자 자신은 전연 예상 못 한 상태에서 자신의 의지와는 전연 관계없이 선계의 스승들의 결정에 따라 선택적으로 졸지에 진행되는 것 같다. 기몸살이 진행되는 동안에는 평상시의 모든 생활 리듬이 중단되고 그 대신에 선계에서 정해진 프로젝트에 따라 모든 과정이 계획적으로 일사불란하게 진행되는 것 같다.

국가로 말하면 불의에 외국의 침략을 당하여 계엄령을 포고하면 평상시의 국가 운영 방식이 계엄령 절차에 따라 진행되듯이 말이다. 그래서 가령 내 경우 기능이 정지된 왼쪽 다리의 무릎 관절과 고관절에 의식적으로 기운을 보내도 기운이 가지 않았다. 내 의사와는 별도의 기운이 작용하고 있는 것을 알 수 있었다. 다행히 오늘은 수련생이 둘밖에 오지 않았다. 저녁 무렵부터 왼쪽발의 발굽에 힘을 주고 지팡이를 짚고 조금씩 걸을 수 있게 되었다.

2011년 8월 28일 일요일 (나흘 만에 지팡이 짚고 걷기 시작)

왼 발바닥 전체로 바닥을 딛고 지팡이를 짚고 화장실 출입을 하기 시작했다. 확실히 차도가 있다. 7명의 수련생들이 다녀갔다. 기몸살이 심할 때는 찾아오는 수련생이 줄어들었다가도 상태가 조금씩 좋아지니 그에 따라 찾아오는 수련생 수효도 늘어나는 것 같다. 내가 앉은뱅이가 된지 나흘 만에 지팡이를 짚고 걸어가는 것을 본 며느리가 말했다.

"아버님, 드디어 걷기 시작하셨군요. 그러고 보니 기몸살이 틀림없네요."

며느리는 수련은 하지 않지만 『선도체험기』를 읽기는 했으므로 기몸살이 무엇인가 알고 있었던 것이다.

2011년 8월 29일 월요일 (닷새 만에 지팡이 없이 걸었다)

지팡이 짚지 않고도 조금씩 걷기 시작했다.

2011년 9월 2일 금요일

8월 24일부터 밤 11시에 엘리베이터 타고 1층에 내려가 문 잠그는 일을 기몸살로 중단했었는데 다시 시작했다.

2011년 9월 3일 토요일

아침 6시 15분에 동네 주변을 20분 동안 걸었다. 8월 24일부터 열흘 만에 다소 불안하기는 하지만 걷기 운동을 할 수 있게 되었다. 오후 5시 수련생들이 돌아가고 나서 평소에 5층 거처에서 지하까지 계단으로 걸어 내려갔다가 올라오는 운동 역시 재개했다. 지하에서 5층까지의 계단 수는 107개다.

2011년 9월 4일 일요일

선릉 주위를 35분간 걸었다.

2011년 9월 5일 월요일 (13일 만에 정상 회복)

2킬로쯤 되는 선릉 한 바퀴를 55분 동안에 돌았다. 이번 기몸살 전과 비슷한 수준이다. 8월 24일부터 오늘까지 13일 만에 정상을 회복한 셈이다. 이후 나는 왜 이런 일이 두 번이나 일어났는지 며칠 동안 곰곰이 생각해 보았더니 다음과 같은 해답이 나왔다.

그동안 내가 만약 선도수련을 하지 않았더라면 나는 23년 전 첫 번째 대형 기몸살 때가 아니면 이번 기몸살 때 이미 뇌졸중이나 중풍으로 숨을 거두었을 것이라는 것이었다. 내 사주팔자에도 기껏 오래 살아야 67세까지가 내 수명이라고 나와 있었다. 나뿐만 아니라 나의 할아버지는 54세에, 아버지는 49세에 세상을 등졌다고 하니 장수하는 집안은 아니었던 것이다.

그러니까 67세 이후 지금까지 13년 동안 계속된 내 삶은 순전히 수련 덕분임을 알 수 있다. 수련을 통하여 내 몸의 자연치유력이 향상된 것은 어쩌다가 무엇에 부딪쳐 손이나 머리에 상처를 입어도 수련 전에는 다 나으려면 적어도 일주일은 걸리던 것이 수련 초기에는 3, 4일로 줄어들었다. 그러나 그 치유 기간도 수련이 향상됨에 따라 차츰 짧아져 최근에는 단 하루만이면 깨끗이 아물어 버리는 것으로도 알 수 있었다.

그래서 이번 기몸살로 기동이 부자유스러워졌을 때도 곧 회복될 것을 확신할 수 있었던 것도 이러한 체험을 바탕으로 한 것이었다. 수련 때문

에 덤으로 산 인생이니 앞으로 얼마나 더 살 지는 알 수 없지만 사는 날
까지 후배 수련자들을 위해 유익한 일을 해 보자는 내 의지는 지극히 당
연한 일이 아닐까 한다.

손기가 심할 때

우창석 씨가 말했다.

"선생님, 제가 혼자 수련하고 있을 때 가끔 일어나는 일인데요. 갑자기 욕조의 마개를 뺐을 때처럼 물이 일시에 쏴하니 빠져나가듯 심한 손기 현상이 일어날 때가 있습니다. 이럴 때는 어떻게 해야 합니까?"

"수행자가 갑자기 손기를 당할 때는 반드시 이유가 있습니다. 주된 원인은 탐진치(貪瞋癡), 오욕칠정(五慾七情)에 휘말려 있을 때입니다. 과도한 욕심을 부리거나 몹시 화를 내거나 누구를 미워하고 원망하고 남이 잘되는 것을 시기를 한다든가 할 때 자기도 모르게 심한 손기 현상을 일으키게 됩니다."

"그 이유가 무엇입니까?"

"욕심을 내고 누구를 미워하고 시기하는 것 자체가 자해행위로서, 엄청난 손기를 불러오기 때문입니다. 남의 것을 빼앗으려 침략 전쟁을 일으키려면 엄청난 국력 손실을 각오해야 하는 것과 같습니다."

"그럴 때는 어떻게 해야 할까요?"

"남의 것을 빼앗으려 하지 말고 어떻게 하면 상대도 나도 공존공영(共存共榮)할 수 있을까 궁리를 해야 합니다. 이것을 이타 정신 또는 이타주의라고 합니다. 영어로는 altruism이라고 합니다. All true ism의 합성어로서 직역하면 모든 것이 옳다는 주의입니다.

상대와 나를 차별화하지 않고 처음부터 상대를 긍정하고 들어가는 주의를 말합니다. 구경각을 한 구도자에게는 우주만물이 모두 진리입니다. 그러므로 나뿐만 아니라 상대의 입장과 처지도 이해하고 사랑하지 않을 수 없게 됩니다. 이것을 역지사지 정신이라고도 하고 공익정신이라고도 합니다.

이것은 또 아무 대가도 바라지 않고 남을 돕는 것을 말하기도 합니다. 오른손이 하는 것을 왼손이 모르게 합니다. 남에게 도움을 주면서도 그 행위 자체를 전연 의식하지 않습니다. 왜냐하면 그에게는 남을 돕는 일이 나 자신을 돕는 것이기 때문입니다.

이처럼 나와 남이 하나라는 것을 알고 실천하는 사람이야말로 우아일체(宇我一體)를 묵묵히 실천하는 사람입니다. 이런 사람은 비록 일시적 손기를 느끼는 일이 있다 해도 자기도 모르는 사이 금방 보충이 됩니다. 그래서 절대로 손기 같은 것은 모르고 삽니다. 그런 사람은 이미 우주와 하나가 되어 있으므로 무엇을 빼앗기거나 보상하는 것 같은 일은 있을 수 없습니다.

부동심(不動心)이 자리잡는 것은 바로 이 때문입니다. 이런 사람이 바로 우주의 주인입니다. 그런 우주의 주인에게 어떻게 빼앗기고 보상받고 하는 일 따위가 있을 수 있겠습니까?"

축기는 언제까지 하나요?

석기진 씨가 말했다.

"선생님, 선도수련은 축기로 시작해서 축기로 끝난다고 『선도체험기』에는 나와 있는데 저는 이 말이 가슴에 닿았습니다. 그렇다면 축기는 언제까지 해야 합니까?"

"축기는 천기(天氣)를 내 몸속에 운영하는 것을 말합니다. 여기서 말하는 천기는 우리가 사는 공간 속에는 어디나 있는 누구나 다 마시는 공기와는 좀 다릅니다. 공기는 수련을 하는 사람이나 안 하는 사람이나 다같이 호흡하지만, 천기는 선도수련을 하는 사람만이 호흡할 수 있습니다. 천기는 쉽게 풀어서 말한다면 수련 에너지라고도 말할 수 있습니다. 운기조식(運氣調息)으로 천기를 축기 즉 저장하고 운영함으로써 우리 몸과 마음은 수련하지 않는 사람들과는 달리 조금씩 달라지게 됩니다.

어떻게 달라지느냐 하면 우선 우리 몸의 자연치유력이 점차 향상됩니다. 우리가 무의식중에 밥을 먹다가 잘못하여 입술 안쪽 부분을 씹어서 상처가 나 피가 날 경우 보통 3일 내지 일주일씩 걸리던 치유 기간이 단 하루로 줄어들게 됩니다. 그뿐만 아니라 우리 마음도 점점 시간과 공간과 물질에 대한 집착에서 벗어나, 끝내 우주심(宇宙心) 즉 하나님과 하나가 됩니다.

축기는 이러한 수련 과정의 초보 단계입니다. 축기는 하단전에 기방(氣房)이 형성되면서 본격적으로 시작되어 소주천을 거쳐 대주천의 경지에 들면 수련자 자신도 의식하지 못하는 사이에 자동적으로 이루어지게 됩니다. 수련자가 선도수련을 중단하겠다고 작심하지 않는 한 그의 숨이 끊어지는 순간까지 지속됩니다."

"대주천이 되면 축기가 자동으로 이루어진다고 하셨는데 어떻게 그렇게 될 수 있는지 이해를 할 수 없습니다."

"요즘은 농촌의 우물에도 자동 펌프 시설이 되어 있지만 1960년대까지만 해도 대부분의 우물에 수동 펌프가 이용되었습니다. 수동 펌프를 작동시켜 우물물을 퍼 올리려면 우선 마중물이라고 하는 물을 펌프 속에 주입시킵니다. 그리하여 파이프를 통하여 마중물이 우물물까지 연결되면, 수동으로 펌프를 계속 작동시켜 우물 속에서 물을 퍼 올립니다.

이때 만약 펌프를 계속 작동시키지 않으면 파이프를 통하여 올라오던 물이 우물 바닥으로 흘러 내려가고 맙니다. 이럴 때는 또 마중물을 넣어 처음부터 다시 시작해야 됩니다. 펌프질을 간단없이 계속하여 우물물이 힘차게 펌프를 통하여 밖으로 계속 쏟아져 나오게 되면 중간에 펌프질을 중단해도 우물물은 계속 콸콸 저절로 쏟아져 나오게 됩니다.

선도수련이 대주천 경지에 도달했다는 것은 이처럼 펌프질을 하지 않아도 물이 우물 속에서 스스로 계속 밖으로 쏟아져 나오는 경우와 같다고 할 수 있습니다. 이때 아무리 콸콸 잘 쏟아져 나오는 물도 인위적으로 펌프의 출구를 꽉 막아 버리면 우물물은 나오지 않게 됩니다. 그러한 인위적 작용을 가하지 않는 한 물은 계속 나오게 됩니다. 이와 같이 수행자가 숨을 거두는 바로 그 순간까지 축기를 계속한다고 할 수 있습니다."

"그래서 기공부는 축기로 시작하여 축기로 끝난다고 하는 군요."

"정확합니다."

"그렇게 축기와 운기조식이 되는 선도 수행자하고 선도수행을 하지 않는 보통 사람하고는 무엇이 다릅니까?"

생사일여(生死一如)

"선도 수행자가 우주심과 하나가 되어 생사일여(生死一如)의 경지에 도달하는 마음공부의 경지는 눈으로 보거나 손으로 만져볼 수 있는 것이 아니므로 남에게 객관적으로 입증해 보일 수는 없습니다. 그러나 대주천이 제대로 진행되는 선도 수행자는 여느 사람보다는 육장육부에 이상이 생기는 내과 질환에 걸리는 일은, 아주 희귀한 예외를 빼고는 거의 없습니다. 따라서 수련하지 않는 사람들의 평균 수명보다 10년 내지 30년은 더 무병장수할 수 있는데 이것을 보고 수행자와 비수행자가 분명히 다르다는 것을 알 수 있습니다.

이것은 어디까지 무병장수를 보고 알 수 있는 것이지만 그 수행자 자신의 일상적인 행동거지를 관찰한 사람의 객관적인 평가로도 보통 사람들과 얼마나 다른가를 알 수 있습니다. 공무원이 되든지 자영업을 하든지 간에 그가 남을 먼저 배려하는 일이 그의 일상생활에 배어 있는지 그렇지 않는지를 보고도 그가 보통 사람과 얼마나 다른가를 쉽게 알아볼 수 있을 것입니다.

그리고 뜻밖의 가환(家患)이나 천재지변을 당했을 때의 처신이 보통 사람들과 어떻게 다른가를 지켜보고도 그의 수행 정도를 알아볼 수 있습니다. 수행자는 어떤 불행이나 역경 속에서도 울고불고하지 않고 침착하고 의연하게 사태를 수습할 것입니다."

"그런 의연함은 어디에서 나오는 것일까요?"

"그가 축기를 통하여 터득한 우주심에서 나옵니다. 우주심을 터득한다는 것은 우주의 주인이 된다는 것을 말합니다. 우주의 주인에게 불행이니 역경이니 하는 것이 있을 수 있을까요? 그리고 그에게 경거망동할 이유가 있겠습니까?"

주사령(酒邪靈)

오병춘 씨가 삼공재에서 수련을 하다가 물었다.

"선생님, 주정꾼의 영도 빙의되는 수가 있습니까?"

"있고말고요. 왜 그런 질문을 하십니까?"

"제가 아무래도 주사령에게 자주 빙의되는 것 같아서 선생님께 여쭈어봤습니다."

"주사령에게 어떻게 빙의되었었는지 체험담을 얘기해 보세요."

"술이 수련에는 백해무익하다는 것을 알고 평소에는 술 근처에도 안 가려고 조심을 하다가도 어떤 때는 저 자신도 모르는 충동에 사로잡혀 술을 마시게 됩니다. 마시면 취하게 되고 어느 순간 필름이 딱 끊겨 무슨 일을 했는지 통 모릅니다. 이튿날 깨어난 뒤에 같이 술 마신 사람들 얘기를 들어 보면 제 성격으로는 도저히 상상도 할 수 없는 주사를 부린 것을 알게 됩니다.

저만 그런 것이 아니고 저와 같이 술 마신 친구들 중에도 저와 비슷한 사람이 있습니다. 기분 좋게 술을 마시다가 어느 순간 갑자기 눈빛이 획 돌면서 전연 딴사람처럼 행동하는 일이 있습니다. 이런 때는 틀림없이 주사령에게 빙의된 것이 아닐까요?"

"틀림없습니다."

"그럼 그런 때는 어떻게 해야 합니까?"

"술을 마시는 데는 세 가지 단계가 있습니다. 첫째가 사람이 술을 마시는 단계입니다. 이 단계에서 술을 마시는 사람은 자기 자신의 주량을 조절할 수 있어서 실수를 저지르는 일이 거의 없습니다. 구미(歐美) 선 진국 사람들은 대체로 이 단계에서 술 마시기를 중단하기 때문에 우리 나라에서처럼 밤늦게 술에 취해서 비틀대는 사람을 거리에서 발견할 수 없습니다. 따라서 주사를 부리는 사람도 없습니다. 이렇게 볼 때 우리나 라는 음주문화에 관한 한 형편없는 후진국임이 틀림없습니다.

두 번째 단계가 술이 술을 마시는 단계입니다. 1차 술 마시기가 끝나 고 나서 2차에 가는 사람들이 바로 이 단계에 빠져든 사람들입니다. 2차 가 끝난 뒤에 3차에 가는 사람들은 술이 사람을 마시는 단계에 접어든 전형적인 술꾼들입니다. 바로 이 단계에서 술꾼들은 주사령에게 빙의됩 니다. 그러니까 자신의 주량을 잘 아는 현명한 사람들은 1차나 2차에서 술 마시기를 끝냅니다.

요컨대 자신의 주량에 따라 어느 단계까지 가야 하는가를 스스로 조 절하고 처신하면 주사령에 빙의되지 않습니다. 비록 술친구들한테 비겁 하다는 욕을 먹는 한이 있더라도 앉을 자리 설 자리를 제대로 알아서 처 신하는 것이 주사령에게 끄달리지 않는 지름길입니다."

"그런데 술을 마시다가 보면 아무래도 그 분위기에 휩쓸려 버리게 됩 니다."

"오병춘 씨가 수련을 하지 않는 사람이라면 모르지만 일단 수련을 하 기로 작정을 했으면 술을 먹지 않을 수 없는 상황에 처하더라도 사람이 술을 마시는 첫 단계 이상은 가지 말아야 합니다."

"그런데 저는 그것이 어렵습니다."

"그럼 자기 자신을 철저히 객관화시켜 놓고 관을 한 후에 선택을 해야 합니다. 무명중생(無明衆生)처럼 주사령에게 번번이 빙의당해도 반성하는 일도 없이, 바람 부는 대로 물결치는 대로 아무 줏대 없이 이럭저럭 어영부영 한평생 살다가 계속 생로병사의 윤회에 어디까지 말려들어 버릴 것이냐, 아니면 이 끝없는 윤회의 고리를 단 한 칼에 끊어버리고 생사일여(生死一如)의 길을 택하느냐를 다시 선택해야 합니다."

구도자와 중생 뭐가 다른가?

좌선 중이던 한 수련생이 느닷없이 불쑥 다음과 같은 질문을 했다.

"선생님, 도인과 도인 아닌 사람의 차이는 무엇입니까?"

"도인은 바르고 착하게 사는 것이 진리에 부합된다고 확신하면 이를 지체 없이 실천에 옮기지만, 도인이 아닌 사람은 형편에 따라 숨바꼭질하듯 이를 실천할 때도 있고 실천하지 않을 때도 있습니다."

"그 '형편에 따라'라는 말이 무엇을 말하는지 좀 애매합니다."

"'형편에 따라'는 자기에게 유리할 때와 유리하지 않을 때를 말합니다."

"여기서 말하는 '자기'라는 것이 문제입니다. '자기'는 무엇을 말하는지요?"

"여기서 말하는 '자기'는 참나가 아니고 거짓 나를 말합니다. 다시 말해서 지금 육체를 쓰고 있는 바로 현상계의 나 즉 무상(無常)한 나를 말합니다. 출생과 더불어 생로병사의 윤회를 수없이 반복하면서도 그 윤회의 굴레를 벗어날 수 있는 길을 미꾸라지처럼 요리조리 피해 가는 데만 이골이 난 몸나를 말합니다."

"대부분의 중생들이 바로 이 미꾸라지 짓을 하고 있는데 어떻게 하면 그 윤회의 굴레를 벗어나게 할 수 있을까요?"

"그 미꾸라지가 바로 욕심과 이기심으로 뭉쳐진 꿈의 덩어리입니다. 그 미몽(迷夢)에서 깨어나기만 하면 태어남도 죽음도 없는 우주심(宇宙心), 즉 니르바나인 하늘나라로 돌아갈 수 있습니다."

"니르바나가 무엇입니까?"

"열반(涅槃) 즉 우주 삼라만상의 본체입니다."

"그럼 도인은 누굽니까?"

"열반의 불꽃이 자기 속의 영원히 꺼지지 않는 용광로에 켜진 사람입니다. 흔히들 말하는 신불(神佛)입니다."

"그러한 도인이 되면 의식주를 걱정하지 않아도 되는가요?"

"하늘의 섭리가 다 알아서 보살펴 주니까 그런 걱정은 안 해도 됩니다. 그 대신 그의 유일한 관심거리는 어떻게 하면 중생들을 한 사람이라도 더 깨달은 사람으로 만들 수 있을까 하는 데 있습니다."

"그건 도인의 경우고 도인이 아닌 중생들은 어떻게 하면 한 사람이라도 더 도인으로 만들 수 있을까요?"

"바르고 착한 일이 도에 합치된다면 비록 죽음이 닥쳐와도 즉각 행동에 옮길 수 있게 평소에 훈련시키면 됩니다."

"그게 말처럼 그렇게 쉬운 일인가요?"

"그러니까 참나를 위해서는 몸나를 희생시킬 만한 깨달음을 얻게 하는 것이 수행의 요체입니다. 죽을 수밖에 없는 몸나를 희생해서라도 영원히 사는 참나를 택하는 용기와 지혜를 체득하도록 해야 합니다."

"어떻게 하면 그렇게 될 수 있습니까?"

"욕심과 이기심만 버리면 누구나 그렇게 될 수 있습니다."

【이메일 문답】

『선도체험기』를 읽으면서

삼복더위에 건강하게 지내시는지요? 강령하시기를 기도드립니다. 저는 『선도체험기』 48권을 보고 있습니다. 한 달 전에 등산 후 돼지껍데기 볶음과 막걸리 한 잔을 마신 뒤로 아랫배가 꽉 막히고 납답하고 짜증이 나면서 몸이 무겁고 단전호흡이 며칠간 되지 않아, 처방받은 오행생식만 먹고 육식을 일절 안 하고 생선까지 먹지 않고 지냈습니다.

그랬더니 며칠 전에는 너무 어지럽고 기운이 없어 생선을 들고, 밤에 잠이 오지 않아서 수기가 부족한 듯하여 사골 삶아 얼려 놓은 국물에 김치를 넣고 살짝 끓여 먹고 나니 그때서야 잠을 잘 수 있었습니다. 지난 주부터 생활 다도(茶道) 입문 과정을 들으면서 녹차를 많이 마셔서 수면에 지장을 준 것도 같고 평소보다 식사량을 1/3로 줄여서 배가 고파서 잠이 안 온 것도 같습니다.

새벽 세 시 반까지 잠이 안 오고 말똥말똥하여 처음에는 『선도체험기』 읽으면 되니까 잠이 안 와도 좋다고 생각했는데, 며칠 계속되니 책을 읽어도 집중이 되지를 않고 몸이 많이 힘들었습니다. 지금은 좀 나아졌습니다. (53권을 훑어보니 때때로 몸이 원할 때 육식도 하라고 쓰셔서 앞으로는 그리 해 보겠습니다.)

몸공부는 매일 6킬로씩 뛰지는 못하고 일주일에 세 번 10킬로를 달리고(마라톤 하프코스 완주: 2011년 4월), 6시간 산행을 한 번 하고, 국선도를 세 번 정도 갑니다. 주위 사람들은 살이 많이 빠졌다고 하는데 체중 변화는 크게 없습니다. 처음 선생님께 갔을 때가 73킬로(키 168센티)였는데 지금은 71킬로입니다. 일주일에 세 번은 천안 풍세면에 있는 문양 서당에서 한자를 배웁니다. 『추구』, 『학어집』을 끝내고 지금은 『명심보감』을 공부하는데, 선생님의 『선도체험기』 44권과 비교를 해 가면서 공부하는 묘미가 있습니다.

선생님의 『선도체험기』를 읽으면서 제 주변 정리를 제대로 할 수 있는 힘이 생깁니다. 복잡했던 문제들을 자성에게 물어보고 역지사지 방하착을 하니 해답이 명쾌하게 나옵니다. 아파트를 욕심만 가지고 21채를 구입하였다가 신용불량자까지 될 뻔하였고 죽을 결심도 하면서, 최진실이라는 배우가 자살했을 때 '내가 더 힘든데 왜 당신이 자살을 했어?' 하는 생각을 했었습니다. 돈도 많고 예쁘고 날씬하고 팬들의 사랑을 받고 있는 당신이 이 어려움을 왜 못 견디고 갔어? 나도 살아가는데... 라고 할 정도로 절박했던 때였습니다.

며칠 전 마지막 남은 임대 아파트 5채의 매매 가계약을 체결하고 계약금을 받았습니다. 이제부터 차근차근 욕심내지 않고 쉽게 돈 벌려 하지 않고 나라에서 주는 월급으로 욕심 없이 걸림 없이 마음 편히 살아가려 합니다. 이렇게 되기까지 참 힘들었는데, 하늘이 저를 더 큰 사람으로 쓰시려 시련을 많이 겪게 한 것 같습니다. 선생님의 『선도체험기』가 사물을 바로 보는 '관'을 하는 데 큰 도움이 되었습니다. 감사드립니다.

제 살아온 얘기를 하겠습니다. 한량이셨던 아버지, 폐결핵을 앓고 처녀 시절 6·25 때 전북 정읍군 신태인(친정)에서 비행기 폭격에 놀라 잠시 정신줄을 놓으신 일이 있었던 어머니, 그 사실을 알고 어머니를 늘 못마땅하게 생각했던 아버지, 그리고 가난, 저는 5형제 2남 3녀 중 셋째입니다. 전쟁과 국난의 피해는 우리 국민 모두가 등에 지고 가는 듯합니다. 전쟁으로 결손되지 않는 가정이 없었고 이념이 달라 서로 죽이고 죽고 하였으니 말입니다.

외삼촌은 6·25 때 초등교사 발령을 받았습니다. 그 당시 지식인들 일부가 좌익을 했다고 하는데 감옥에 갇혀 있다가 북한군에 총살을 당했다고 합니다. 2년 전에 99세로 돌아가신 외할머니는 지금도 그 똑똑했던 외아들이 북한에 살아 있을 거라고 믿으셨습니다. 큰 이모는 진실을 말씀드리지 못했다고 합니다. 이미 하늘에서 재회를 하셨겠지요.

중학교만 간신히 졸업하고 친구 오빠가 근무하는 인천시 부평에 있는 회사에 취업을 하면 야간고등학교를 보내 준다고 하여 낮에는 8시간 방적공장에서 일을 하고 밤에는 인천에 있는 인일여자고등학교 산업체 특별학교에 다니면서 저는 공부를 했습니다.

어머니가 늘 아파서 저는 간호사가 되겠다 했고, 그 꿈을 이루려면 꼭 간호대학을 가야 했습니다. 친구들은 남자를 만나고 화장품을 사고 옷을 사러 지하상가를 다니고 파마를 하고 디스코장을 다닐 때, 저는 제 나름으로 모범생처럼 공부하고 회사 다니고 통학차에서 자고 수업시간에는 절대 잠을 자지 않는 학생이었습니다.

고3 때 어머니가 아버지의 방치(?)로 갑자기 돌아가시고, 저의 의지처가 없어지면서 힘들었습니다. 그때 처음 남자를 만났는데 두 아들의 아빠입니다. 전남편은 생활력 강하고 목표 의식이 있는 제가 좋아 보였는지 군대를 가서 계속 편지를 보내고 제가 간호조무사로 취업하여 대학

234

갈 학자금을 모으고 있을 때도 격려하고 성원을 해 주었습니다. 인천에 취업을 하고 노량진으로 재수학원을 다니고 하면서 공주간호대학에 합격을 하였습니다.

전남편의 집이 공주였고 국립대학이라서 학자금이 싸니까 공주대학을 가고, 먹고 잘 데가 없으면 자기 집에서 지내라고 하였습니다. 그때는 아버지가 재혼을 하셨고 그 누구한테도 도움받을 수 있는 상황이 안 되어 고마운 마음에 달리 생각도 못하고 그렇게 하기로 하고 결혼식도 안 하였는데 시댁에 들어가서 대학을 다녔습니다.

학비는 주말에 병원에서 알바를 하고 초등학생 과외를 하여 제가 냈습니다만 보수적인 시골에서 아들도 안 다닌 대학을 다니는 자부(며느리) 될 여자와 함께 살게 하면서 저나 시부모님이나 적잖이 마음고생을 하였습니다. 졸업반 때 정식으로 결혼식을 하였고 남편은 부사관으로 근무하다가 제대를 하였고 형의 사업을 도왔습니다.

저는 결혼했다는 이유로 대학병원에 취업을 할 수 없어, 개인병원에서 부당한 대우를 받으며 근무를 하다가 양호교사 시험을 봐서 당당하게 선생님이 되고 싶어 임신해서도 학원을 다니고, 큰아들을 낳고도 시어머니께 맡기고 도서관에 다니면서 열심히 공부하여 시험에 합격하였습니다. 1994년 3월 1일에 발령을 받았고 그때의 기쁨은 세상이, 하늘이 제 편인 듯했습니다.

결혼생활을 하면서

8형제를 낳은 시어머니는 3대독자 외아들인 남편(아버님), 치매에 걸린 시어머니 돌보고 8형제를 먹여 살리려 세 시간 이상 잠을 못 자고 행상을 하면서 억척같이 자식들을 양육하였고 남편에게 순종한 분입니다. 아버님은 글만 읽으셨고 일본에 징용으로 징집되어 갔다가 다리에 총탄 파편이 박혀 수술도 못 하고, 힘든 일도 못하고 돈을 벌어다 어머니를 준 적이 한 번도 없는 분이셨습니다. 어머니는 그때는 돈 벌 곳이 없었다고 하면서 아버님을 끝까지 두둔하셨습니다.

전남편은 그런 어머님을 이상화해서인지, 방적공장 다니면서 사춘기 소녀 시절에 하루 네 시간 이상 잠을 잔 적이 없어 수면부족에 절은 제가 잠을 자고 있으면 잠 많고 살림 잘못하고 야무지지 못한 저를 늘 구박(?)하고 못한다 못한다 하였습니다.

그리고 남편이 돈을 벌어 오면 임금처럼 떠받들어야 하는데(시누이들은 그렇게 삽니다. 남편의 똥도 예쁘고 사랑스럽다고 할 정도) 저더러 남편을 우습게 안다고 했습니다. 대학을 못 다녔다는 콤플렉스가 있는지 늘 제 기를 꺾으려 했습니다. 시누들은 저희 집에 와서 프라이팬 밑에 눌림이나 탄 자국이 있는지를 일일이 확인하면서 대학 나온 올케가 살림을 못한다고, 먼지나 머리카락이 보이면 더럽다고 흉을 보았습니다.

물론 좋은 분들이고 선한 사람들이었지만 저는 스트레스를 받았습니다. 사업이 안되면 전남편은 모두 제 탓이고 제가 잘난 체해서 그렇다고 하고, 내조를 못한다는 등 자신도 못하는 일을 저에게 시키고, 저는 감당할 수가 없었고 억울하고 억울했습니다.

새벽 세 시에 일어나 아침, 점심 도시락에 간식 샌드위치에 커피에 미숫가루에 과일에 매일 준비해서 아이스박스에 얼음을 얼려 차에 실어주고, 큰아들 키우고 시누이집 아이들 공부 가르쳐 주면서 성심껏 했는데도 아마 전남편은 제가 그의 기준에 맞지 않았나 봅니다.

　벌써 15년도 더 된 일들인데 아직도 생생하고 억울하니 제가 풀어야할 숙제네요. 시어머니는 내가 너 밥 먹여 주고 재워 주기를 2년 했으니 아무 말 말고 시동생 뒷바라지하고 데리고 살아라 하셔서, 당연히 그리했습니다.

　월급을 타서 다 어머니께 맡기고 살림을 하니 차비 빼고, 반찬값 빼면 돈이 없어서 신발이 떨어졌는데도, 학교에서 신는 실내화를 보름이나 신고 다니다가 월급을 타서 사서 신었습니다. 콩나물을 500원어치 사면 여자 손이 커서 집안이 망하겠다. 300원어치만 사서 알뜰살뜰 먹어야지 하시고, 휴지를 12개 들이 한 통을 사면 혼이 나서 다시 한두 개만 사야 하는 마음고생, 몸고생을 했습니다. 다 지난 일입니다.

　제 인생을 정리하는 의미에서도 써 보는데 마음이 짠합니다. 전남편이 조그만 가게를 하다가 가게에서 일하는 여자 대학생과 깊은 연을 맺고 이혼을 하게 되었습니다. 주위에서 "누구 아빠 차에 여자 태우고 다녀요. 잘 봐요"라고 알려 주어도 저는 "알바생이에요. 당연히 차편이 안 좋으니 태워다 줘야 해요. 그 학생들 덕분에 애들 아빠 가게가 잘돼요" 하면서 그럴 사람 아니라고 일축했었습니다.

　이혼 전 땡전 한 푼 없이 시작한 결혼생활에서 근 1억 정도 모았는데 시누이 주택 건축 분양 사업에 제 동의도 없이 투자했다가 시누이 가족의 고의 부도로 큰 시숙 1억, 둘째 시숙 2억, 아이들 아빠 1억을 모두 날려 버렸습니다. 가족들은 자기들 돈 떼였으니 우리가 이혼하든 별거하든 큰 관심도 없었습니다.

　그 후 사업을 해 보겠다면서 도와 달라고 하여 IMF 그 어려운 시기에 대출을 받아 식당을 할 수 있게 해 주었고, 그 후 이혼 당시는 저에게 몇백만 원의 빚까지 넘겼는데, 그때까지도 저는 아이들 아빠가 잘되어야 한다고 생각하고 성심으로 도왔습니다. 그게 습관이 되었는지 어려움이 있을 때마다 이혼을 하였는데도 아이들 문제로, 돈 문제로 어려울 때 늘 사정사정하여 도움을 주었습니다. 그런데 배려받지 못하고 고생한 제가 너무 억울하고 지금도 정말 밉습니다.

첫날 선생님을 뵈었을 때 남편에 대한 미운, 응어리진 마음이 억장이 무너지듯 녹아내려 눈물이 났었는데 그때 마음가짐은 그를 용서한다고 생각했는데 지금도 그가 밉고 감정이 올라옵니다. 오늘 이렇게 장문의 글을 올리는 것은 큰아들 문제로 제가 잘하고 있는 건지, 잘못하는 건지 여쭙고자 해서입니다. 서울 모 대학 영화과에 다니는 대학 2년생 제 아들놈입니다. 남편처럼 애인처럼 믿고 의지하고, 보기만 해도 배가 부를 정도로 이쁜 아들입니다.

안산에 사니까 자주 볼 수 없으나 늘 마음으로 기도하고, 임신했을 때는 태교도 열심히 하고 이타행도 습관이 되어 있어 봉사도 많이 하고 공을 들인 아들입니다. 다행히 심성이 바르고 착하고 잘 커 주어 고맙고 감사합니다.

5월 말경에 약속 시간에 늦어서 제가 화를 냈었는데 그 일로 그 이쁜 아들놈이 제게 문자로 폭언을 쏟아붓는데 마치 전남편이 했던 것처럼 비난일색인 거예요. 너무 큰 충격을 받았고 정이 떨어지고 목소리조차 듣기가 싫어졌어요. 가슴이 미어지고요. 지금도 눈물이 납니다. 제가 그 녀석한테 그런 대접을 받아야 할 만큼 잘못 살았는가? 저는 하늘을 우러러 부끄럼 없이 살기를 소망하고 그렇게 살고 있다고 믿는데, 남에게조차 하지 않을 말들에 큰 상처를 받았습니다.

그 뒤 가슴이 냉냉하였는데, 5월에 영화 촬영을 하다가 발목인대가 끊어져서, 저는 수술하지 말고 전문가 세 명의 조언을 들어 보자고 했습니다. 전문가 2명은 지켜본 후 하자 했는데 이 녀석은 굳이 수술을 한다고 입원했습니다. 그 와중에 아이들 아빠가 병원비를 저더러 내라고 아들을 통해 전해 왔습니다. 중학생 때 맹장 수술했을 때도 제가 병원비를 냈는데 이번에 화가 치밀어 못 내겠다 하고 병원에도 가 보지 않았습니다.

수술 후 아들은 아버지가 재혼한 여자와 사는 강원도 춘천으로 요양하러 가겠다면서 떠났습니다. 지금은 2학기 학자금으로 고민하고 있습니다. 등록금은 465만 원이고, 그동안은 제가 공무원이니까 무이자 대출로 학자금을 내었습니다. 그런데 그렇게 해 주기가 싫어졌습니다. 전남편의 노예근성, 거지근성을 제가 키운 건 아닐까 싶었습니다.

얼마 안 되는 아들 병원비도 제게 내라 하는 것입니다. 새 차 뽑고, 전원주택을 지어서 살고 있는 아이들의 아버지, 아버지로서 아들 등록금 내주어야 하는 게 맞지 않나요? 그러면서 큰아들에게 수시로 저에 대한 험담과 입에 담을 수 없는 비난을 한다고 하니 이게 사리에 맞습니까? 늘 아이들 앞에서 돈 없다고 벌벌 떨고 불안감을 조장하니 아이들은 아버지가 가난하고 돈이 없고 능력이 없다고, 불쌍하다고 생각하는 모양입니다. 그는 아이들한테는 자상하게 잘합니다.

공무원 자녀 학자금 대출을 신청했다가, 아버지가 돈이 없다고 하면 정부 장학금 대출이라도 받아야 할 것 같아 팩스로 등록금 용지와 서명하여 보내라는 것을 안 보내고 미비된 채로 있었는데 하루 만에 학자금이 입금이 되었고, 아들이 신청한 정부 장학금은 이중 대출로 불가하다고 나와 제게 항의를 합니다. 자식 앞길 망친다고요.

저는 돈이 없으면 휴학을 하든가 군대를 가고, 아버지가 못 해 주신다면 본가 친척들에게 상의해 보든가, 엄마는 못 내주니까 이 어려움을 돌파해 보라고 했습니다. 엄마도 엄마의 인생을 살겠다고, 아버지는 재혼해서 행복하게 잘살고 있는데 엄마도 그래야 하지 않겠냐고요. 물론 저는 재혼 생각 없습니다.

등록금이 적다면 적고 많다면 많은 건데 반값 등록금 대학생 데모에 전혀 관심도 없다가 이제야 콩 뛰듯 팥 뛰듯 엄마를 원망하고 있습니다. 마지막 상황에는 보내 주려고 생각하고 있는데 큰아들의 성장과 독립을 위해서 그냥 지켜봐야 하는지, 대학 학비까지는 걱정하지 말고 다니도록 지원하는 게 맞는 건지 잘 판단하기가 어렵습니다.

가슴이 아립니다. 아픕니다. 마음이 편하지가 않습니다. 어찌하다가 이렇게 되었을까요? 긴 글 읽어 주셔서 감사합니다.

2011년 8월 6일
오지현 올림

【필자의 회답】

큰아들의 학자금 문제로 고민하는 이유를 잘 알 것 같습니다. 그러나 내가 보기에는 아무래도 전남편 쪽보다는 오지현 씨 쪽에 경제적 능력이 있는 것 같습니다. 재복(財福)은 아무에게나 있는 것이 아니고 검약하고 착한 사람이 타고나는 것입니다. 재복을 겸한 큰 그릇을 전남편은 감당하지 못하고 집을 뛰쳐나가 새장가를 들었으니 어찌 보면 제 복을 스스로 박차고 나간 불행한 사람입니다.

그리고 전남편과 서로 합의하에 이혼하고 나서 별도의 약정이 없는 이상, 지금 오지현 씨가 데리고 있는 두 아들의 교육 책임은 전남편에게만 있는 것이 아니고 오지현 씨에게도 있다는 것을 알아야 할 것입니다. 전남편은 새장가 들어 새 차 뽑고 전원주택에서 산다고 해도 겉치레일 뿐 속 빈 강정이 아닌가 합니다. 조강지처 버리고 재혼한 남자들 처놓고 행복하게 잘사는 사람을 나는 일찍이 본 일이 없습니다.

아들 학자금 문제로 전남편과 갈등을 일으킨다면 무명중생이나 속물들과 무엇이 다르겠습니까? 수행자는 대인관계에서 항상 자기가 손해를 본 듯하게 살아야 만사형통하게 되어 있습니다. 그리고 아들이 어머니에게 불손하고 반항적인 문자를 보낸 것에 충격을 받으신 것 같은데, 이혼한 부모 사이에서 불행해진 아들의 처지를 한 번 곰곰이 생각해 보시기 바랍니다. 어머니를 너무 믿고 의지한 나머지 심한 응석을 부린 것이 아닐까요?

뭐니 뭐니 해도 공부에는 다 때가 있습니다. 아들이 공부해야 할 중요한 때를 놓치지 마시고 재력이 미치는 한 도와주시기 바랍니다. 콩나물 장수 할머니가 평생 모은 돈 1억 5천만 원을 죽기 전에 좋은 일 한번 하겠다고 남의 아들들을 위해서 대학에 장학금으로 기부하는 세상인데, 항차 자기 속으로 난 아들을 위해서 아니겠습니까?

아들 입장을 생각해 보니

감사합니다. 저의 어리석음을 깨우쳐 주셨습니다. 가슴이 먹먹합니다. 아들의 입장에서 생각해 보니 선생님 말씀이 맞습니다. 내일 등록금 납입해 주고자 합니다. 미운 전남편을 아들과 동일시하였네요. 감사합니다.

2011년 8월 7일
오지현 올림

보석 같고 천둥 같은 말씀들

환절기에 강녕하신지요? 오늘 선생님을 뵈러 가는 날인데 찾아뵙지 못하여 죄송합니다. 어제 차문화협회 천안지부 다도 사범 과정에 교육생으로 개강식에 참여하였는데 에어컨과 50여 명의 탁기와 찬 바닥에 앉아서인지 콧물이 주르륵 흐르고 시도 때도 없이 재채기와 눈 가려움과 눈물이 흘러, 천안 태조산 등산을 마치고 씻고 준비하다가 출발하지 못했습니다.

탁기를 옮길까 걱정이 되어서입니다. 그리고 쉬고 싶었습니다. 에어컨을 틀어 놓은 고속버스와 전철이 무서웠습니다. 지금도 찬바람이 싫어 집안에서도 마스크를 쓰고 있습니다. 저의 수련은 부끄럽습니다.

전에 올린 메일처럼 모든 육식을 멸치조차 끊고 생식만 하다가 힘들어 고기를 먹기 시작했습니다. 이틀에 한 번 정도 고기를 먹고 지난주는 9월 인사 발령으로 송별회와 훈장님이 주시는 막걸리를 마시면서 과음, 과식을 하였습니다.

아침, 점심을 생식으로 소식을 하나, 저녁이 되면 보충을 하려는지 배가 아플 때까지 자꾸 먹게 되고 후회하고 또 반복하게 됩니다. 몸에서 원하는 대로 가 보자 하면서 절제를 안 했더니 일주일 과식과 과음을 한 대가를 몸으로 톡톡히 치르고 있습니다. 외로움과 욕구 불만을 먹는 걸로 채운다는 것을 '관'해야 할 줄 알면서도 실천이 잘 안됩니다. 과식을 하면 늘 아프고 몸살이 나는데, 알면서도 잘 고쳐지지 않으니 무명중생과 다름이 없나 봅니다.

『선도체험기』드디어 70권을 읽기 시작했습니다. 다석 류영모 선생님 이야기가 나오네요. 선생님의 책을 읽으면서 공부가 많이 됩니다. 주시는 한말씀 한말씀이 보석 같고 천둥 같아 놀라면서도 귀하여 감히 말로 표현하기 어렵습니다. 할말이 없어 입을 벌리고 가슴으로 머리로 온몸으로 끄덕이며, 제 영혼의 감로수가 되고 살과 피가 됩니다.

제자의 그릇이 작고 얇아 큰 가르침이 자꾸 넘치나 그릇을 키워 다 채울 수 있도록 한 걸음 한 걸음 나아가겠습니다. 제가 다른 새로운 일을 배울 때는 냄비처럼 확 올랐다가 흥미를 금방 잃어버리곤 하였는데 선도는 평생 한다는 생각으로 하겠습니다.

오늘 결석은 두 발짝 뛰기 위해 한 발짝 후퇴로 너그러이 용서해 주시면 좋겠습니다. 다음 주 토요일 또는 일요일에 생식 처방을 받으러 가겠습니다. 달리기와 등산을 열심히 하고 있어 체중은 73킬로에서 68(키 168)로 줄었습니다. 몸도 가볍고 동료들도 보기 좋다고 성공했다고 축하를 해 줍니다.

식욕, 성욕을 제어하는 것이 지금 저의 최대 목표입니다. 술 많이 먹고 담배 피고 미식을 찾는 사람들을 혐오하면서도 가끔 저도 똑같아지니 부끄럽습니다. 선생님께 다녀오면 성욕은 사그라들어 냉정해지는데 식욕은 너무 어렵습니다. 단전은 차디찬 기운은 없어지고 미지근만 하고 아직 호흡문이 열리지 않네요. 때가 되면 열리겠지요. 그때가 올 때까지, 체중 58킬로까지 몸을 만들고 자신감으로 단식에도 도전하려 합니다.

내일부터는 생식 따로, 물이나 차 따로 마셔 보겠습니다. 오지현을 내려놓지 마시고 많이 사랑해 주시기를 두 손 모아 빕니다. 기대에 어긋나지 않는 제자가 되도록 노력하겠습니다. 코맹맹이 제자가 천안에서 올립니다. 편안한 밤 되세요.

2011년 9월 4일
오지현 올림

【필자의 회답】

구도의 길에 들어선 이상 자기 자신이 무슨 잘못을 저지르고 있다는 것을 알아차리고, 그 즉시 뜯어고치는 사람은 구도자가 될 것이고 그렇지 못한 사람은 언제까지나 무명중생으로 계속 뒤처지게 될 것입니다.

서로 만나서 까닭 없이 기분이 좋은 사람은 전생에 좋은 인연을 맺었던 사이고, 그렇지 않고 공연히 기분이 언짢으면 나쁜 인연을 맺었던 사이입니다. 좋은 인연임을 알아차리고 더욱 승화시키려고 노력하면 금생에 기존 위치에서 몇 단계 뛰어오를 수 있습니다. 부디 그런 사이가 되기 바랍니다.

부드러우면서도 강하고

선생님의 말씀은 온화한 가운데 힘이 있고, 부드러우면서도 강하고 서

릿발처럼 무섭습니다. 감사합니다. 다시... 해 보겠습니다. 선생님께 수련하러 가지 않는 일요일과 월요일, 주변 사람들과 자꾸 부딪치고 감정싸움을 하게 되고 주변이 너무 소란스럽습니다.

오늘 아침 달리기를 하면서 비로소 역지사지 방하착이 되어 부끄러워졌습니다. 구도자는 늘 손해 보는 듯 살라는 말씀을 머리로는 이해하였는데 사소한 문제로 부딪치는 것을 제 기준으로 생각하고 내가 맞다고화를 내고 강요하다 보니 나뿐만 아니라 주변까지 어려움을 끼쳤습니다.

이제는 모든 일에서 손해 보고 살려고 하는 것이 결국은 나를 위해 사는 길이라 믿고 실천하겠습니다. 제가 어디 간들 이런 훌륭한 가르침을받을 수 있겠습니까? 선생님의 존재하심에 감사를 드립니다. 선생님의답장을 다시 한 번 읽으니 눈물이 납니다. 좋은 인연, 더욱 승화시키려고 노력, 몇 단계 뛰어오름, 부디 그런 사이 되기 바랍니다. 주옥같은 말씀 가슴에 새기면서 살겠습니다. 감사합니다.

2011년 9월 6일
오지현 올림

【필자의 회답】

역지사지 방하착, 『선도체험기』를 101권까지 쓰면서 내가 줄곧 주장해 온 핵심을 파악했으니 고맙고 대견할 뿐입니다. 문제는 깨달은 것을일상생활에서 실천하는 것입니다. 부디 대성하시기 바랍니다.

훈장님 친구의 팔순잔치

제게 주신 귀한 말씀을 가슴에 새기겠습니다. 지금의 초심을 잃지 않도록 매진하겠습니다. 지난 일요일에는 훈장님 친구분의 팔순잔치에 초대받아 다녀왔습니다. 9남매를 두고 자식들이 장성하여 삼배를 올리고, 제자들이 축하연을 베풀고 전국 각지 유림의 어르신들이 모이고요.

교과서에서만 보던 도포 입고 갓 쓰고 수염을 기른 어르신들이 수십 명이 오셨는데 '간재' 선생님 제자분들이라고 하였습니다. 고1짜리 아들놈이 성균관대학교 동양학부, 유학부를 목표로 공부하고 있어서 함께 갔었는데 새로운 경험이 되었습니다. (잔칫집에 가느라 평소하지 않던 화장과 구두를 신었더니 불편하고 힘들었습니다.)

『선도체험기』를 읽기 전에 갔었다면 팔순을 맞은 이웃 동네 훈장님의 장수와 다복함을 부러워했을 겁니다. 가만히 앉아서 『선도체험기』 내용이 떠올라 왠지 서글퍼졌습니다. 셋째 딸의 '어버이 은혜' 노래에 눈물이 나기도 했구요. '육도윤회를 하지 않도록 수련하고 성통공완이 목표가 아닌, 제가 얼마 전까지 그랬던 것처럼 건강하게, 자식 복 많고 돈도 있고 맛난 음식 배불리 먹으며 사회적 존경도 받으며 사는 것'에 대한 덧없음을요.

『금강경』의 '몽환포영로전(夢幻泡影露電)'을 느낄 수 있었습니다. 스승님의 말씀대로 마음공부가 많이 되고 있는가 봅니다. 세상을 보는 눈, 각도, 관점이 많이 달라졌습니다. 일상의 하나하나를 수련의 과정이라 생각하고 임하겠습니다.

오늘은 등산을 못 해 몸이 무거운데 다시 내일부터 초심을 발휘하여 새벽 산행을 하겠습니다. 『천부경』을 외우며 가노라면 저도 모르게 힘이 생겨 축지법을 쓴 듯 가볍게 올라가집니다. 인적 드문 곳은 아직은 좀 무섭기는 합니다. 내일은 호루라기를 하나 구해서 목에 걸고 가 볼까 합니다.

시간을 재어 가면서 단축시키려고 매일 측정하고 있습니다. 산행을 할 때는 심장세균(深長細均)이 잘 안되어 입을 벌리고 호흡을 하는데 그래도 되는 것인지요? 산악대장은 평소보다 9배나 많이 산소가 필요하니 입과 코로 크게 들이 쉬어 단전까지 숨을 들이쉬라고 합니다. 허리를 꼿꼿하게 펴고 단전호흡을 하면서 가려고 노력중입니다.

토요일에 크고 온화하고 부드러운, 카리스마 넘치는, 존경하는 스승님을 뵈러 가겠습니다. 감사합니다.

2011년 10월 24일
오지현 올림

【필자의 회답】

기 수련하는 사람은 절대로 입으로 숨을 쉬면 안 됩니다. 반드시 코로만 숨을 쉬어야 합니다. 코로만 숨을 쉬어야 그 숨이 단전까지 들어간다는 것을 각골명심(刻骨銘心)하기 바랍니다.

입 다물고 호흡하다가 산악대장한테 혼이 났습니다

입을 꼭 다물고 호흡하였었습니다. 3주 전 충남 아산에 있는 '배태망광'(배방산에서 시작하여 태학산, 망경산, 광덕산 정상 찍고 내려오는 코스)을 천안산악회 산악대장들과 학교 동료 선생님들과 함께 산행을 하는데 제 뒤에 붙어서 산행에 대한 코칭을 해 주던 산악대장이 다리는 오를 때 무릎을 쭉 펴고 걷고, 가슴과 허리도 펴고 걷고 호흡 한 번에 4걸음을 걸으라고 하였습니다.

언덕을 오를 때는 코와 입으로 쉬라고 하면서 한 발에 한 호흡씩 하라고 하여 저는 아니라고 단전호흡은 코로만 숨을 쉬는 것이라고 말하니 '그런 아줌마들이 산도 못 타면서 고집을 부린다'고 비아냥거리는 소리에 자존심이 상했는지 입으로 숨을 쉬었다가 계속 그렇게 쉬고 있었습니다. 잘못했습니다. 다시 고쳐서 코로만 숨을 쉬어 내일 새벽 산행부터 하겠습니다.

『선도체험기』를 빨리 읽다 보니 잊고 지나친 부분이 많이 있습니다. 일독 후 다시 정독에 들어가겠습니다. 불초한 제자의 빈틈을 지적해 주시니 정신이 번쩍 납니다. 산행 이후 느낀 것인데 처음 보는 모르는 사람들과 장시간 함께하는 것이 기운이 많이 소모됨을 느꼈습니다. 또한 고기를 구워 먹고 막걸리를 마시고, 성적인 농담을 하는지라 저와는 어울리지 않아 두 번 다시 만나거나 산행을 하지 않습니다.

그날 밤은 몸이 피곤한데도 잠이 안 오고, 꼬박 샐 정도로 몸과 마음이 지쳤던 기억이 납니다. 두 번 다시 새로운 모임, 만남, 탁기 많은 곳,

사람 많은 곳에 가지 않고 학교와 서당, 집으로만 동선을 정해 놓고 확장하지 않고 다닙니다. 코로 호흡하겠습니다. (산에 오를 때, 언덕길에서만 입으로 호흡하였습니다.)

2011년 10월 27일
오지현 올림

【필자의 회답】

40년 이상 쉬어 오던 호흡 습관을 이제 와서 갑자기 바꾸기는 어려울 것입니다. 그러나 눈과 입은 열고 있으면 몸안의 소중한 기운이 밖으로 빠져나갑니다. 그래서 명상을 할 때에는 눈을 감고 입을 다물게 되어 있습니다. 명상을 할 때가 아니라도 사물을 볼 필요가 없을 때는 눈을 감고, 입 역시 말을 하지 않을 때는 닫아야 한다는 것을 명심하시기 바랍니다.

산에 오를 때 언덕길에서 입으로 호흡하는 것도 지금은 어쩔 수 없겠지만 그것 역시 코로만 숨쉬는 데 습관이 되면 고칠 수 있습니다.

회초리 80대

편안하신지요? 어제는 수련을 하러 못 가서 죄송하고 속상했습니다. 새벽 산행을 하고 목욕재계하고 가려고 태조산을 중간쯤 올랐는데 일주일에 세 번 공부하는 서당 훈장님이 전화를 하셔서, 김장을 하는 날인데 며느리와 일하기로 한 사람들이 오지 않는다고 도와 달라고 하시니 안 갈 수가 없었습니다. 오전만 해 드리고 나오려 했는데 200포기를 하는데 중간에 나오기도 애매하여 끝까지 하느라 힘이 들었습니다. 돌아오는 일요일에 기운을 맑고 청신하게 하여 수련하러 가겠습니다.

금요일에는 작은아들을 생전 처음 회초리로 때렸습니다. 작고 사소한 거짓말과 큰 거짓말을 하여 여러 차례 주의를 주었고 벌도 주었었는데 목요일 핸드폰을 잃어버려 직접 개통한 대리점을 찾아가 정지를 시키라고 하였고, 확인하니 정지시켰다고 하여 안심을 하였습니다. 다음날 제가 통신사에 확인을 하니 정지 신청이 안 되어 있었습니다. 수요일에도 작은 거짓말을 시켰기에 "순간을 모면하려고 거짓말을 하지 말아라, 작은 거짓말은 더 큰 거짓말을 불러온다. 남들에게 거짓말 잘하는 사람으로 인식되지 않도록 정직하라"는 이야기를 하였고 대답을 하였습니다.

책임감을 갖게 하려고 직접 개통한 대리점에 가서 정지하라고 한 것인데 아들은 등본을 떼 가지고 가려고 했다고 합니다. 일단, 엄마한테 혼나는 걸 모면하고 해결을 나중에 가서 하려고 했다고 합니다. 여러 차례 말로 했는데 거짓말이 고쳐지지 않으니 회초리를 맞아야겠다며 몇

대를 맞을 것인지 생각하고 회초리를 준비하라고 했더니 80대를 맞겠다고 하면서 테니스 라켓으로 때리라고 하네요. 정훈이는 테니스 공이 아니니 라켓으로 때릴 수 없다. 회초리를 준비해 와라 하고 차를 우려 한 잔씩 마시고 심호흡을 하고, 밤나무 가지 회초리로 80대를 종아리를 때렸습니다.

회초리가 지날 때마다 종아리에 새파랗게 자국이 나니 저는 마음이 아프고, 맞은 놈도 몸이 아프고 회초리는 부러지고 하였습니다. 너무 심하게 때렸나 하는 자책감도 들고요. 전남편이 원망스럽기도 하고요. 아이들 문제로 어려울 때 힘이 되어 주면 얼마나 좋을까? 혼자 감당하기에 벅차고 서럽고 기대어 울고 싶은데 혼자서 울음을 삭이느라 힘이 들었습니다.

한편으로는 엄마보다도 키도 크고 몸무게도 많이 나가는 녀석이 반항을 할 수도 있었는데 피하지도 않고 80대를 맞는 걸 보고서는 듬직한 마음도 들었습니다. 지나고 나면 웃을 일인데 지금은 많이 아프고 버겁습니다. 잘 추스르겠습니다. 감사합니다.

2011년 11월 28일
오지현 올림

【필자의 회답】

슬프고 괴로운 일이 있을 때마다 나는 본래 이 우주를 지배하는 하느님이었다고 생각하십시오. 이 우주를 다 창조하고 다스리는 하느님은 무한한 사랑, 무한한 지혜, 무한한 능력을 가지고 있습니다. 그러나 지금 나는 과거의 미망(迷妄) 때문에 그러한 하느님의 덕과 지혜와 능력을 구사하지 못하지만 그 미망만 털어 버리면 언제든지 하느님 본래의 위력을 구사할 수 있다고 생각하십시오.

진정으로 그렇게 생각하면 슬픔도 괴로움도 한순간에 가뭇없이 사라지고 말 것입니다. 왜냐하면 인간은 누구나 소우주이고, 하느님은 이들 소우주를 품고 있는 대우주이기 때문입니다. 또 인간은 슬픔과 고민 따위에 시달리는 존재가 본래 아니기 때문입니다. 소우주와 대우주는 본래 하나니까요.

수행자답지 못했습니다

삼공 스승님, 안녕하세요. 지난 8월 12일 삼공재에 방문하였을 때, 저의 수행자답지 못함을 일깨워 주셔서 정말 감사드립니다. 스승님께 말씀을 듣고 제 자신을 관찰하여 보니, 저는 수행자 흉내만 낸 어리석은 사람이었습니다.

그동안 저는 단지 가끔 삼공재에 방문하여 수련을 하였을 뿐이지, 삼공재 밖에서는 생식뿐만 아니라 생활습관, 인간관계 등에서 수행자답지 못했습니다. 남에게 베풀지 못하였으며 인간관계에서도 제 주관 없이 남에게 이리저리 이끌려 다니기만 하였고, 업무를 핑계로 술을 마시기도 하였고 생식을 거르기도 다반사였습니다.

『선도체험기』를 101권이나 읽고도 머릿속으로만 알고, 몸으로는 실천을 게을리하였습니다. 스승님의 커다란 도움으로 대주천 수련에 들어갔으나, 제 마음가짐은 이전 그대로였습니다. 적절한 시점에 따끔한 말씀 정말 깊이 감사를 드리며, 깊이 반성하여 다시는 이런 과오를 반복하지 않기 위해 머리와 마음속으로 되새기고 있습니다.

12일 이후로 특별한 일이 없는 이상 하루 3식의 생식을 지키려고 하고 있으며, 수련 상황은 빙의가 자주 감지되는 정도로 큰 진척은 없는 상황입니다. 마음을 열어야 수련이 앞으로 진행될 것 같다는 감응입니다. 앞으로는 기 수련뿐 아니라 일상생활에서의 마음수련에도 신경쓰도록 하겠습니다.

마지막으로 한 가지 제안 드리고 싶은 것은, 대주천 수행자로서 삼공재에서 스승님과 도우님들로부터 제 수련에 많은 도움을 받은 만큼 어떤 식으로든 되돌려 주어야겠다고 생각하여, 큰 금액엔 안 되겠지만 삼공재에 정기적인 기부를 하고 싶습니다. 스승님께 보내면 될지 어떻게 해야 할지 조언을 부탁드립니다. 많은 가르침에 감사드리며, 또 연락 올리겠습니다.

2011년 8월 17일
전바울 올림

【필자의 회답】

오행생식을 한 달 분을 구입하여 두 달 안에 소비하면 됩니다. 대부분의 삼공재 수련자들이 그렇게 하고 있습니다. 간혹가다가 체질적으로 오행생식을 전연 할 수 없는데도, 삼공재 수련만은 꼭 1주일에 한번씩 하고 싶어하는 수련자가 있습니다.

이런 경우 우리나라의 현 수련원 시세에 따라 한 달에 10만 원 정도씩 수련비 또는 회비를 내는 수는 있습니다만 전바울 씨는 이 경우에 해당되지 않습니다. 생식만 잘하면 그것으로 충분합니다. 전바울 씨의 앞으로의 수련 방향은 지금의 대주천 수련 상황을 보아서 결정될 것입니다.

진정한 선도 수행자가 되기 위하여

삼공 스승님 안녕하세요. 일본에 돌아온 지 벌써 일주일이 지났습니다. 이번에는 한국에 오래 머물러 있어서인지, 일본으로 돌아오자마자 눈코 뜰 새 없는 바쁜 일정을 보내고 있습니다. 그래도 일본에서는 개인적으로 사람 만날 기회가 적어서인지 수련에 대한 집중도와 자아성찰의 시간이 많아지는 것 같습니다.

한국에서부터 쭉 고민하고 있었던, 흉내나 내는 수행자가 아닌 진정한 선도 수행자가 되기 위한 아주 작은 행동이라도 실천에 옮기려고 노력하며 지내고 있습니다. 어떻게 행동하는 것이 나의 욕구, 즉 이기심을 극복하고 타인에게 이롭게 되는 것인지에 대한 고민을 시작하였으며, 그러한 고민의 영향인지 생각에서부터 행동으로까지 조금 지연이 되는 것 같습니다.

어떻게 보면 여유로워 보일 수도, 어떻게 보면 답답해 보일 수도 있다는 생각입니다. 초보 수행자로서의 발걸음인 만큼 시간이 지나면 이것 또한 익숙해져 가겠지요. 단지 의식적인 행동만이 아닌 진심이 되도록 노력하겠습니다.

기 수련에 대해서는 특별히 달라지거나 체험을 한 내용은 없으며, 일본에 오고 나서 빙의가 아주 심해져 잠을 많이 설치고 있습니다. 빙의가 제때제때 해소가 되지 않아 백회가 꽉 막혀 있으며 체력적으로 많이 힘든 상황입니다. 그만큼 기 수련에 집중하지 못하고 있다는 증거겠지요. 마지막에 삼공재를 방문했을 때 백회로 쏟아져 들어오던 기운이 그리운 때입니다. 좀더 노력을 기울이도록 하겠습니다.

생식을 열심히 먹었더니 이제 반 통밖에 남지 않았습니다. 9월에도 출장 계획이 있어 한국에 일주일간 머물 예정이나, 저희 집에서 다른 것도 보낼 것이 있고 하니, 한국 주소지로 보내 주셨으면 합니다.

표준 3통 주문 드리며, 아래의 주소로 보내 주시길 부탁드립니다. 혹시『선도체험기』102권이 출간되었다면 함께 보내 주세요. 생식 대금과『선도체험기』금액과 계좌를 알려 주시면 바로 입금하겠습니다. 그럼 또 소식 드리겠습니다. 스승님과 사모님 그리고 가족 모두 안녕하시기를 기원합니다.

2011년 9월 1일
도쿄에서 전바울 올림

【필자의 회답】

대주천 수련 뒤에 빙의가 심해진 것은 그만큼 운기조식이 강화되었기 때문입니다. 지금은 좀 힘들더라도 곧 적응하게 될 것입니다.『선도체험기』102권은 아직 안 나왔습니다.

넘쳐흐르는 기운

삼공 스승님 안녕하세요. 도쿄의 전바울입니다. 오랜만에 연락드려 대단히 송구스럽습니다.

일본에 돌아온 이후, 눈코 뜰 새 없이 바쁜 나날을 보내고 있습니다. 더군다나 해외출장이 늘어나서 앞으로 일본을 기점으로 한국, 중국 그리고 동남아시아 할 것 없이 돌아다니게 될 것 같습니다. 어떻게 보면 세속적으로는 출세를 향해 순조롭게 나아가는 것처럼 보일지 모르겠으나, 마음속으로는 항상 어디를 가더라도 『선도체험기』를 꼭 넣어 가지고 다니며, 수련을 잊지 않으려고 노력하고 있습니다.

집 떠나와 타지에 살면서 '왜 이렇게 외지에서 힘들게 사나, 고향에 가면 가족들과 친구들과 자주 만나면서 편하게 살 텐데' 하면서도, 이곳에서 일하며 사람들과 어울리다 보면 이것도 인연이라고 생각이 되며, 그 이유를 알 듯 말 듯한 기분이 되곤 합니다.

그래도 『선도체험기』가 있어 타지에 혼자 지내도 많은 힘이 되고 있습니다. 현재 수련에 대해 말씀을 올리자면, 제가 수련하는 것 이상으로 수련이 잘되어 간다고 느껴집니다. 체질이 수련 체질로 변한 것인지 모르겠지만, 회사에서 늦게 일 마치고 들어와서 피곤 때문에 귀찮아 하루 정도 건너뛰어도 여전히 기운이 잘 들어오는 것이 느껴집니다.

그리고 기감이 대주천 수련 이전보다 굉장히 예민해진 것 같습니다. 빙의가 들어오고 나감에 대해서도, 강한 빙의인지 약한 빙의인지에 대해서도 이제는 알 수 있습니다. 물론 여러 빙의가 겹쳐지면 힘든 것은 사실입니다만, 그 경중에 대해서 예전에 비해 조금 더 알게 되었습니다.

또 피로가 쌓일 만한 시간이 되면 어김없이 기운이 들어옵니다. 보통 오후 3~5시 사이에 업무로 피곤할 즈음이 되면 전연 수련에 집중하지 않고 있는데도 불구하고, 기운이 쏟아져 들어와 다시 단전호흡을 하게 됩니다.

게다가 기운이 예전보다 강해지고 온몸에 넘쳐흐르는 것 같습니다. 새벽에 기운이 너무 들어와 잠을 설칠 때가 있으며, 간혹 이러다 기운을 주체하지 못할 정도가 되지 않을까 우려됩니다. 이게 정말 제대로 돌아가고 있는 것인지 잘 모르겠습니다. 단전에 집중을 해도 기운이 저절로 온몸으로 뻗쳐나가려고 합니다. 이러다가 잘못된 상황에 사람을 한 대 치기라도 하면 큰일이 날 것 같습니다.

마지막으로, 이상한 화면들이 떠오릅니다. 단순히 과거의 기억이 떠오르는 것이 아니라, 생전 본 적이 없는 장면이 떠오르거나 모르는 사람이 떠오르는 경우가 있습니다. 특별히 의미를 두지 않고 있습니다만, 요 근래에 반복되고 있어서 왜 그러는 것인지 궁금합니다.

이번 달에도 한국에 잠깐 출장차 들어가게 됩니다만, 삼공재에 들릴 만한 시간이 될지 모르겠습니다. 만약 시간이 되면 방문하겠습니다. 이번 달에 방문하는 게 어렵다면, 12월 연말 휴가차 들어가서 방문하도록 하겠습니다. 많은 가르침 깊이 감사드리며, 모쪼록 스승님 가내 안녕하시기를 기원합니다. 또 연락 올리겠습니다.

2011년 11월 8일

도쿄에서 전바울 올림

【필자의 회답】

전바울 씨는 대주천 수련이 정상적으로 진행되고 있습니다. 온몸에 기운이 넘쳐흐른다고 해도 조금도 겁내지 말고 얼마든지 감당할 수 있다는 자신감을 가져야 합니다. 낯선 화면이 계속 떠오르면 자성에게 문의해야 합니다. 계속 자문(自問)하면 해답이 떠오를 것입니다.

대주천 정도의 내공이 된 사람은 비록 누구에게 억울하게 매를 맞는 한이 있어도 상대를 가격하면 심한 내상(內傷)으로 기절 아니면 사망케 할 우려가 있으니 극도로 조심해야 합니다.

최근 소식

삼공 스승님 안녕하세요. 늘 가르쳐 주심에 깊은 감사를 드립니다. 생식 대금은 어제 기존 계좌로 입금하였습니다. 『선도체험기』 102권은 언제쯤 출판되는지요? 어제 스승님의 회신 메일을 받은 이후로, 기몸살이 시작되었습니다. 기몸살만 온 게 아니라 더욱더 강력한 빙의가 함께 오고 있습니다.

그동안 수련을 하면서 이렇게 힘든 기몸살과 강한 빙의는 처음 겪어 너무 당황스럽습니다. 기운은 여전히 넘쳐흐르는 느낌이며 빙의가 되어도 전혀 기운이 달리지 않습니다만 진동도 이전과 달리 강하게 떨리기 시작되었고, 오장육부가 뒤집어지는 것 같고 헛구역질도 심합니다. 헛구역질을 하면서 내장에 쌓여 있던 탁기가 배출되는 것 같습니다. 게다가 밤에 잠을 잘 이루지 못하는 상황입니다.

이번 몸살로 체질이 크게 바뀔 것 같습니다. 또 인당으로 무지갯빛이 보이며, 영안이 열리려고 하는지 인당으로 TV 화면 조정하는 것 같은 화면이 계속해서 보이고 있습니다. 당분간은 현상황을 지켜보며 먹는 것, 마시는 것, 행동하는 것, 사람 관계하는 것 하나하나 조심해야 할 것 같습니다. 또 연락 올리겠습니다.

2011년 11월 10일
도쿄에서 전바울 올림

【필자의 회답】

『선도체험기』 102권은 이미 편집이 끝났지만 출판 자금이 부족하여 출판사에서 대기 중입니다. 강한 기몸살과 빙의 현상은 수련이 향상되면서 오는 부작용입니다. 도고마성(道高魔盛)이요 도고일척마고일장(道高一尺魔高一丈)입니다. 도가 높아지면 마도 번성하고 도가 한 자 높아지면 마는 한 길 높아진다는 뜻입니다. 당분간 참고 견디는 동안 차츰 나아질 것입니다. 행여 천안통, 숙명통, 타심통 같은 초능력이 생기더라도 함부로 사용하는 일 없도록 조심하기 바랍니다.

자신의 마음을 아는 것

평안하신지요. 요즘은 제 수행의 모습을 살펴보면 결국은 자신의 마음을 아는 것뿐, 그 어떤 대상을 아는 것이 지혜가 아니라는 것을 알게 되었습니다. 자신의 마음의 어리석음, 노여움, 탐욕을 제어하는 것 자체가 가장 큰 수행이며 그것을 벗어나는 것이 곧 적멸이고 열반이라는 것도요.

현재가 가장 아름다운 시간이라는 것도 알게 됩니다. 물론 현재가 어려운 인연 속에서 살면 괴로움은 따르지만 내 마음의 조건일 뿐 그것조차 실체가 아니라는 것도요. 실체란 본래 어떤 것이 존재하지 않는다는 것도 알겠습니다.

육조 혜능 대사의 스승인 홍인 대사의 말처럼 삼명 육통이란 불성의 작은 곁가지에 지나지 않는다는 것도 알겠습니다. 우리의 삶이 인연 속에서 살면 인연으로 조건 지어져서 삶이라는 한정된 시간 속에 마음이 매여 있는 것일 뿐 그 어떤 실체가 없다는 것도 알겠습니다.

인연의 흐름이 연기의 흐름이고 그 연기의 흐름이 곧 세상의 흐름이고, 이 세상의 흐름으로 역사가 이루어져 국가의 흥망성쇠가 나타나는 것 같습니다. 그 거대한 흐름을 수행자가 혼자 조절하고 이끌어 간다는 착각 또한 수행자의 법집에 지나지 않는 다는 것을 알겠습니다.

단지 우리는 고통을 알고 그것이 무상이라는 것을 알아차리려 그 어떤 '나'라는 존재가 실존하지 않으면 고통의 실체는 없고 모든 것이 마음 심(心) 하나로 귀결되는 이치가 바른 이치인 것 같습니다. 어떤 한 경계에서 '나'를 넘어서지 못하면 결국 그 어떤 경계도 넘어서기 힘들고 모든 경계, 큰일이든 작은 일이든 결국 그것은 자신의 한계적인 마음의 작용일 뿐이라는 것도 맞는 것 같습니다.

모든 것이 작위하는 마음으로 '나'를 조건 지어 나타나는 것이라는 것도 그것이 아무리 큰일일지라도 말입니다. 그리고 요즘 느낀 점은 어떤 영속이나 국가에 매이는 것 또한 하나의 고통의 원인이 되고 또 업의 소산이 되기도 한다고 생각합니다. 가장 중요한 것은 사랑과 자비 그리고 도덕일 뿐이라는 것도요. 우리가 누생을 윤회하면 어떤 인연의 조건에 나타날지는 아무도 모르는 것이니까요. 아무리 깨달은 수행자라 할지라도 현철한 사람이라 할지라도 말입니다.

깨달음의 길은 가면 갈수록 한정된 것이 없어서 삶을 어떻게 규정짓기가 어렵습니다. 삶에는 답이 없고 인연이 있을 뿐이라는 것도요. 지혜도 인연으로 나타나고 수행 또한 인연으로 나타나는 것 같습니다. 그러나 앞으로 무엇을 해야 할지는 아직 정해지지 않았습니다. 그러지만 영속으로든 세상 속의 삶이든 혼자는 살 수 없다는 것은 분명한 것 같습니다.

2011년 8월 27일
이규연 올림

【필자의 회답】

자기 마음을 알면 우주와 진리를 깨닫게 된다는 이치를 알게 된 것을 축하합니다. 그러나 인간은 혼자서 살 수 없다는 것 또한 진리입니다. 숙명적으로 혼자서는 살아갈 수 없는 인간은 다른 사람과의 관계 속에서 살아가고 있습니다.

어떻게 하면 남들과 다투거나 싸우는 대신에 서로 도우면서 평화롭게 잘살아 갈 수 있는가 하는 것이 지구촌에 사는 우리 모두의 숙제입니다. 남을 위해 주는 것이 나를 위해 주는 것이라는 역지사지 정신은 이래서 필요한 것이라고 생각합니다.

사이코패스

오늘은 언뜻 사이코패스라는 프로그램을 보았는데 저의 상태와 흡사한 것 같습니다. 아주 불안한 상태 예를 들면 폭력성과 잔인성 그리고 변덕, 이 세 가지 감정이 특히 저를 괴롭힙니다. 접신인 줄은 알겠는데 너무나 고통스럽습니다.

그리고 눈앞에 수많은 점들 중 꼬리 달린 점이 술 먹는 신이 아닌가 하는 생각이 듭니다. 그리고 단전호흡이 요즘 되니까 그 점들이 더 많이 생겨나고 있습니다. 또 한 가지 여자들만 보면 정신을 못 차리겠습니다. 다행히 어제는 술을 마시지 않았습니다. 선생님의 무한한 보살핌인 줄 분명히 알고 있습니다. 죽을 때까지 열심히 해 보겠습니다.

2011년 9월 8일
제자 오병춘 올림

【필자의 회답】

이 세상에서 가장 위대한 승리자는 적군을 패퇴시킨 군인이 아니라 자기 자신을 이긴 구도자입니다. 왜냐하면 아무리 많은 적군을 패망시켰다 해도 자기 자신을 이기지 못하면 남과 우주를 자기 것으로 만들 수 없기 때문입니다.

　지금 오병춘 씨는 자기 자신의 참나가 거짓 나를 상대로 치열한 싸움을 벌이고 있습니다. 이 싸움에서 이기는 사람이 진정한 승리자라는 각오로 용맹정진해야 할 것입니다. 그러한 사람에게 하늘도 사람도 도움을 줄 것입니다. 그리고 나 역시 도와줄 것입니다.

　빙의령과 접신령은 수련이 잘되는 구도자에게 유독 더 많이 달려들게 되어 있다는 것을 명심하기 바랍니다. 두 눈 똑바로 뜨고 관찰해야 합니다. 관찰하는 힘이 사기를 몰아낼 것입니다.

선도수련에 적합한 직업

선생님, 추석연휴 잘 보내셨는지요? 삼공재에 다녀온 지 벌써 2주 가까이 됐는데 시간이 빨리 가는 듯합니다. 저 같은 군인들은 많이 얽매여 있는 몸이라 휴가가 아니고서는 명절 때 고향 가기가 쉽지가 않은데 다행히 이번 연휴 때는 근무가 없어서 고향에 편히 내려갔다 왔습니다.

아무래도 고향에 내려가면 친구들도 있고 가족들도 있어서 술자리 및 과식을 많이 하게 되는데 이번에는 최대한 자제를 하며 과식도 하지 않으려고 노력했는데 대체로 잘 지켜진 것 같습니다. 목포에는 유달산이 있어서 운동하기 좋아 몸공부를 많이 했는데 이번 연휴 때도 그동안 부진했던 운동을 마음껏 하게 됐습니다. 물론 아직 정상 체중인 63kg에는 한참 부족하지만요.

사실 저번 삼공재에 갔을 때 선생님께서 살을 빼야 되겠다고 하셨을 때 무척 부끄러웠습니다. 공부하시는 다른 분들은 다들 호리호리하고 날씬한데 제가 제일 체중이 많이 나가 보이더군요. 일하면서 회식과 운동 부족으로 몸무게가 많이 늘었는데 생식과 꾸준한 운동으로 줄여 나가겠습니다.

생식은 조석 두 끼를 기본으로 하고 있는데 중식도 생식으로 바꾸려고 노력하고 있습니다. 『선도체험기』 101권을 보니까 생식 때문에 저랑 비슷한 고민을 하시는 도우분이 계시던데 다른 사람 시선 의식하지 않고 건강과 수련을 위해서 생식을 상식하도록 노력하겠습니다.

제가 하는 일은 군 헬기를 조종하는 건데 아직은 부조종사로만 임무를 수행하고 있고 1~2년쯤 후에는 정조종사로서 임무를 수행하게 됩니다. 계급은 준위인데 처음부터 공채로 시험을 봐서 들어왔습니다. 군에서는 계급 정년이라는 게 있는데 준위라는 계급은 만 55세까지 근무를 할 수 있습니다. 이런 얘기를 하게 된 이유는 요즘 직업에 대한 생각을 자주하게 되어서입니다.

이곳에 온 지 3년이라는 시간을 지나니까 처음에는 몰랐던 부분들이 눈에 많이 들어오고(대부분 단점들입니다) 과연 내가 정년까지 근무를 할 수 있을까 하는 생각이 듭니다. 그리고 과연 제가 하고 있는 일이 선도수련을 하는 데 적합한지도 생각을 하게 됩니다. 헬기 조종사라는 직업은 고위험군에 속하는 일이고 일단 땅에서 떨어져서 일을 하게 되기 때문에 기가 많이 흩어진다는 느낌을 받습니다.

많은 도우분들이 다양한 직업을 갖고 계시지만 저랑 비슷한 생각을 하고 있는 분들이 계신지도 궁금합니다. 선생님께서도 사회생활을 해 보셔서 아시겠지만 이게 사회 초년생들이 한 번쯤 겪는 고민일까요?

가끔 33세의 예수님은 다른 사람들에게 복음을 전하셨다고 하는데 같은 나이의 저는 과연 이렇게 세속에 묻혀서 있어야 할까 하고 반성을 해 봅니다. 물론 지금 내가 있는 곳에서 최선을 다하는 삶을 살아야 하겠지만 너무 안이하게 생활을 하고 있는 게 아닌가 싶습니다.

직장은 일단 있으니 이제 결혼을 하고 아이를 낳고 또 아등바등 자식들 기르고 그러다 나이 들고, 물론 이런 게 나쁘다는 게 절대 아닙니다. 너무 안이하게 생각하고 그냥 세월 흐르는 대로 묻어가는 게 아닌가 하고 반성을 하는 것입니다. 수련과 관련된 일을 하고 싶다는 생각이 요즘엔 많이 듭니다. 사회 대선배님으로서의 선생님 의견을 듣고 싶습니다. 물론 결정은 제가 하겠지만요.

수련 상황은 계속 축기를 하고 있는 상태고 아직은 단전에 의식을 해야 뜨거워지는 정도입니다. 그리고 특별한 일이 없으시면 이번 주 토요일(9.24)에 찾아뵈어도 될런지요? 알려 주시면 감사하겠습니다. 갑자기 서늘해진 날씨 건강 유의하시고 끝까지 읽어 주셔서 감사드립니다.

2011년 9월 20일
이천에서 박순기 올림

【필자의 회답】

살생과 사람들을 패가망신의 길로 이끄는 주색잡기와 직접 관련된 향락성 직업이 아닌 이상 수련자에게 직업의 귀천 같은 것은 없다고 봅니다. 더구나 군의 헬기를 조종하는 직업은 조국의 국방을 담당하는 영예로운 직업이 아닙니까? 부디 자부심을 가지기 바랍니다. 수행이 제대로 된 구도자라면 비록 시장바닥이나 무간지옥 속에 앉아 있어도 상구보리 하화중생하는 데 전연 불편을 느끼는 일이 없습니다.

내가 보기에 지금 박순기 씨는 겨우 선도의 문턱을 넘어선 단계입니다. 계속 수련에 매진하여 수련의 정도를 높여 나가야 합니다. 예수가 서른세 살에 복음을 전파할 수 있게 된 것은 그 나이에 이미 그만한 능력과 영성(靈性)을 갖췄기 때문이었습니다. 박순기 씨도 그 정도의 능력을 갖춘다면 사고방식과 주변 상황이 크게 달라져 있을 것입니다.

공부가 많이 된 수행자에게는 하늘과 사람이 자연히 그의 앞길을 열어 주게 되어 있다는 것을 명심하시기 바랍니다. 9월 24일 오후 3시에 삼공재에서 기다리겠습니다.

나이 드신 분들을 관찰하는 버릇

가을비가 조용히 내리고 있는 토요일입니다. 삼공재에 다녀온 지 사흘이나 후에야 메일을 보냅니다. 사실 목요일 아침 일찍부터 사격장에 갔다 오는 바람에 조금 정신이 없었습니다. 저희는 주기적으로 항공기 사격을 하고 있습니다. 제가 조종하는 헬기 자체가 공격용으로만 사용되다 보니 주기적으로 사격을 해야 됩니다.

정말 처음에는 제가 왜 이런 생각지도 못한 일들을 하고 있는지 의아해한 적도 있었습니다. 영화에서만 보던 그런 일들을 실제로 제가 직접 조종간을 잡고 어마어마한 불꽃을 내뿜는 그런 일들을 한다는 게 신기했었습니다. 물론 지금은 만성이 되어서 그러려니 하고 있지만요.

저번에 메일을 보내고 수신 확인은 되는데 답 메일이 없어서 다음으로 방문을 미뤘습니다. 그러다가 이런저런 훈련이 겹치다 보니 거의 두 달 만에 삼공재를 방문하게 됐습니다. 정말 다시 한 번 느끼지만 삼공재에서 멀어지면 멀어질수록 수련과도 멀어지는 것 같습니다. 마음가짐과 몸가짐 모든 면에서요. 다시 한 번 마음을 다잡겠습니다.

집에 오는 길에 스마트폰으로 선생님께서 다시 보내 주셨다는 메일을 확인했습니다. 메일을 읽으면서 직업에 대한 문제가 어느 정도 정리가 됐습니다. 이렇게까지 많은 생각을 해 주셔서 감사드립니다. 특히 어디에 있든지 제가 성심을 다해 노력하면 길이 보인다고 하신 말씀 깊이 명심하겠습니다.

뭔가 인생에서 하나의 큰 문제가 해결된 것 같아 마음이 많이 가벼워졌습니다. 그리고 이제 선도의 첫 문턱을 넘은 주제에 너무 많은 걱정을 한 듯싶어 부끄럽기도 했습니다. 선생님의 조언 깊이 새겨 앞으로의 일들에 디딤돌로 삼겠습니다. 다시 한 번 진심으로 감사드립니다.

삼공재에 들르면서 궁금한 일 중 하나가 아무래도 빙의입니다. 아직 기감이 많이 무뎌서 저한테 빙의령이 딸려 오는지 잘 모르지만 아무래도 제가 있는 곳이 군대이다 보니 군에서 비명횡사한 영혼들이 많이 딸려 올 듯싶습니다. 정말 그런지요? 아닌 게 아니라 삼공재에 다녀오고 얼마 뒤에 뒷머리와 백회 쪽에 두통이 심했습니다. 제가 머리가 아팠던 적은 거의 없었거든요. 아무래도 삼공재에 간다는 소식을 어떻게 알고 그러는지 많은 영혼들이 빙의된다는 생각이 듭니다. 알고는 싶으나 아직 제 능력이 많이 부족해서 이렇게 메일로나마 여쭙습니다.

요즘 길거리를 지나갈 때 선생님 연배의 어르신들을 관찰하는 버릇 아닌 버릇이 생겼습니다. 관찰해 보면 대부분의 어르신들은 외모는 둘째 치고 행동이라고 해야 되나 몸의 반응이라고 해야 되나, 아무튼 몸동작들이 많이 느리시고 가까이 다가가 보면 특유의 향(?)이 나는 것 같습니다. 그러다 선생님을 생각해 보면 말씀하시는 것도 그렇고 몸의 반응들도 많이 빠르시다는 비교를 하게 되었습니다.

물론 『선도체험기』를 읽어서 알고는 있지만 나이가 들면 들수록 선도의 중요성을 많이 생각하게 되는 부분입니다. 저도 생을 다하는 그날까지 선도라는 바른길에서 벗어나면 안 되겠다고 다짐을 다시 한 번 해 보게 됩니다. 다음 주 월요일(10.31)부터 수요일(11.2)까지 휴가를 냈는데 특별한 일이 없으시다면 찾아뵈어도 될지 여쭙겠습니다. 갈수록 깊어지는 가을 선생님과 사모님 모두 건강하시길 바랍니다. 감사합니다.

2011년 10월 29일
박순기 올림

【필자의 회답】

과거 경험으로 보아 일선 부대에 근무하는 수련자는 유독 빙의령으로 고생하는 경우가 많았습니다. 심지어 육이오 때 전사한 영혼에 빙의된 경우도 많았습니다. 어쩌다가 운기조식이 되는 수행자가 특정 부대에 나타나면 많은 영혼들이 천도를 위해 앞다투어 그에게 빙의되는 데 어떤 경우엔 한 수행자에게 1개 대대 이상의 영혼들이 빙의되는 일도 있습니다.

아마 박순기 씨도 그러한 실례에 해당되는 것 같습니다. 그런 때는 먼저 떠난 선배 전우들을 위해 봉사한다는 심정으로 임해 주시기 바랍니다. 다소 고생은 되지만 그 모두가 수련자에게는 큰 공덕이라는 것을 알아야 할 것입니다.

선도수련 열심히 하면 평균 수명보다는 적어도 10년 내지 30년은 무병장수할 수 있다는 것을 알아야 할 것입니다. 휴가 기간에는 원한다면 매일 삼공재에 와서 수련을 해도 좋습니다.

넷째 아이로 인한 소동과 수습

스승님 그동안 안녕하셨습니까? 건강은 어떠신지, 사모님은 안녕하신지 궁금합니다. 몇 개월 만에 메일을 보내는 것 같습니다. 이제 만 7개월이 지난 막내와 아이 셋을 돌보는 일이 역시 예상은 했지만 녹록지 않은 일이네요.

메일을 쓰다가 보내지 못한 것만 서너 차례 되는 것 같습니다. 저번 달에는 짬을 내어 찾아뵈려고 했었는데 그때는 스승님께서 급한 볼일이 있으셔서 다음 기회를 기약하게 되었지요.

저는 요 몇 달 동안 이러저러한 일들이 많았습니다. 넷째를 낳고 한 달도 채 안 되었을 때 아기가 기저귀를 갈 때마다 이유 없이 자지러져서 병원을 갔더니 의사 선생님께서 큰 병원으로 가 보라고 하셨습니다. 두려운 마음을 안고 간 대학병원에서는 온갖 검사를 하여도 원인이 나오지 않았습니다. 마지막으로 MRI를 찍어 보니 다리 안쪽이 곪아서 수술을 해야 한다는 것이었습니다.

이제 태어난 지 1달도 안 된 핏덩어리를 차가운 수술대에 올려놓고 수술을 한다는 생각을 하니 마음이 찢어지는 것 같았습니다. 내가 무엇을 잘못하였나? 내가 이번 생 아니면 전생에 어떤 나쁜 짓을 하여 이런 인과응보를 받고 있는 것일까? 머릿속은 온갖 회개, 반성, 자책이 뒤엉킨 가운데 평상심을 찾을 수가 없었습니다.

알고 계실지 모르지만 우리나라 큰 병원 의사 선생님들은 만일의 경우를 대비해서 만에 하나 있을지도 모르는 엄청난 일들에 대해서 사형 선고하듯이 얘길 하십니다. 그 순간을 떠올리면 아직도 가슴이 쿵 하고 내려앉습니다.

'만약에 아이의 다리가 잘못되더라도 그것은 이 아이의 업이며 동시에 내 업보이기도 하다. 인과에 의해 생긴 과보라면 달게 받아들이겠다. 그렇다고 인생이 끝나는 것은 아니니까. 내 인생이 이렇게 고달프게 흘러간대도 내가 짜놓은 스케줄이니 만큼 얼마든지 수정 가능해...' 등등 나를 위로하는 무수힌 말들과 반성, 긍정적인 생각으로 현실을 받아들이려고 애를 썼지요.

결론을 말씀드리자면 수술도 잘되고 3주 정도 입원하고 나와서 지금은 쌩쌩하게 잘 기어 다닙니다. 병원에 입원해 있는 동안 많이 힘들고 남겨진 세 아이 걱정에 고생되기도 했지만, 지금 생기 있게 잘 크고 있는 대겸(막내 이름)이를 생각하면 그저 그만하길 다행이라고 감사히 생각하고 있습니다.

입원 당시에 너무 독한 항생제를 썼던 탓인지 병치레가 잦고 감기에 자주 걸리는 것 빼고 큰 문제는 없는데, 셋째와 다르게 너무 별나서 짬을 내서 수련을 하기가 많이 힘이 듭니다. 그렇다고 수련의 끈을 놓은 것은 아니구요. 현묘지도 이후에 다양한 방편으로 깨달음이 옵니다.

그 깨달음이라는 것이 거창한 어떠한 것은 아니구요. 일상에서 늘 함께 존재해 왔던 지극히 평범한 진리들, 사랑, 용서, 감사, 자기 정화 등등 대하는 매 순간이 수련이고 순간순간을 최선을 다해 살려고 노력 중입니다. 일간 시간을 내어 한 번 찾아뵙겠습니다. 아 참, 스승님 저 개명했습니다. 박순미에서 박동주로 법적인 개명을 했습니다. 제 이름에 늘 불만이 많았는데 어떻게 계기가 되어서 이름을 바꾸게 되었습니다. 바뀐 이름은 물론 제 맘에 들고요. 법적인 개명이 된 만큼 메일 쓸 때 다음부턴 이 이름으로 보내겠습니다. 건강하십시오. 스승님.

2011년 10월 5일
박동주 올림

【필자의 회답】

오래간만에 소식 고맙습니다. 넷째 아이로 인한 뜻하지 않은 소동이 원만히 수습되었다니 참으로 다행입니다. 네 아이를 기르면서도 씩씩하게 수련을 잘해 나가는 박동주 씨의 일거일동은 어느덧 『선도체험기』 독자들 사이에서는 살아 있는 수행자의 표상으로 떠오르고 있습니다.

내가 『선도체험기』를 써 나가는 목적은 일상생활을 남 못지않게 열심히 잘해 나가면서도 바로 그 생활 터전을 도량으로 삼아 어떠한 역경 속에도 굴하지 않고 하나하나 깨달음을 얻어 나가자는 것입니다. 『선도체험기』를 처음에 쓸 때 나는 과연 이것이 가능한 일일까 하고 의구심을 품어 본 일도 있었습니다.

그러나 지난 21년 동안 삼공재를 운영해 오면서 나 자신과 수련생 여러분을 면밀하게 그리고 꼼꼼히 관찰한 결과 그것이 가능하다는 자신을 얻게 되었습니다. 삼공재에는 재가 수행자들뿐만 아니라 출가한 수행자들도 숱하게 거쳐 갔지만 내가 보기에는 출가 수행자들보다는 재가 수행자 쪽이 오히려 더 수행에 대한 심지가 굳고 그만큼 알찬 성과도 더 많이 올리고 있다는 것을 알게 되었습니다.

물론 그들 대부분의 재가 수행자들 중에는 박동주 씨와 같이 눈에 띄는 분들도 있지만, 있는 듯 없는 듯 소리 없이 묵묵히 수행을 쌓아 나가는 분들도 적지 않습니다. 어쨌든 출가자들을 능가하는 이들 수행자들 때문에 나는 『선도체험기』를 만난을 무릅쓰고 써 나갈 수 있는 자신감과 용기를 갖게 됩니다. 부디 지금의 그 씩씩한 자세를 변함없이 유지 발전시켜 나가시기 바랍니다. 그러는 동안 반드시 좋은 소식이 모르는 사이에 자신의 몸속에서 움터오는 날이 있을 것입니다.

대충 정리가 된 것 같습니다

삼공 선생님 전 상서

늘 베풀어 주심에 깊은 감사를 드립니다. 그동안 사모님과 함께 안녕히 계셨는지요? 오랫동안 메일을 드리지 않았습니다만, 그간 풀리지 않았던 숙제에 해답을 얻은 것 같으며, 다음과 같이 요약이 됩니다.

1. 무소유란 물질을 소유하지 말란 이야긴가? 얻어진 정답은 아니다입니다. 얼마 전 강원 산골 오지의 농가에서 검소한 생활을 하시면서 쓴 책을 통하여 많은 중생들에 감명을 주시고 입적하신 법정 스님의 전매 특허인 무소유와, 흔히들 도를 닦는다고 자리를 틀고 앉아 있는 이들의 입에서 거침없이 뱉어져 나오는 무(無)의 진정한 뜻이 무엇인가 하는 문제입니다.

왜냐하면 흔히들 구도자의 생활은 빈곤해야 하고 궁핍해야 하며 고뇌를 동반해야만 하는 것으로 오인하여, 현대의 일상생활과 구도자의 생활이 격리되어 있다는 인식에 막혀 양자중 하나를 선택해야 한다는 관념 속에서 다람쥐 쳇바퀴 돌듯이 왔다갔다 허송세월했다는 것입니다. 결국 이는 무를 물질의 무로 보았기 때문에 일어난 시행착오였던 것입니다.

그러면 진정한 구도자뿐만 아니라 무명중생들이 소유하지 말아야 하는 것은 물질이 아닌 자기 자신인 것입니다. 그래야만 모든 것에서 자유로울 수 있고, 현대의 삶 속에서 피 터지게 선의의 경쟁을 할 수 있으며, 돈 버는 재주가 있으면 열심히 벌고 또한 기술에 재능이 있으면 열심히 개발하여 각자의 능력과 재능에 맞게 최선을 다하게 되므로 보람을 느끼고 흔히들 말하는 살맛나는 사회가 되는 것으로 생각합니다.

먼 옛날 학창 시절에 무심코 선생님 따라 열심히 봉사활동을 하고 돌아오는 길에 괜히 이유 없이 마음속 깊은 곳에서 즐거움이 솟구쳐 오름을 느끼듯 말입니다. 즉 자기 자신을 먼저 내세우는 한 모든 구조가 불만스럽고 불평등처럼 보이고 또한 차별감을 느끼는 착시현상 속에서 헤맬 수밖에 없는 것입니다. 그러므로 적어도 공인이라고 하는 신분을 가진 자는 자기 사신 정도는 버릴 줄 알고 헌신할 줄 알아야 그 소속 단체가 원만히 순항할 수가 있는 것입니다.

2. 결혼하고 처자식을 가지면 윤회의 굴레에서 벗어나지 못하는가? 아니라는 생각입니다. 왜냐하면 나라고 하는 하나의 개체는 신(身) 기(氣) 신(神)의 셋으로 나누어진 하나의 통합체입니다. 즉 몸체라고 하는 것이 기를 통하여 신(神)을 느낄 수 있어야만 알 수 있는 진리입니다만, 자신의 몸을 빌려 태어난 자식의 몸의 형성에는 관여할지라도 자식의 구성 요소인 신(神)에는 전혀 관여하지를 않기 때문입니다.

결국 윤회라고 하는 주체는 신(身)이 아닌 신(神)이기 때문입니다. 물론 처자식을 거느리면 걸리는 게 많으니 업이 소멸되기보다는 더 늘어만 가는 위험성이 동반된다고 하지만 말입니다. 그러나 모든 일어나는 현상에는 양면성을 가지고 있기에 결혼을 하든 안 하든 업의 소멸과는 무관하다고 할 수도 있습니다. 즉 위에서 언급한 자기 자신을 버릴 줄만 알면 아무런 문제의 제기가 이루어지지 않는 것이기 때문입니다.

끝으로 며칠 전부터는 그간 인간적으로 용서가 되질 않아 거추장스러워했던 마음이 싹 가셨습니다. 즉 미워한들 호의를 가진들 변하는 게 없다는 것을 느꼈기 때문입니다. 그냥 모두 있는 그대로 보여지고, 이제서나마 적 없이 친구 없이 평범한 생활을 하면서 살아갈 수 있을 것 같습니다. 그럼 앞으로도 많은 지도와 편달을 부탁드리면서, 선생님과 사모님을 비롯한 가족 모든 분들의 건강과 안녕이 함께하시기를 기원합니다. 안녕히 계십시오.

2011년 10월 21일
나요로에서 제자 도욱 올림

【필자의 회답】

구도자라면 누구나 갖기를 소원하는 것이 자기 자신의 존재의 실상인 자성(自性)입니다. 그것이 무엇이냐? 간단히 말해서 아상(我相), 가아(假我) 즉 거짓 나를 버리고 그 대신 진아(眞我) 즉 참나를 문득 자기도 모르는 사이에 확실히 거머쥐는 것입니다.

아상을 버릴 때 참나를 갖게 되고 그래야만 우리는 우주심과 하나가 되어 우아일체(宇我一體)가 될 수 있습니다. 우주와 하나가 되어야 비로소 우리는 시간과 공간, 물질, 유무, 생사에서 영원히 벗어날 수 있습니다.

도욱이 이제 순전히 자기 스스로 관을 통해서 아상을 여의고 진아를 차지하게 된 것 같습니다. 진아만 확실히 움켜쥘 수 있다면 결혼 아니라 무간지옥 속에 앉아 있어도 능히 하화중생하고 부동심 속에서 살 수 있을 것입니다.

그냥 내려놓아야 할 것들

삼공 선생님 전 상서

늘 이끌어 주심에 깊은 감사를 드립니다. 오랜 동안의 가르치심 덕분에 큰 외곽 틀은 만들어진 것 같습니다. 이제부터는 내공으로 차곡차곡 채워야 하는 과정이 남은 것으로 생각합니다. 그리고 참나를 찾는 데 가장 방해를 하는 것이 가변적인 것들을 진리인 양 거머쥐고 있는 형상이라고 생각합니다.

즉 내 주위에서 시시때때로 변해가는 현상들에 마음을 둘 필요가 없다는 것입니다. 예를 들어 명강의로 유명한 하버드대 마이클 샌델 교수가 말하는 정의도 결국은 100명 중 51명 이상을 이롭게 하는 것이면 무엇이든 정당화가 될 수 있다는 이야기이며, 그 값은 시대와 상황에 따라 달라질 수 있으니 진리와는 거리가 멀다는 것입니다.

그러니 이러한 가변적인 것들은 어느 스님의 말씀처럼 내려놓고 그냥 하루하루 주어진 일들에 최선을 다함이 참나를 찾는 지름길이 아닌가 하는 생각입니다. 그럼 앞으로도 끊임없는 지도와 편달을 부탁드리며, 우선 감사의 뜻을 보내 드립니다. 안녕히 계십시오.

2011년 10월 24일
나요로에서 제자 도욱 올림

【필자의 회답】

하루하루 주어진 일에 수동적으로 최선을 다할 뿐만 아니라 자기 할 일을 스스로 창조하고 계획하는 창의력을 발휘하는 적극적인 자세를 가다듬어야 할 것입니다. 계속 좋은 소식 기대합니다.

개개인이 각각 평등하게 태어나는 이유

삼공 선생님 전 상서

늘 베풀어 주심에 깊은 감사를 드립니다. 우리가 삶에 대하여 오해하고 있는 일들에 대하여 언급해 보려 합니다. 흔히들 유복한 가정에 태어나든 찢어지게 가난한 집에서 태어나든 다들 부모 탓을 합니다만, 이것은 자업자득의 결과물입니다. 따라서 각자가 만들어 놓은 결과로서 단한 치의 오차나 차별도 없이 개개인이 돌려받는 것이므로 평등한 것이라는 생각입니다.

물론 스티브 잡스는 다른 의미에서 말을 하였지만, 부모는 단지 정자와 난자의 은행 역할을 했을 뿐 그 외의 것에는 전혀 관여하지를 않기에 부모 탓하고 사회를 탓하기 전에 자기의 본모습을 보고 진화시키는 데한 삶의 의미가 있는 것으로 생각합니다.

또한 선진국에 태어나느냐 후진국에 태어나느냐 역시 자업자득입니다. 각자에 주어지는 직업 또한 개개인의 능력 한도에 의해 정해지는 것이니 불평하기보다는 주어진 일에 최선을 다하여 각자의 능력을 키워나가는 것이 마음이 편할 것입니다. 즉 마음이 편한 쪽의 선택이 진리에가까운 것이니까요.

또한 세간에서 떠들어 대는 평준화니 무상급식이니, 동반 성장이라 하여 물리적인 방법을 동원하는 것은 근본적인 문제의 해결책이라기보다는 개개의 생명력의 불씨를 꺼뜨리는 결과를 초래할 것이라는 생각이 듭니다. 앞으로도 많은 지도와 편달을 부탁드리며, 이만 줄이겠습니다.
안녕히 계십시오.

2011년 10월 25일
나요로에서 제자 도육 올림

【필자의 회답】

인과응보와 자업자득의 이치를 명쾌하게 해설해 놓았습니다. 이것이
순전히 도육 자신의 관찰과 사색의 결과로 보여 소중하게 여겨집니다.
다음 소식 기다리겠습니다.

그저 감사해야 할 따름

삼공 선생님 전 상서

늘 이끌어 주심에 깊은 감사를 드립니다. 어제에 이어 정리해 보겠습
니다. 부모는 단지 난자와 정자 은행일 뿐이라고 하면 냉혈동물이라고들
하겠지만, 이는 단지 내 몸의 생성 과정의 단계에서 보면 그렇다는 것이
고, 키워 주고 적어도 자립할 때까지 아낌없이 보살펴 준 덕에는 그저
머리 숙여 감사해야 할 따름이라는 것입니다.

물론 밥숟갈 놓는 순간까지 끊임없이 시비 걸어오고 도전해 오는 주위의 모든 무명중생들과 그들이 속해 있는 모든 구조적 사회에 대하여도 그저 고마워해야 할 것 같습니다. 왜냐하면 부모 못지않게 자성을 찾게 하는 데 끊임없이 응원해 주는 자들이니까요. 그럼 늘 건강하시기를 바라며, 이만 줄이겠습니다. 안녕히 계십시오.

2011년 10월 26일
나요로에서 제자 도육 올림

【필자의 회답】

사랑하든 미워하든 나를 둘러싸고 나와 끊임없이 교섭하는 상대를 원망하는 사람은 계속 자신의 에너지를 빼앗기고 있지만, 모든 일에 감사하는 사람은 줄곧 우주로부터 큰 에너지를 공급받고 있다는 것을 명심하시기 바랍니다.

기(氣)란 선택 과목인가?

삼공 선생님 전 상서

늘 이끌어 주심에 깊은 감사를 드립니다. 흔히들 기공부를 깨달음을 위한 보조 수단이라고들 하여 선택 사항인 것처럼 치부해 버릴 수도 있지만, 나라는 존재가 신(身), 기(氣), 신(神)으로 되어 있고 기(氣)를 통해서 신(神)이라는 존재를 알 수 있기에 구도자의 필수과목으로 선정이 되어야 한다는 생각입니다.

또한 기문이 열리고 소주천이 되어 성 에너지를 기 에너지로 승화시킴으로 해서 인간윤리를 파괴하지 않는 진정한 무애행을 할 수가 있는 것이니까요. 누구에게서 기를 취한다 한들, 양면성이 있기에 도와준 만큼 돌려받을뿐더러 또한 주렁주렁 감이라고 하는 개개인의 몸이 기라고 하는 가지에 열려 있고 그 가지는 줄기를 포함한 뿌리라고 하는 신에 속해 있으니 몸 이외의 것은 니 것 내 것이 아닌 하나의 세계로 보는 것이 맞을 것이며, 그러기에 상부상조할 수가 있는 것이 아닌가 하는 생각입니다.

그리고 기는 사람과 사람만의 연결 고리의 나뭇가지가 아니고 모든 생물 개체간의 연결 고리임을 알 수가 있는 것입니다. 한 예를 들면, 몇 년 전 러시아 연해주 산림 내의 조사지에 산삼 한 뿌리가 있었고 당연히 채집을 하지 않고 두고 왔습니다만, 지금도 가끔씩 그 산삼에서 기를 취하기도 합니다.

또한 수백 년 된 산삼이라 하여 신문에 대문짝만하게 실린 컬러 사진을 보고 있노라면 하염없이 기가 흡입되는 것을 느끼곤 합니다. 그러니 진시황이 먹은 불로초는 불로초꾼에게 기를 빼앗긴 것을 먹을 확률이 높을뿐더러, 예로부터 보약은 귀신도 모르게 먹으라는 이야기와 상통하는 부분일 것 같습니다.

아무튼 본인은 느끼지 못하지만, 자신의 몸속에 늘 흐르는 기를 깨우치게 함이 수련의 초석일 것 같은 생각이 듭니다. 그러면 자동으로 자성을 깨닫는 길이 보여지니까요. 그럼 늘 건강하시고 안녕히 계십시오.

2011년 10월 28일
나요로에서 제자 도육 올림

【필자의 회답】

『천부경』이 말하는 하나는 전체고 전체는 하나임을 입증하는 의미심장한 관찰입니다. 다음 소식 기다리겠습니다.

계통수(系統樹)

삼공 선생님 전 상서

늘 이끌어 주심에 깊은 감사를 드립니다. 오늘은 새벽 3시에 일어나 늘 다니는 도카치타케를 6시부터 걷기 시작하였습니다. 오르면서 어제 메일에 적었던 감나무를 생각했습니다. 그리고 제 전공의 일부입니다만, 같은 산림을 형성하는 종이 다른 식물과 수목 간에도 균(버섯)이라고 하는 공생균에 의해 서로 연결되어 있어 지상부는 서로 독립된 개체처럼 보이지만 보이지 않는 토양 내에서는 서로 연결이 된 일종의 네트워크를 형성하여 상부상조하는 것이지요.

그렇다면 이러한 생물 사이의 네트워크의 정점은 어디일까?입니다만, 우주의 중심인 북극성이 보이더군요. 즉 북극성을 정점으로 하여 수억 개의 태양계로 갈라지고, 하나의 태양계 내에 지구가 속해 있고 그 지구 내의 정점인 인간의 단전이 기를 매체로 한 네트워크가 보이더군요.

그렇다면 무명중생들은 각각의 업보에 따라 이 네트워크의 어느 모퉁이의 한 가지에 매달려 있겠지만, 깨달은 성인은 어느 가지에 붙어 있는 것일까?가 문제가 되더군요. 그러나 만약 성인이 이 계통수 내의 어느 가지에 매달려 있다면 자유롭지 못할 터이니... 하면서 거의 정상에 오르는데 이 우주의 계통수가 제 단전에 덜썩 들어와 있는 것입니다.

즉 어느 가지에도 속해 있는 것이 아닌 우주의 계통수를 품고 있으며, 실질적인 계통수의 작성에는 사신들이 관여하지 성인은 전혀 상관하지 않고 자유롭게 모든 만물들을 돕고 있는 것이지요. 그것도 꼭 스스로 돕는 자만 말입니다. 그러니 부처님과 예수님을 포함한 성인들은 중생의 깨닫는 데는 관여하지만 길흉화복에는 전혀 상관하지 않으니, 교회당에서 참회하고 법당에서 복을 빌어 봤자 소용이 없다는 것입니다. 즉 자력으로만이 자성을 얻을 수가 있고 하나하나 계통수의 윗가지로 진화할 수가 있는 것입니다.

이것으로 지금까지의 저의 의문점이 다 해결이 되었고, 그냥 옷을 갈아입고 훨훨 날아가고 싶고 희열이 솟아오르더군요. 이제 밥숟갈을 놓더라도 여한이 없습니다. 하산하고 온천에 들러 돌아오는데 경치며 모든 것들에 형용사가 불필요한 있는 그대로 보일 뿐 왠지 다시 태어난 감이 들고 있습니다. 비록 이것이 한 깨달음의 작은 부분일지라도 지금까지 성심성의껏 지도하여 주심에 깊은 감사를 드리고 싶습니다. 그럼 늘 건강히시고 안녕히 계십시오.

2011년 10월 29일
나요로에서 제자 도육 올림

【필자의 회답】

지금 그 자리에서 환희에 휩싸여 머뭇거리지 말고 계속 더 파고들어야 합니다. 양파 겉껍질에만 만족하지 말고 다음 껍질 속으로 잇달아 옮겨 들어간다는 자세로 임해야 좀더 큰 세계가 열릴 것입니다.

도(道)란 길 아닌 길은 가지 않는 것

삼공 선생님 전 상서

늘 이끌어 주심에 깊은 감사를 드립니다. 물론 깨달음이라는 게 화면으로 오는 것이 아니니 계속 정진해 볼 생각입니다. 그러나 마지막 숙제였던 깨달음 후에는 어떻게 되는가가 풀렸으니, 이제는 품고 있는 우주마저 소화시켜 완전한 일체가 되어야 크나큰 환희를 느끼며 나날이 좋은 날을 보낼 것 같습니다.

그리고 깨달으면 생사의 의미가 없다는 것도 확실히 거머쥐었습니다. 또한 어제의 하산 길에 등산로를 벗어나자 무심코 정해진 등산로로 걸어야지 하는 생각이 들면서, 도(道)란 길이 아닌 길은 가지 않는 것이란 생각이 확 들어오더군요. 즉 각자 오로지 바른길만 가는 것이 도이니, 자기에게 맡겨진 일에 최선을 다해 열심히 살아가는 생활 자체가 도 닦는 생활이라는 것입니다.

또한 각자에게 맡겨진 일이 다 다르듯이 돌, 낙엽, 물 등등 만물에도 도가 있다는 것을 알았습니다. 왜냐하면 만물이 존재의 필요성에 의해 각각에 맡겨진 역할을 가지고 있기 때문입니다. 그럼 늘 건강하시고 안녕히 계십시오.

2011년 10월 30일
나요로에서 제자 도육 올림

【필자의 회답】

산은 산이요 물은 물이고 도는 도이고, 구도자에게는 평상심과 부동심이 있을 뿐입니다. 드디어 십우도(十牛圖)의 주인공은 최후 목적지인 입전수수에 도달했을 뿐입니다.

백회는 닫혀 있는 것일까?

삼공 선생님 전 상서

늘 이끌어 주심에 깊은 감사를 드립니다. 흔히들 무명중생들은 기문과 백회를 열어야만 하는 것일까? 하는 문제입니다. 그러나 모든 이에게 이 과정은 필요 없다는 생각입니다. 왜냐하면 만물이 태어날 때 천기를 받고 태어나듯 그 이후에도 열려진 백회로 천기를 받고 단전의 기문이 열려 늘 운기를 하고 있기 때문입니다. 즉 너무나 미약하여 느끼지 못하고 있을 뿐입니다.

이유는 세속사에 얽혀 매어져 몸도 정신도 흥분된 상태이니 자기 몸에서 이루어지는 것들을 감지하지 못할 뿐인 것입니다. 그러니 기문과 백회를 열 특별한 의식이 필요한 것이 아니라 교회당, 법당, 집 등을 흥분된 몸과 마음을 진정시키는 장소로 바꾸어야 할 것입니다. 즉 참회하고 복을 비는 장소가 아니라 자력에 의한 생명력 승화의 장으로 탈바꿈해야 한다는 것입니다.

그러면 열려 있는 실핏줄 같던 백회의 기운줄이 굵어지고 운기도 활발해지는 것입니다. 왜냐하면 모든 공간에는 허용량에 이어 한계가 있기에 흥분으로 가득찬 몸과 마음에는 기가 들어설 자리가 아주 적기 때문이고, 흥분만 가라앉히면 그 대신 기가 있을 자리가 늘어난다는 것입니다.

더불어 올바른 생활을 하면서 일상적인 삶 자체에서 도를 찾는 생활행공이 중요하다는 것입니다. 아무튼 마음이 변하니 몸도 변하여 술을 마셔도 취하지가 않습니다. 그럼 늘 건강하시고 안녕히 계십시오.

2011년 10월 31일
나요로에서 제자 도육 올림

【필자의 회답】

단순히 생각만 피력할 것이 아니라, 실제로 실험을 해 보고 나서 좀더 자신 있고 설득력 있는 수련 방안을 내놓았으면 좋겠습니다.

임독맥이 열렸습니다

안녕하십니까? 울산 황영숙입니다. 제 수련 사항을 말씀드리려고 합니다. 단전에 기방이 완전 정착이 되어 스스로 독맥, 회음, 임맥, 중단전을 도는 것 같은 느낌을 받았습니다. 백회에서는 꽉 눌림과 콕콕 찌르는 기운이 조금씩 내려옵니다.

지난번 월요일 삼공재 갔을 때 강한 빙의령이 들어와서 백회에서 중단하고, 단전에 기운이 당기면서 숨쉬는 것이 너무 힘이 들었습니다. 관을 해도 안 되고 결국에는 선생님께 말씀을 드려서 도움을 받았습니다. 말씀을 드리는 순간에 빙의령이 천도되어 기운이 고르면서 몸이 상쾌해졌습니다.

KTX 열차를 타고 집에 와서 명상을 해 보니 백회에서 단전까지 청량한 기운이 들어왔습니다. 이것이 일시적인지는 모르겠지만, 열심히 하면서 지켜보겠습니다. 운전을 하거나 일을 할 때 앉으면 단전이 단단하면서 열기가 쌓입니다.

하루 세끼를 생식을 열심히 하고, 다른 음식을 적게 먹으니 단전이 더욱 따뜻해집니다. 사고 이후로 허리, 고관절이 바르지 않아 오래 앉아 있지를 못합니다. 한의원에서 추나 요법과 침을 맞고 있습니다. 『선도체험기』 1~102권을 두 번째 읽고, 평상심을 가지고 있는 그대로 보고, 상대방 입장을 생각하면서 생활을 하니 마음이 편안합니다.

선생님 덕분에 제 생활이 조금씩 바르게 바뀐다는 것을 느끼고 있습니다. 고개 숙여 감사드립니다. 추운 날씨에 이사 잘하시고, 사모님 몸 건강하시고 안녕히 계십시오. 전화 드리고 가겠습니다.

2011년 12월 25일
황영숙 올림

【필자의 회답】

수련이 많이 진행되었습니다. 다음에 삼공재에 오실 때 점검해 보고 때가 되었으면 대주천 수련을 시작할 것이니 마음을 가다듬고 몸을 정결히 하여 재계하고 준비를 하시기 바랍니다.

〈104권〉

다음은 단기 4345(2012)년 1월 2일부터 단기 4345(2012)년 9월 30일 사이에 있었던 필자의 수련 과정과, 필자와 수련생들 사이에 오고간 수련과 인생에 대한 대화 그리고 필자와 독자 사이의 이메일 문답을 수록한 것이다.

죄책감에 시달리다가

2012년 4월 29일 일요일 15~25 구름

오후 2시. 특별히 독대할 것을 요청한 40대 중년 주부 수련생인 박미현 씨가 나와 단둘이 대좌하자 입을 열었다.

"선생님, 저는 가톨릭 신자로서 선생님을 고해 신부로 여기고 제 죄를 고백하고 마음의 평화를 얻으려고 찾아왔습니다. 고해 신부님한테 가 보았자 천편일률적인 요식 행위나 김빠진 훈계나 나올 것 같아서 지금의 저에겐 아무 도움도 안 될 것 같거든요."

"뜻밖의 사례입니다. 나는 고해 신부 자격도 없는 일개 구도자로서 선도 수련생들을 지도하는 사람에 지나지 않는데요. 번지수를 잘못 찾은 거 아닙니까?"

"그렇지 않습니다. 『선도체험기』를 102권까지 다 읽는 동안 고해 신부보다는 선생님에게 더 믿음이 가는 것을 어떻게 합니까? 인생의 대선배로 또 선지식(善知識)과 스승님으로서 부디 물리치지 마시고 제 고해를 들어 주시고 좋은 해결책을 제시해 주셨으면 합니다."

"허 참, 처음 겪는 일이라 어리둥절합니다."

이렇게 나는 말했지만 그녀의 단호한 태도로 보아 호락호락 물러설 것 같지는 않았다. 게다가 전직 신문기자와 소설가로서의 직업적인 호기심이 동하기도 하였던 것이다.

"그럼 우선 얘기부터 들어 봅시다."

"최근에 대학 동기동창회에서 15년 만에 만난 옛 애인과 어울렸다가 술에 취해서 실수를 범했습니다. 아무것도 모르고 지금 함께 살고 있는 성실한 남편과 중학교에 다니는 순진한 두 아이에게 미안해서 얼굴을 못 들 지경입니다."

이렇게 말하면서도 그녀는 체념이라도 한 듯 당당하게 눈 똑바로 뜨고 내 눈을 응시하는 것이었다. 그러나 이러한 그녀의 태도 이면에는 그녀 혼자서는 도저히 감당하기 어려운 깊은 고민의 흔적이 엿보였다.

"그런 일이 있었군요. 그 얘길 들으니 무착(無着) 스님이 겪은 이야기가 떠오릅니다. 지금으로부터 4백 년 전 선조 때 일입니다. 무착 스님이 평양의 어느 암자에서 수행하고 있을 때였습니다. 권세가의 청상과부가 스님을 찾아왔습니다. 그녀는 약혼자가 갑자기 병사하자 혼례도 치르지 못한 채 청상과부가 되었습니다. 그래서 남녀의 음양상열지락(陰陽相悅之樂)이 어떤 것인지도 겪어 보지 못한 터라, 그것이 늘 궁금했지만 누구에게도 하소연할 데가 없었습니다.

생각 끝에 그녀는 비밀이 보장될 수 있는 대상으로 수행에 열중하기로 유명한 무착 스님을 선택했습니다. 그 과부는 절에서 기도한다는 핑계로 짐꾼을 시켜 쌀 세 가마니를 지고 무착 스님의 암자를 찾았습니다. 방을 하나 차지한 그녀는 날이 어두워지자 무착 스님 방에 몰래 스며들어가 자기의 말 못할 통사정을 털어놓고 대담하게도 합방(合房)을 요구했습니다. 그러나 무착 스님은 과부의 요청을 단호하게 거절했습니다.

그렇다고 쉽게 물러날 청상과부가 아니었죠. 옹근 사흘 밤낮을 애원하고 통사정을 했지만 무착 스님은 끝끝내 끄떡도 하지 않자, 그녀는 만약에 '내 소원을 들어주지 않으면 죽어 버리고 말겠다'면서 암자 뒤에 있는 높고 험한 바위 위로 기어 올라가는 것이었습니다.

무착 스님은 심각한 고민에 빠졌습니다. '오계 중에 살계(殺戒)가 첫 번째, 도계(盜戒)가 두 번째, 음계(婬戒)가 세 번째인데 만약에 내가 음계를 피하려고 살계를 범한다면 이는 죄의 경중을 무시한 짓이다.'

생각이 여기에 미치자 스님은 곧바로 바위로 달려가 청상과부를 불러다가 그녀의 소원을 풀어 주었습니다. 그러자 과부도 보통 배포는 아닌 듯, 수줍은 듯하면서도 환한 얼굴로 스님에게 '평생소원을 풀어 주어 고맙습니다. 이제는 수절을 할 만한 자신이 생겼습니다' 하고 깍듯이 인사하고 집으로 돌아갔습니다.

비록 청상과부의 평생소원을 들어주기는 했지만 무착 스님은 엄연히 음계(婬戒)를 범했기 때문에 엄청난 고민을 혼자 수습할 자신이 없어, 당시 이름난 율봉 선사(栗峯禪師)에게 찾아가 그의 문밖에 거적을 펴놓고 석고참회(席藁懺悔)를 구했습니다. 율봉 선사가 무착 스님에게 말했습니다.

'네가 참회를 하러 왔다니 내가 너를 위해 참회를 시켜 주겠다. 단 네

죄상을 내 앞에 있는 소반 위에 꺼내 놓아 보아라.'

그러자 무착 스님이 주먹으로 땅을 세차게 내려치며 '죄상(罪相)이 본래 모습이 없거늘 무엇을 꺼내 보일 수 있겠습니까?' 그러자 율봉 선사가 무착의 두 손을 덥석 잡으면서 '참회 잘했다. 이제 위로 올라오너라' 하고 말했답니다.

아무리 큰 잘못을 저질렀다고 해도 박미현 씨가 한때의 실수로 저지른 그러한 잘못은 당사자 스스로 참회하고 차후에 다시 되풀이하지 않으면 그것으로 끝나는 겁니다. 사람이 잘못을 저지르는 것이 나쁜 것이 아니라 잘못을 저지르고도 참회하고 고칠 줄 모르는 것이 나쁘다고 공자님도 말하지 않았습니까?

『선도체험기』를 102권까지 읽으셨다면 그럴 만한 자신이 설 정도로 영격이 높아졌다고 봅니다. 따라서 죄책감 같은 것도 얼마든지 스스로 처리할 수 있는 자율성을 구사할 정도로 유유자적해야 할 것입니다."

"그렇지만, 선생님, 저는 아직 천상천하유아독존(天上天下唯我獨尊) 삼세개고오당안지(三世皆苦吾當安之)할 수 있는 구경각에는 도달하지 못했습니다."

"그런 말을 하시는 걸 보면 구경각 근처에는 이미 도달해 있는 것이 틀림없습니다. 부모미생전본래면목(父母未生前本來面目)이 시야에 들어와 있으니 마지막 스퍼트로 그것을 확 거머잡으세요. 박미현 씨를 관리할 주인공은 다른 누구도 아닌 바로 박미현 씨 자신의 자성(自性)입니다. 그 안에 우주가 통채로 다 들어 있습니다. 부디 자신감을 가지세요."

"네, 열심히 노력하겠습니다. 용기를 주시어 고맙습니다."

그녀는 들어올 때보다 한결 자신 있게 대답했다.

"그런데 선생님, 저는 수련이 어느 정도나 되어야 옛 애인의 유혹 따위에는 끄떡도 않을 수 있을까요?"

"자성(自性)을 보아야 합니다."

"자성을 본다는 것은 견성을 말씀하시는 건가요?"

"그렇습니다. 이왕에 선도수련을 시작했으니 기공부의 단계 역시 착실히 밟아서 연정화기(煉精化氣)는 통과해야 합니다. 그래야 성욕을 자유자재로 조정할 수 있고, 요염한 황진이의 유혹을 물리친 서화담(徐花潭) 선생이나 당나라의 혜안(慧安) 선사와 같은 자제력이 생깁니다. 물론 연정화기 수련에 남녀의 차이가 있지 않느냐고 의문을 세기하는 사람이 있을 수 있지만 근본적인 차이는 없다고 봅니다. 지금 소주천은 통과하셨던가요?"

"아직입니다. 지금 저는 하단전 축기 단계에 있습니다."

"계속 용맹정진하세요. 열 번 찍어 안 넘어가는 나무 없다고 하지만 연정화기만 되면 옛 애인이 백 번, 천 번, 만 번을 찍어도 끄떡도 안 할 것이고, 그러한 상대를 어린애 가지고 놀 듯하면서 도리어 개과천선시킬 수 있게 될 것입니다."

"만약의 경우 제가 수련이 그 정도의 높은 경지에 도달했다고 해도 악당들에게 납치된다면 험한 꼴을 당할 수도 있지 않을까요?"

"수련이 연정화기 정도에 도달되면 보호령(保護靈)들이 기의 막을 형성하여 그런 일은 사전에 막아 주게 되어 있습니다. 하늘은 인재를 그렇게 함부로 내버려두는 일은 없습니다. 벌써부터 있지도 않은 미래의 일로 불길한 걱정부터 하는 것은 마음의 법칙에서 어긋나는 일입니다. 오직 현재를 충실히 살아야 합니다. 그럼으로써 어떻게 하든지 이번 일을 전화위복(轉禍爲福)의 계기로 삼아야 할 것입니다."

"명심하겠습니다. 선생님께서 실의에 빠진 저에게 다시 살아갈 의욕을
북돋아 주셔서 정말 감사합니다. 안녕히 계세요."

"그렇다니 다행입니다. 안녕히 가십시오."

남이 가져다줄 수 없는 행복이라면

2012년 5월 1일 화요일 17~27 구름.

오후 3시. 수련 중에 유도희라는 30대 여자 수련생이 입을 열었다.

"선생님, 요즘 텔레비전 연속극을 보노라면 천편일률적으로 사랑하는 애인만이 참다운 행복을 가져다주는 것처럼 묘사되고 있는데 과연 그럴 수 있다고 생각하십니까?"

"진정한 행복은 자기 자신의 내부에서 싹트는 것이지 외부에서 누가 선물처럼 가져다주는 것은 아닙니다. 그러나 극작가는 그렇게 쓸 수밖에 없지 않겠습니까?"

"그럴 수밖에 없는 이유가 무엇인데요?"

"광고주의 요구와 시청자의 취향에 맞추어 시청률이 올라가도록 대본을 써야 제대로 대우를 받을 수 있으니, 울며 겨자 먹기로 억지로라도 그렇게 흥미 위주로 쓸 수밖에 없을 것입니다. 만약에 작가가 행복은 애인이 가져다주는 것이 아니고 각자의 마음먹기에 달려 있다고 솔직히 쓴다면 구도자들은 좋아하겠지만, 광고주들은 결혼으로 인한 소비가 창출되지 않으므로 싫어하게 될 것입니다. 그리고 일반 시청자들도 젊은 남녀의 연애와 결혼을 빼면 재미가 없어서 보려고 하지 않을 것입니다."

"선생님 저는 그렇게 생각지 않습니다."

"그럼 어떻게 생각하십니까?"

"저는 문학이란 우리가 살아가는 인생의 실상을 있는 그대로 표현해야 인생의 진리에 육박할 수 있고 시청자들에게도 깊은 감동을 줄 수 있다고 봅니다. 실례를 들어 어떤 여자가 온갖 파란곡절 끝에 애인과의 결혼에 골인하여 한 남자의 아내가 되어 아들딸 낳고 한평생 무난하게 잘 살다가, 아이들 시집 장가 다 보내고 남편까지도 먼저 보내고 홀로 남게 되어 쓸쓸한 최후를 맞게 되었다면 그것이 무슨 행복이라고 할 수 있겠습니까?"

"그렇다면 유도희 씨의 행복에 대한 철학은 무엇입니까?"

"그럴 바에는 저라면 경제 능력이 있다면 처음부터 결혼 같은 것은 하지 말고 자기가 하고 싶은 수행에 집중하면서, 일찍이 생로병사의 윤회의 고리에서 벗어나 이타행을 하면서 스스로 행복을 창조하면서 한평생 살다가 평안하게 눈을 감고 싶습니다."

"그래도 후회하지 않겠습니까? 결혼은 해도 후회하고 안 해도 후회한다고 했는데 평생 독신으로 살 자신이 있겠습니까?"

"그건 좀더 생각해 보아야 할 것 같습니다."

"아까 한 남자의 아내 되어 아들딸 낳고 잘살다가 아이들 시집 장가 다 보내고 남편 먼저 보내고 혼자 남아 쓸쓸한 최후를 맞는다는 말을 했는데, 그럴 거 없이 수행을 통해 자성을 찾아 생로병사의 윤회의 고리에서 벗어나 생사일여(生死一如)의 경지에 들어 이타행을 하면서 다음 생을 기대하고 만족한 금생을 마칠 수도 있지 않겠습니까?"

"어느 쪽이 나을지는 역시 좀더 생각하고 궁리하고 관찰해 보아야 할 것 같습니다."

"그러나 자연의 순리를 따르는 것이 낫지 않을까요?"

"무엇이 자연의 순리를 따르는 것인데요?"

"여자와 남자는 그 생리 구조로 보아 결혼을 하여 아이 낳고 기르게 되어 있는 것이 자연의 순리입니다. 따라서 우리는 이 같은 자연의 순리를 따르는 것이 섭리에도 맞는다는 얘기입니다. 물론 비구나 비구니, 신부나 수녀가 되는 길도 있지만 그것은 사명을 받은 소수의 특이한 경우입니다.

만약에 남녀 인구의 대다수가 결혼을 하지 않고 구도자가 된다면 미구에 우주에서 인류는 멸종되고 민족도 국가도 사라지고 말 것입니다. 이것은 자연의 섭리에 어긋나는 것입니다. 하늘의 뜻을 따르는 자는 흥하고 하늘을 거역하는 자는 망한다는 『명심보감』의 격언도 하늘의 소리임에 틀림없습니다. 그래서 나는 결혼생활을 평상대로 하면서도 진리를 깨달을 수 있는 구도자가 순천자(順天者)의 참자세라고 봅니다."

"그 점도 저는 충분히 고려하여 제 장래의 방향을 결정하려고 합니다."

조급증에서 벗어나야 구도자다

우창석 씨가 말했다.

"선생님, 저 혼자 아무리 풀어 보려고 해도 풀리지 않는 의문이 하나 있습니다."

"어디 말해 보세요."

"삼공재가 지난 연말에 논현동에서 삼성동으로 이사하기 전에 있었던 일인데요. 그때 다른 수련단체에서 20년 이상 선도수련을 하여 지금 대주천 경지에 도달해 있다는 65세쯤 되는 남자 수련생 한 분이 있었습니다. 그분이 말하기를 자기는 앞으로 살날도 얼마 남지 않았으니 될 수 있으면 선생님으로부터 대주천 수련을 확인하시고 인가를 받는 것이 소원이라고 말하는 것을 들었습니다.

그때 선생님께서는 그분이 대주천 수련 상태에 들어가 있는 것은 인정하지만 그전에 그때까지 나온 『선도체험기』를 102권까지 꼭 다 읽어야 한다는 조건을 내놓으셨습니다. 그때 그분은 『선도체험기』를 20권 정도밖에는 못 읽었다고 말했습니다.

그분은 자기도 『선도체험기』를 102권까지 다 읽으려고 하지만 지금 자기가 하고 있는 생업인 빌딩 수위 일이 하도 바빠서 책을 읽을 시간이 없으니 특별히 좀 고려해 줄 수 없겠느냐고 통사정을 했습니다.

그때 선생님께서는 그 조건을 이행하지 않으면 해 줄 수 없다고 일언지하에 거절하셨습니다. 선생님께서 하도 단호하게 말씀하시니까 그분은 더이상 간청하지도 못하고 좌우간 될 수 있는 대로 나머지 못 읽은 『선도체험기』102권을 가능한 한 읽어 보겠다고 말했습니다.

3주쯤 후에 그분은 선생님에게 찾아와서 그동안에 『선도체험기』를 겨우 한 권밖에 못 읽었다면서 102권까지 다 읽으려면 앞으로 몇 해가 걸릴지 모르니, 죽기 전에 선생님한테서 제발 좀 벽사문을 달아 보는 것이 소원이라고 애원하다시피 했습니다. 그래도 선생님께서는 요지부동이셨습니다.

그 후에도 그분은 서너 번 더 찾아와서 생식을 사 가면서 선생님에게서 벽사문 달기가 소원이라고 거듭 간청했습니다. 그래도 선생님께서는 조금도 흔들리시지 않으시고 『선도체험기』를 102권까지 다 읽으라고 말씀하셨습니다. 그런데 삼공재가 삼성동으로 이사한 뒤로는 벌써 7개월이 지났는데도 그분은 아직 한 번도 나타나지 않습니다. 그분은 혹시 삼공재 수련을 단념하신 것은 아닐까요?"

"그럴지도 모릅니다. 벽사문을 끝내 달아 주지 않으면 삼공재 수련을 그만둘지도 모른다고 말했으니까요."

"그분은 나이도 65세나 되었고 그분 말대로 죽기 전에 선생님한테서 대주천 수련을 확인받고 벽사문 달기를 그렇게도 소원했건만, 선생님께서는 그때까지 나온 『선도체험기』를 102권까지 꼭 읽으라고 하신 이유는 무엇입니까?"

"수련은 조급증에 휘둘려서는 안 됩니다. 80세의 스승 앞에서 이제 겨우 65세밖에 안 된 주제에 죽기 전에 나한테서 벽사문 달기가 소원이라는 말을 하는 것을 보면 그 사람은 아직 대주천 수련에 들어갈 마음의 준비가 한참 덜되어 있다고 보았기 때문입니다. 수련이란 죽을 날이 멀지 않았다고 해서 서둘러 끝내야 할 성질의 것이 아닙니다.

금생에 대주천 수련을 통과하지 못했으면 내생에 하면 된다는 느긋한 자세가 구도자에게는 중요합니다. 내가 그 사람에게 『선도체험기』를 102권까지 끝까지 읽으라고 한 것은 그것을 읽는 동안에라도 부동심과 평상심에 조금이라도 더 접근하기를 바랐기 때문입니다. 그러나 그럴 의사가 전연 없는 것 같습니다.

그런 사람에게 벽사문을 달아 주어 봤자 무슨 소용이 있겠습니까? 나는 나대로 그 사람이 『선도체험기』를 읽는 동안에 그의 입에서 더이상 벽사문 달아 달라는 간청이 쑥 들어가고, 『선도체험기』를 읽으면서 부동심과 평상심이 자리잡기를 은근히 기대했습니다. 그러나 그런 징후는 전연 보이지 않았습니다. 더구나 7개월 동안이나 아예 발길을 끊었으니 수련을 일단 단념한 것 같습니다."

"그분은 3주 동안에 겨우 『선도체험기』를 한 권밖에 못 읽을 정도로 시간이 없었을까요?"

"시간이 없어서 책을 못 읽는다는 사람은 시간이 있어도 책을 안 읽습니다. 시간이 없었던 것이 아니라 읽을 마음이 없었던 것입니다."

끌어당김의 법칙

스승님 안녕하셨습니까? 부산에 박동주입니다. 어느덧 또 다른 새해 임진년이 밝았습니다. 스승님 사모님 모두 건강하신지요? 인사가 늦었습니다.

작년 한 해 제 신변에는 너무 많은 일들이 있었던지라 바쁘다는 핑계로 메일을 자주 쓰지 못해서 송구스럽습니다. 저는 한 달 전에 시댁에서 분가하고 이사와 동시에 큰아이가 사고로 다리가 부러지는 바람에 지금 병원에서 입원 치료를 받고 있는 중이라 좀 바쁜 나날을 보내고 있는 중입니다. 제가 아이 넷을 키우고 있는 중이지만 그전까진 아이가 많다는 인식을 잘 못하고 살다가 이번에 한 아이가 입원하면서 아이가 많음을 절감하네요(하하).

작년 한 해는 정말 많은 변화가 있었고, 그 변화로 말미암아 깨달은 바도 많았습니다. 우선 결혼 10년 중에 5년 반을 시댁에서 시부모님과 살면서 삼공선도를 접하고 수련이 시작되고, 셋째와 넷째를 낳았습니다. 작년 12월 분가를 결심하면서 저는 소중한 경험을 하게 되었습니다. 수련을 하면서도 경험하였지만, 우리가 살고 있는 이 지구별은 마음만 먹으면 무엇이든 이루어진다는 것입니다. 흔히 말하는 끌어당김의 법칙이라고 하죠.

　얼마나 내가 집중하고, 간절하고, 노력하느냐에 따라 정말 이루어질 수 있다는 것을 여러 번의 경험을 통해 깨닫고 나니 수련이나 일상적인 생활에서도 자신감이 많이 생겼습니다. 저는 분가를 결심하고는 부모님과 섭섭한 감정 없이 자연스럽게 분가하게 되는 장면을 수없이 연상하며 반드시 그렇게 될 것이라 믿었습니다.

　그랬더니 모든 상황들이 마치 미리 짜여졌던 각본처럼 술술 풀려나가기 시작했습니다. 부모님은 전혀 집을 팔거나 이사할 계획이 없으셨지만, 우연찮게 우리집 옆으로 빌라가 들어선다는 것을 아시고는 부동산에 집을 내놓자마자 그날 바로 집이 매매되었습니다. 그래서 뜻하지 않게 어머님 집과 우리가 살 집을 동시에 구하러 다니느라 많이 애를 먹긴 했지만, 불과 한 달여 만에 모든 것들이 제가 바라던 대로 이루어졌습니다.

　물론 모든 진행 과정들이 순조로운 과정으로만 이루어진 것은 아니었지만 힘겨운 문제들을 하나둘 정리해 가다 보니 해결점에 도달해 있었습니다. 그런데 어떤 시빗거리나 문제들이 생길 때마다 꿈을 꾸게 되었는데, 처음에는 그냥 개꿈인 줄 알았는데 나중에 지나고 보면 예지몽(豫知夢)같이 무슨 암시를 주는 것 같은 느낌이 들었습니다. 며칠 전 아들아이가 다리를 다치기 전날도 아들아이가 나오는 꿈을 꾸었는데 좀 느낌이 안 좋았습니다. 아니나 다를까 그날 아이가 다리가 부러져서 병원에 입원하게 되었습니다.

　분가와 이사 문제로 에너지를 많이 소진하고 신경을 쓰다 보니 체력이 많이 떨어져서 그런지 요즘 부쩍 꿈을 많이 꾸게 되는데, 아무래도 제가 빙의가 심한가 봅니다. 다른 경우에는 대부분 잘 천도가 되었던 것 같은데, 제 몸 어딘가에 뱀 빙의령이 자리를 잡고 있는 모습이 자꾸 보이는데 아들아이가 다치기 전날도 빨강, 검정 화려한 무늬의 뱀이 머리를 흔들며 지나가는 장면이 보였거든요.

그런데 스승님, 꿈속에서 만약 무언가 안 좋은 일이 있을 것이라고 예고하는 경우에 그것에 연연하여 아이를 학교에 보내지 않거나 하는 것이 바람직할까요? 꿈에 연연하는 것이 구도자로서 바람직한 자세인지 잘 모르겠습니다.

아무튼 큰아이가 입원하면서 나머지 아이들을 돌보는 과정에서 어쩔 수 없이 이모, 고모 할 것 없이 주위에 민폐를 끼치고 있네요. 하지만 저는 새삼 요즘 인생사 새옹지마, 전화위복이라는 단어를 떠올리고 있습니다.

아이에게 다리가 부러지는 안 좋은 일이 있었지만 천만다행으로 핀을 박아 고정하는 수술 대신 깁스만으로 대체할 수 있게 되어서 감사하고요, 큰아이에게 동생들 때문에 그동안 소홀했던 관심과 애정을 집중적으로 보여 줄 수 있어 좋고, 소홀했던 공부도 봐줄 수 있어서 여러모로 긍정적으로 생각하고 있는 중입니다.

작년 한 해 온갖 액땜은 다 했으니 올해 새로이 맞는 새해에는 복된 일이 많을 것 같습니다. 넷째가 너무 별나서 아직 삼공재 갈 엄두가 안 나지만 조금 더 크면 찾아뵙겠습니다. 스승님 부디 건강하십시오.

2012년 1월 2일
박동주 올림

【필자의 회답】

310

끌어당김의 법칙은 일종의 자기최면으로서 수행에도 흔히 이용되고 있습니다. 『천부경』, 『삼일신고』, 『금강경』, 『반야심경』, 『화엄경』, 『법화경』이 그 대표적인 실례입니다. "나는 하느님의 분신으로서 하느님의 무한한 사랑, 무한한 능력, 무한한 지혜를 구사하고 있다. 이 큰 깨달음을 통하여 나는 이 뜬구름과 같은 오감의 세계를 벗어나 상부상조하는 대조화의 세계, 하느님과 나, 남과 나, 우주와 내가 하나로 합쳐지는 대조화의 세계 속에 살고 있다"는 대각경도 끌어당김의 법칙을 이용한 것입니다. 이것을 암송할 때 기운을 느낄 수 있다면 이미 그 효과를 발휘한 것입니다.

단 하나의 전제 조건은 그 내용이 반드시 진리와 부합되어야 한다는 것입니다. 그러나 구도자는 끌어당김의 법칙을 겨우 가정의 안위 정도에만 국한하지는 않습니다. 적어도 자기 존재에 대한 깨달음, 국가와 민족의 안위, 분단된 조국의 통일과 같은 홍익인간, 재세이화의 모든 존재를 위한 공익 수준으로 끌어올리자는 것입니다.

꿈에 대한 얘기인데, 구도자는 원래 꿈을 꾸어도 잠이 깬 뒤에 그 내용을 도무지 기억할 수 없을 정도는 되어야 합니다. 이타행을 하는 구도자에게는 개인의 소망 같은 것은 비워 버렸기 때문입니다. 꿈은 개인의 소망이 무의식에 투영된 것입니다. 그럼에도 불구하고 꿈에 자꾸만 관심을 갖게 된다면 아직 수련이 일정한 수준에 도달하지 못했다는 것을 말해 줍니다. 계속 분발하시라고 이런 소리하는 겁니다.

삼공재 주소가 2011년 12월 28일에 바뀌었습니다. 서울시 강남구 삼성동 한솔 아파트 101동 1208호입니다. 7호선 강남구청 전철역 1번 출구로 나와서 강남구청 쪽으로 보행으로 직진하여 2분 거리 우측에 있습니다.

보상 거부하는 가해 학생 부모

스승님, 답 메일 고맙습니다. 스승님 이사를 하셨네요. 저도 스승님과 같은 시기에 이사를 해 봐서 아는데 스승님 사모님 정말 고생이 많으셨겠습니다. 새로이 이사 가신 삼공재에 얼른 달려가 수련하고 싶습니다.

그리고 끌어당김의 법칙이 대각경, 『반야심경』, 『천부경』 등에도 응용되어 있다는 것은 잘 몰랐습니다. 저는 특히 『반야심경』, 대각경, 『천부경』을 외울 때 기운이 많이 들어오는 편이었습니다.

꿈에 관련하여 꼬집어 주신 말씀은 깊이 새기겠습니다. 스승님 말씀처럼 저는 무늬만 현묘지도를 했지 아직 한참 갈 길이 멀었다는 것을 잘 알고 있습니다. 전생으로부터의 습과 업이 많은 터라 요즘 한참 저에게 치고 들어오는 전생으로부터의 질긴 악연들도 구도자의 시각으로 보면 마음 상할 일이 아니지만, 현실의 제가 어떻게 지혜롭게 대처해야 하는지를 선택하는 과정에서는 좀 머리가 아픕니다.

앞서 메일에 썼지만 저희 큰아이(초3)가 방학 중에 방과 후 학교를 마친 후 다리가 부러져서 응급실에 있다는 연락을 받았습니다. 사고의 개요는 저희 아이의 친구가 창문을 기어 올라가다가 체중에 못 이겨 손이 미끄러지는 바람에 밑에서 놀고 있던 저희 아이 위로 떨어졌습니다. 떨어진 아이는 다행히 무사했으나 저희 아이는 왼쪽 발목뼈 위 다리가 부러졌는데 한두 군데가 아니라 다리가 틀리면서 부러진 경우라 몸무게를 지탱하는 굵은 뼈부터 잔뼈까지 네다섯 군데가 부러졌습니다.

그나마 다행한 것이 관절 부위의 손상이 아니라는 점과 복합골절로 심하게 다친 경우임에도, 뼈들을 간신히 맞추어 쇠판과 핀을 박는 수술을 피하고 통깁스로 지지하기로 했다는 점입니다. 그런데 제가 어린 막내를 업고 병간호를 하고 있는 수고로움이 문제가 아니라 우리 아이 위로 떨어진 친구의 부모가 아이가 수술을 한다고 하는데도 찾아오기는커녕 전화도 한 통 없는 겁니다.

저는 이것은 경우가 아니라 판단하여 그쪽 엄마에게 전화로 따져 물었더니 연신 죄송하다는 말뿐이었습니다. 그리고 그날 새벽 2시 반쯤에 한 통의 문자를 받았는데 "학교안전공제에 신청해 달라 해라 빨리. 후회하기 전에"였습니다. 아이들이 학교에서 다쳤을 경우 학교안전공제에서 치료비 부분에 있어서 보험처럼 보장을 해 줍니다.

저쪽 부모는 학교안전공제에서 다 해 주는데 왜 우리한테 그러냐는 식이었습니다. 제 상식으로는 아이들이 놀다가 고의가 아니더라도 다쳤으면 미안하다고 사과하고 치료비를 물어 주는 것으로 알고 있습니다.

학교안전공제에서 일정 부분 치료비를 보조하긴 하지만 병실료나 기타 보장이 안 되는 부분에 대해서 모든 것을 보장해 주는 것은 아닙니다. 그런데 저쪽 부모는 자기 아이가 고의가 없었으므로 우리 아이가 심하게 다쳐서 향후 1년 정도 고생을 하고 후유장애가 의심되는 상황에서도 보상은커녕 치료비를 단돈 십 원도 보낼 의사가 없다는 것이었습니다.

저는 너무 어이가 없어서 이런 사람들을 만나기도 쉽지 않을 것이라는 생각에 이르자 전생에 내가 저 사람들에게 더한 짓을 했나 보다 했습니다. 생각이 그렇게 이르자 어차피 인과응보이니 말이 안 통하는 사람을 두고 내가 감정이 상해서 해결될 것이 아니라는 생각에 이르렀습니다.

그래서 생각 끝에 학교 교감, 교장 선생님께 중재를 요청하고 삼자대면을 했는데도 그쪽 부모는 사과는커녕 치료비로는 10원 한 장 보낼 의사가 없다는 것이었습니다. 이에 격분한 저의 남편은 학교공제도 필요 없고, 저쪽 부모의 소행이 너무 괘씸해서 민사재판을 걸어 피해보상액을 모두 물리게 하겠다고 으름장을 놓고 나와 버렸습니다. 상황이 이렇게 험악하게 돌아가다 보니 머릿속이 많이 복잡합니다.

아이들끼리 놀다가 그런 것을 가지고 소송까지 간다는 것도 웃기고 그렇다고 심하게 다친 우리 아이에게 사과는커녕 치료비도 일절 지불하지 않겠다고 상식 없이 구는 저쪽 부모도 이해가 되지 않습니다.

스승님께서 저라면 어떻게 하시겠습니까? 지혜가 잘 떠오르지 않아 무리하게 질문을 드리네요. 오늘 하루 종일 고민해 보려고 합니다. 또 메일 드리겠습니다.

2012년 1월 4일
박동주 올림

【필자의 회답】

이런 문제는 상식선에서 해결되지 않으면 민사상으로 법에 호소하는 길밖에 없습니다. 어떤 판례가 있는지 아직 들어 본 일이 없습니다. 결국 이런 분야에 정통한 전문 변호사에게 의뢰해야 되는데 선임료가 5백만 원은 들어야 합니다. 물론 무료 자원하는 변호사들도 있다고 하지만 다 구차한 일입니다.

내가 만약 박동주 씨라면 보상 따위는 깨끗이 단념하겠습니다. 무슨 문제로 말썽이 생긴다면 내가 손해를 본다는 생각으로 양보하는 것이야말로 큰 공덕이 될 것입니다.

이번에 우리집이 이사할 때 전문 업체에 일체를 맡겼는데, 집사람은 인부들이 일을 꼼꼼하게 열심히 잘했다고 하여 정해진 임금보다 10만 원이나 더 얹어 주고, 두 사람에겐 따로 2만 원씩 팁까지 얹어 주어 보냈습니다. 그런데 이삿짐을 완전히 정리하고 나서 보니 소중한 것들이 몇 개 감쪽같이 사라진 것을 알게 되었습니다.

아내는 하도 분해서 업체에 따지겠다고 하는 걸 나는 극구 만류했습니다. 그들이 결백을 주장하면 이쪽만 바보가 됩니다. 그런 때는 그들을 원망하는 대신에 깨끗이 단념하고 그 물건들이, 되도록 가져간 사람들의 생활에 도움이 될 수 있도록 축복해 주는 게 낫다고 했습니다. 남들은 적선도 하는데 그 정도를 못 하겠습니까? 그리고 없어진 물건들은 당장 새로 장만하여 불쾌한 기억을 재빨리 지워 버리는 것이 좋습니다.

상대와의 분쟁에서는 비록 바보가 되어 남의 손가락질을 당할지언정 지는 것이 이기는 것입니다. 세속인들 중에도 이런 사람들이 있는데 항차 도를 닦는다는 구도자가 그렇게 하지 못할 이유가 어디 있겠습니까?

그리고 박동주 씨는 새로 이사한 삼공재에 대하여 호기심이 있는 것 같은데, 아내와 나, 단둘이 산다고 하지만 겨우 32평짜리 아파트일 뿐입니다. 거실을 수련실로 쓰려고 했는데 막상 써 보니 너무 헤벌어져서 집중이 되지 않았습니다. 비교적 넓은 안방을 수련실로 이용해 보려고 해 보았지만 그렇게 되면 세간살이를 수용할 공간이 없습니다.

생각 끝에 겨우 수련생 5명이 앉을 수 있는 두 번째로 큰 방을 배당받았을 뿐입니다. 그 대신 수련 시간에 아내는 바깥에 나가서 일을 보겠다고 했습니다.

계속 들려오는 빙의령들의 소리

오늘 찾아뵙고 수련 마치고 온 김수연입니다. 우선 여쭙고 싶은 것은 제가 목, 일요일마다 선생님께 찾아뵙는 것이 폐가 되지는 않는지입니다. 현재 제 상황은 워낙 빙의가 심해서 귀에 빙의령들의 소리가 계속 들려오고, 심지어는 선생님의 음성을 똑같이 흉내 내서 저를 속이려 드는 판입니다.

그러니 제가 목, 일요일마다 와도 좋다는 선생님의 허락을 받았는지 안 받았는지 지금 이 순간 잘 알 수 없어 황당하기 그지없는 심정입니다. 그래도 12월 23일 이후로 하루에 1시간 이상 운동을 꼭 하고 오행생식을 먹으며 『선도체험기』를 꾸준히 읽고 있습니다. 그 덕분에 오늘은 상당히 집중해서 단전호흡을 할 수 있었습니다.

지난 몇 개월 동안 몹시 황당한 일이 많았으며 빙의령뿐만이 아니라 접신령들이 들어와 온갖 황당한 소리를 늘어놓다가 나가는 일이 잦았습니다. 지금도 머리와 가슴을 미친 듯이 내리누르며 선생님께 메일 드리는 것을 방해 중입니다.

게다가 24시간 제 귀에다 대고 말을 늘어놓는 실정입니다. 결국은 10여 년간 수련을 하지 않은 업보라고 생각했기 때문에 삼공재에 꾸준히 방문하여 수련하면서 해결할 생각이었지만, 빙의령들에게 속으면서 선생님께 피해를 끼칠 수 있게 된 상황이니 말씀드리게 되었습니다. 선생님의 답장을 기다리겠습니다.

2012년 1월 8일
김수연 올림

【필자의 회답】

목요일은 좋은데 일요일은 가능하면 피하는 것이 좋겠습니다. 토요일과 일요일만 아니면 어느 날이든지 좋습니다. 빙의령들의 방해가 심하다고 해서 굴복하면 절대로 안 됩니다. 끝까지 그들과 싸워서 이겨야 합니다. 김수연 씨가 빙의령 또는 접신령들과 싸워서 이기는 데 나도 힘껏 도울 것입니다.

그리고 빙의령 때문에 삼공재에 오는 수련자들은 될수록 나와 많은 대화를 나누어야 합니다. 그래야 빙의령을 천도하는 데 확실히 도움이 됩니다. 그런데 김수연 씨는 내가 수련이 잘되느냐고 물어도 아무 대답을 하지 않았습니다.

앞으로 그럴 때는 위 이메일에서 김수연 씨가 말한 것처럼 구체적으로 대답을 해야 합니다. 그래야 그 현장에서 빙의령과 접신령을 손쉽게 처리할 수 있습니다. 이 점 특히 유의하시기 바랍니다.

빙의령들의 정체 알아내기

어제 바로 이메일을 드려야 했는데 죄송합니다. 선생님, 제가 참으로 잘못 생각하고 있었습니다. 선생님과 최대한 많은 대화를 나눠야 한다고 말씀해 주셔서 감사합니다. 규칙적으로 삼공재를 방문하고 열심히 이메일을 드리겠습니다. 지금 제 몸에 있는 빙의령들이 교활하고 세련되었다고 말씀하셨지요. 제 영안이 그다지 또렷하거나 확실하지는 않아서 이들을 전부 볼 수는 없습니다. 그러나 빙의령 자신들이 주장하는 정체는 대충 이렇습니다.

동학혁명 때 죽은 농민군들, 고종 때 정부 관료들, 흥선 대원군, 명성왕후, 일제 때의 애국지사들, 유관순 열사, 그 밖에도 많은 사람들이 있습니다만 한 시대의 사람들이 이렇게 중점적으로 모여 있는 특수 상황부터 보고드립니다. 다음 주 월요일 3시에 찾아뵙겠습니다.

2012년 1월 14일
김수연 올림

【필자의 회답】

빙의령들을 천도시키려면 그들의 정체를 알아내는 것이 급선무입니다. 지금까지 알아낸 것만으로는 부족합니다. 계속 철저하게 관찰하여

보다 상세하고 구체적인 것을 파악해야 합니다. 더욱더 분발하시기 바랍니다. 그리하여 알아내는 즉시 메일로 알려주시기 바랍니다.

빙의령들의 교묘한 행태

아무리 대화를 해 보아도 새롭게 더 밝혀낸 것은 없습니다. 다만 작년도에 계속 당한 경험으로 보자면 이 사람들의 특징은 제가 속으로 생각하는 것을 바로바로 제 귀에다 대고 소리를 지르는 겁니다. 속으로 말을 하면 그대로 복창을 하고, 생각만 하면 그걸 해석한답시고 대화문으로 옮겨서 소리칩니다.

그리고 한다는 소리가 제 전생에 자신들에게 저지른 행동을 기억해야 되는데 왜 못하는가, 못하는 척하는 게 틀림없으니까 나올 때까지 괴롭히겠다 이겁니다. 그리고 조금이라도 이 사람들을 관하려 들면 결사적으로 방해를 하지요. 이거야 원령의 기본 소양입니다만 이게 이 사람들의 평소 행동이고, 계속 대화를 받아 주다가 겨우 동학농민군이 어떻고 각료들이 어떻고까지 얻어 들었습니다. 그러나 아무리 들어 봐도 원한 어린 마음만 느껴지므로 이 사람들이 말하는 전생의 사실 관계가 반드시 사실이라고 말할 수 있을지 모르겠습니다. 왜냐하면 계속 틈만 나면 제게 거짓말을 해서 정신착란을 일으키려고 한 일이 한두 번이 아니기 때문입니다.

여기까지가 작년의 상황이고 현재는 상당히 많이 나아진 편입니다.

관을 잡아 이 사람들을 관찰하는 정도가 나아졌다고는 말할 수 없습니다만 이 사람들의 원한이 꽤 감소된 것 같습니다. 김태영 선생님은 어떤 분인가? 『선도체험기』는 믿을 만한가? 이런 것도 물어보기도 하고 나는 나가고 싶은데 왜 나갈 수가 없나? 이런 말도 가끔 들려옵니다.

슬픈 일은 『선도체험기』를 읽을 때 제 마음이 조금이라도 흐트러지면 당장 『선도체험기』가 나쁘다는 식의 감정을 유발시키려 든다는 점입니다. 여럿이 한꺼번에 같은 마음을 내는 모양입니다만 참으로 악랄하다고 하지 않을 수 없네요. 더욱 슬픈 일은 매일같이 제게 대화를 건답시고 떠들긴 합니다만 개인 신상에 관해서는 입을 꼭 다물고 있습니다.

제가 느끼기로는 이제 그다지 원한이 있는 것 같지는 않은데 실제로 원하는 게 뭔가 물으면 대답하기 싫다, 이런 식입니다. 그러면서도 한다는 소리는 제 스스로 알아내서 대접해 달라는 것뿐입니다. 관 없이 대화로만 해결할 수 있는 것은 정말 여기까지인 것 같습니다. 월요일에 찾아뵙겠습니다.

2012년 1월 15일
김수연 올림

【필자의 회답】

상대를 알고 나를 알면 백 번 싸워도 위태롭지 않다고 손자는 말했습니다. 그래도 그동안 관을 통하여 많은 것을 알아냈습니다. 상대를 알아내면 알아낼수록 그들을 천도시키기가 쉬워진다는 것을 명심하시기 바랍니다. 그동안에 이미 많은 빙의령들이 천도되었습니다. 빙의령들이 천도되면 될수록 건강도 수련도 그만큼 향상될 것입니다.

빙의령에게 시달린 세월

우선 선생님께 미리 마음으로 세배 드립니다. 선생님, 새해 복 많이 받으십시오. 요즘에서야 제 빙의가 얼마나 극심했던가를 안 기분입니다. 한평생 다른 사람의 악의에 찬 의식 수십 개에 덮어씌워져 있었다는 사실도 뼈저리게 알게 되었습니다. 우울증이나 괴로움 같은 것은 사실 그렇게 큰일은 아닙니다.

정말 괴로운 것은 제 마음이 편견에 사로잡히고 끝없이 보이지 않는 사람의 사주(使嗾)에 의해 다른 사람을 오해하게 되고 오만하게 부추김 당하는 그런 것입니다. 그것 때문에 많은 자괴감을 평생 가져왔습니다. 나는 이것밖에 안 되는 사람인가? 하고요. 그러나 아무리 생각해도 그렇지는 않았습니다. 저는 그저 보통 사람이고 그렇게 나쁜 심성을 가지지 않았습니다. 참으로 기쁜 일입니다. 지금도 가슴을 압박하는 빙의령들이 서로 싸우고 있습니다.

이 사람들은 제게 극심하게 빙의한 다음 악독한 말을 중얼거리며 빙의령과 똑같은 마음을 가지게 유도합니다. 주로 제게 욕을 한 다음 화내는 감정을 몰아붙이며 제 입버릇따라 제 입장에서 욕을 합니다. 욕을 따라 복창하라는 뜻인데 참으로 재미있기 그지없습니다. 많이 유치하지요. 이런 식으로 하루 종일 아무것도 하지 말고 나쁜 감정에만 몰두해서 인생을 망치고 자살하라는 뜻입니다.

덧붙여 제가 무슨 생각을 하면 곧바로 처참한 이미지나 과거 나쁜 추억의 화면을 만들어 보입니다. 한편 홍영식이라는 이름을 부르며 이 자가 제일 심했다고 말합니다만 원한의 경중만 다르겠지요. 과거에 무슨 빚을 졌든 이 정도로 당해 주었고, 다른 원한령은 꿈도 못 꿀, 김태영 선생님께서 천도를 해 주실 테니 아무 상관없다고 말해 주고 있습니다.

지난달에 생식을 받아 온 다음부터 이상하게도 생식이 무척 소화가 잘되고 먹자마자 기운이 쌓이는 느낌이 들었습니다. 그러나 며칠 전 배고픈 김에 음식을 사 먹다가 크게 체했습니다. 그래서 하루에 한끼 정도 죽이나 액체로 입을 축이며 계속 기다렸습니다. 그동안은 생식을 못 했군요. 이틀 전부터는 속도 비워지고 운동량도 늘어서 기쁜한 기분입니다.

그래서 조심스럽게 다시 생식을 먹고 있습니다. 어쩐지 점점 더 건강해지는 것 같네요. 아, 이틀 전에 이불을 안 덮고 깜빡 쓰러져 잠든 때문에 감기에 걸렸습니다. 급체가 낫고 나니 바로 감기가 왔네요. 이상한 것은 감기에 걸린 다음날 밤 양쪽 팔이 무지막지하게 아팠습니다. 일종의 몸살감기 같은데 다리는 아프지 않은 걸 보니 팔 운동이 부족해서 균형을 맞추느라 그랬는지도요. 지금 편도선은 많이 아프지만 정말 컨디션이 좋고 몸이 훈훈합니다.

다시 한 번 선생님께 감사드리며 다음 주 화요일에 찾아뵙겠습니다.

2012년 1월 21일
김수연 올림

【필자의 회답】

2011년 12월 23일 이후 삼공재에 나와서 거둔 최대의 성과는 그동안 관찰에 의해 장구한 세월 동안 김수연 씨를 괴롭혀 온 빙의령의 정체를 파악하여 마침내 이들을 제압하기 시작했다는 것입니다.

지금까지 계속 그들에게 당해만 오다가 이제 드디어 그들을 휘어잡고 다스리고 통제하여 천도를 하게 된 것입니다. 지금부터는 자신감을 가지고 그들을 차례차례로 천도하는 일에 전심전력을 기울여야 할 것입니다.

그 주체는 어디까지나 김수연 씨 자신입니다. 나는 그러한 김수연 씨를 뒤에서 힘껏 도와줄 것입니다. 아무쪼록 과식하지 않도록 조심하고 수련에만 집중해야 합니다. 그리하여 2012년 임진년은 김수연 씨 인생에 서광이 비치는 대전환의 해가 될 것입니다.

빙의령들과의 싸움

설날을 앞둔 까치설날 저녁 다시 선생님께 메일 드립니다. 우선 그동안의 상황을 차례대로 간략히 말씀드릴게요. 작년부터 귀에 빙의령들의 소리가 들리기 시작한 다음부터 가슴이 상당히 아팠습니다. 뭔가 속에서 찢어지면서 그 상처가 아물고 다시 새살이 돋는 듯하고, 그러면서 또 갈라지고 하는 느낌이었습니다. 비록 날마다 괴상한 화면도 뜨고 이상한 말도 듣고, 저를 속이려는 말도 많았지만 그러면서 점점 중단이 커지는 느낌을 받았습니다.

현재는 하단전보다 중단에 더 큰 기운을 느낍니다. 그리고 제가 마음속으로 진실하고 힘있는 말과 생각을 할 때마다 뜨거운 기운이 쌓이는 것 같습니다. 조금 우스울지도 모르지만, 작년부터 앞으로는 절대로 진실만을 생각하고 말하겠다고 맹세했습니다. 누구에게 했든, 어떤 상황에서 했든 바로 제가 제 자신에게 한 맹세입니다.

그러면서 과거 아픈 상황이 강제로 떠오른다거나 제가 양심에 조금이라도 찔렸던 일을 끄집어낸다거나 할 때 많이 울었답니다. 그때마다 진심으로 반성하려고 노력했습니다. 그 결과가 나타난 것인지 현재 마음은 꽤 편안합니다. 현재 21일보다 몸속 상황이 많이 좋아졌습니다. 빙의령들과 얘기한 결과 이제 저를 괴롭히던 분들도 웬만하면 천도되기를 더 바라십니다. 다만 딱 한 명 최고의 악질 빙의령이 있다고 알려 주셨습니다.

지금 제 가슴속에서 딱 도사리고 앉아 가슴을 쇳덩어리처럼 짓누르고 있는 인간입니다. 빙의령들 조차도 이 자가 도망치지 못하도록 둘러싸겠다고 말하고 있습니다. 중학교 때부터 뒤에서 저를 미행하고 쓰레기통을 뒤지고 망원경으로 집을 염탐하고 개인정보를 빼내서 학교에 뿌려 저를 비웃음거리로 만든 스토커라고 합니다.

뭐 사실 저는 이런 자가 세상에 있는지도 몰랐습니다. 더욱 놀라운 것은 이 스토커는 고3 때 갑자기 자다가 죽었다고 합니다. 그 뒤로 바로 제 몸에 달라붙어 평생을 저에게 이상한 충동을 일으키게 만들며 집착을 불태워 왔다고 하는군요. 방금 하는 소리가 학창 시절에는 모른 척하다가 결혼할 나이가 되면 접근해서 정의의 사도인 척 학창 시절을 위로해 주면서 결혼을 할 생각이었다고 합니다.

강남에 살았고 19세쯤에 죽었고, 성은 황씨였다고 하는 것 같습니다. 이 스토커를 빨리 천도시켜야 제 수련이 쉬워지고 그러면 자신들도 더 빨리 천도될 수 있지 않겠냐고 빙의령 여러분이 말하는군요. 그리고 스토커의 말이 거짓일 수도 있다고 덧붙입니다.

아직도 편도선이 아픕니다만 감기는 많이 좋아졌습니다. 다만 위가 많이 줄어서 식사량이 줄었습니다. 그러자니 기운이 좀 빠졌습니다만 생식 열심히 먹어서 보충하겠습니다. 다시 한 번 선생님께 감사드리며 이만 적겠습니다.

2012년 1월 22일
김수연 올림

【필자의 회답】

그 황이라는 스토커 빙의령을 다음에 김수연 씨가 삼공재에 올 때 천도해 보도록 합시다. 혹시 그 안에라도 무슨 변화가 일어나면 메일로 알려 주기 바랍니다.

귀신들의 떠드는 소리

내일 찾아뵙기 전에 이제는 극도의 스트레스에 지쳐 메일을 드립니다. 익히 말씀드렸다시피 저는 잠에서 깨자마자 귀신들의 떠드는 소리에 시달리기 시작해서 잠이 들기 직전까지 이 귀신들의 떠드는 소리에 들들 볶이고 있습니다.

같은 소리를 하고 또 하고, 하고 또 하고 또 하고, 아주 재미있는지 이제는 농담 따먹기를 하면서 퍽이나 저를 위하는 척하며 들들 볶는군요. 폐인으로 사는 저를 들들 볶으면 제가 새사람이 되어서 갱생을 할 거라고 주장한다면 믿으시겠습니까? 그리고는 들들 볶는데 이게 수개월을 족히 넘습니다. 이 정도면 웬만한 여자는 목을 맵니다.

대개는 정신병원으로 가서 약을 먹고 수감을 자발적으로 당했겠지요. 이제는 이것들이 선생님 앞에서 수련할 때조차 제 귀에 대고 미친듯이 떠드는데 더이상은 참을 수가 없군요. 말씀드렸다시피 조선 시대 말기 인간들이라고 주장하고 있는데, 메일을 드리는 지금 이 순간 또 백회로 몰려들면서 나가는 척을 하고 있습니다. 저러다 잠시 조용한 척을 하고는 다시 또 떠들겠지요.

한 놈이 나가면 다시 다른 한 놈이 똑같은 대사를 따라 하고 욕을 해대며 폐인갱생을 시킨다면서 스스로 자랑스러워하고 있습니다. 중언부언을 용서해 주세요. 이 빙의령들에 관한 관찰은 정말 오늘까지는 이게 한계인 것 같습니다. 내일 찾아뵙겠습니다.

2012년 1월 16일

김수연 올림

【필자의 회답】

인내력 싸움에서 누가 살아남느냐에 승패는 달려 있습니다. 무조건 이겨야 합니다. 지루하고 지겨워서 못 견디겠다고 손을 들면 패자가 됩니다. 패자가 되어 폐인이 되지 않으려면 끝까지 참고 이겨야 합니다. 나는 이 지구력 싸움에서 최종적인 승자가 될 수 있도록 김수연 씨를 도와줄 것입니다.

삼공재에 오기 전까지는 혼자서도 견디어 왔는데 후원자가 있는 지금 와서 참을 수가 없다면 말이 안 됩니다. 계속 분발해야 합니다. 이 싸움의 주체인 김수연 씨가 투지를 잃으면 누가 도와주려 하겠습니까?

육이오 때 한국은 북한 공산군의 남침을 격퇴하려고 끝까지 싸웠기 때문에 미국을 위시한 유엔군의 도움을 받아 침략군을 격퇴하는 데 성공했습니다. 그러나 월남공화국은 베트콩과 이를 지원하는 월맹군과 싸우다가 그들에게 손을 들었으므로 지원군인 미군도 포기할 수밖에 없었습니다. 김수연 씨의 현명한 선택을 지켜볼 것입니다.

동학농민군과 731부대 희생자들

오랜만에 메일 드려 죄송합니다.

동학농민군 여러분 말고도 빙의된 피해자가 많다는 것을 알아냈습니다. 일본군 만주 731부대 희생자들이 제가 어렸을 때부터 들어와 본의 아니게 저를 괴롭게 하셨다고 합니다. 일본군의 세균 실험으로 희생된 매독균 환자, 여러 가지 다양한 생체 실험으로 돌아가신 분들, 산 채로 해부되고 적출되거나 이어붙여지신 분들 등등 정말 다양합니다.

저는 10대 후반부터 얼마나 제 자신이 매독 환자라는 느낌에 시달렸는지 모릅니다. 얼마나 형언할 수 없는 압박감과 어디다 하소연할 수도 없는 짓눌림에 뒹굴었는지 모릅니다. 많은 분들이 이 문제 때문에 오히려 저를 위해, 제 고통을 조금이라도 덜기 위해서 몸에 들어와 같이 견디며 고통을 나누셨다고 합니다. 얼마나 훌륭한 분들이신지 모릅니다.

결국 제가 받은 고통이든 저 때문에 이분들이 받은 고통이든 모든 고통의 원인은 저입니다. 메일 계속 드리겠습니다. 선생님께 감사드립니다.

2012년 3월 3일
김수연 올림

【필자의 회답】

내 힘자라는 데까지 김수연 씨가 그 빙의령들을 천도하는 일을 도울 것입니다. 그러니까 김수연 씨도 이것이 마지막 기회다 생각하고 이 일에 만전을 기해 주기 바랍니다. 부모님에게도 그 뜻을 전하고 같이 협조해 달라고 부탁하시기 바랍니다.

결론을 내려야 할 때

그동안 쭉 제 상태를 스스로 관찰해 왔는데 이제는 결론을 내려야 할 때가 온 것 같아 말씀드립니다. 첫째로 귀에서 소리가 들리는 상태는 계속되고 있습니다. 그러나 그동안은 빙의령들이 터무니없는 소리를 해 가며 저를 속이려 하더니 이제는 속이려는 레퍼토리가 다 떨어졌는지 하루 종일 대부분 욕지거리나 해대는 상태가 되었습니다.

귀에 대고 소리지르는 빙의령들의 행동은 다음과 같습니다.

1. 단순 무식하게 욕을 한다.
2. 스스로 유명인사를 가장한 후 사기를 치려 든다.
3. 책을 눈으로 읽을 때 고래고래 큰소리로 따라 읽는다.
4. 제가 극도로 화가 날 만한 모욕을 가한 후 화나는 마음을 즉시 일으킨다. 그런데 저는 화가 나지 않으니 그 마음을 그냥 읽을 수 있

습니다.

5. 제가 생각을 일으키는 순간 그 생각을 말로 따라 한다. 이건 생각 이라기보다 접신령이 그 생각을 일으키면서 그걸 말로 뇌까리는 게 아닐까 추측합니다.

6. 1분쯤마다 한 번씩 지금 무슨 생각을 하는 중이라고 소리지릅니다. 물론 저 말이죠.

보통 이 정도 되면 자살을 할 거라고 이 접신령 내지 빙의령들은 생각한 듯 의기양양했는데 물론 그럴 리는 없고요. 5월달로 1년은 꼬박 넘은 것 같아 보고드립니다. 제가 궁금한 것은 이 빙의령들이 어떤 사정이 있길래 이렇게도 극악무도하고 유치하게 사람을 괴롭히느냐 하는 것입니다. 물어봐도 거짓말을 하기 때문에 알 수가 없거든요.

둘째로 제 몸에 있는 접신령들이 아무래도 밖에 있는 빙의령들에게 연락을 해서 몸에 끌어들이는 것 같습니다. (방금도 나가야 되겠다는 놈들이 괴롭히겠다는 놈들보다 너무 많아 하며 불만을 토하는 소리가 들리는군요.)

셋째로 이 모든 일이 결국 전부 빙의령이고 저에 대한 원한 때문이며, 제 스스로 중심을 잡아야 한다는 것을 알면서도 저는 제대로 수련을 못하고 있습니다. 집 앞 공원에 나갈라치면 빙의가 심해지고 잠을 자려고 누우면 잠을 못 자게 하려는 방해가 극심합니다.

선생님께 너무 많은 빙의령이 몰려드는 게 아닌가 싶어 심히 죄송스럽습니다. 접신령들은 자기와 연관 있거나 똑같은 심리상태의 영들을 끌어들여 빙의시키는 게 아닐까, 그리고 선생님한테 그 빙의령들만 내몰고는 근본적으로 나가려고 하지 않는 게 아닐까 이런 생각까지 듭니다.

결국 생사는 하늘에 있으니 저는 꼬박꼬박 메일을 드리며 앞으로도 견뎌 보겠습니다. 5월 13일 우주초염력연구소 천제에 등록했습니다. 최선을 다해 마니산 등반을 하겠습니다.

2012년 5월 11일
김수연 드림

【필자의 회답】

결국 빙의령들과의 지구력 싸움에서 누가 이기느냐로 판가름이 날 것입니다. 지금처럼 계속 관찰을 해 나가는 한 승산은 우리 쪽에 있습니다. 빙의령들이 어떤 사정이 있는지 궁금해할 것도 없이 그들의 추이만 끝까지 관찰해야 합니다. 그러노라면 무슨 대책이 나올 것입니다. 계속 분발하기 바랍니다.

디지털 공간에서의 수련

삼공 스승님 안녕하세요. 먼저, 멀리 타국에서 삼배의 예를 올립니다. 새로운 실험을 체험할 수 있는 기회를 주신 것에 대해 대단히 감사하고 또 영광입니다. 지금까지 겪었던 것과는 다른 놀라운 체험을 하고 있습니다.

이 멀리 일본 도쿄 숙소에 혼자 수련하고 있지만, 삼공재에 앉아 삼공 스승님의 기운 아래 수련하고 있는 기분입니다. 이것은 마치 언제 어디서든 삼공 스승님 기운에 접속할 수 있는 엑세스 코드로 디지털 공간에서 수련을 받는 것 같습니다.

어제의 체험 이후 오늘 하루 종일 기운에 취해 있었으며, 때와 장소와 무관하게 언제든 스승님을 떠올리면 스승님께서 보내 주신 강력한 기운을 받았습니다. 마음은 이미 뽕밭에 가 있다고, 회사 업무를 하고 있었지만 빨리 들어오는 기운에 집중하고 싶었습니다.

오늘은 특별히 화면이 많이 보였습니다만 기억에 남는 것은, 예전 삼공재가 위치했던 선릉이 떠오르고 삼공빌딩에서 아침 해가 떠오르는 듯한 황금빛이 뿜어져 나오더니 지붕을 뚫고 하얀 도포 차림의 삼공 스승님께서 빛을 뿜어내며 하늘로 점점 떠오르고, 지구가 점점 작아지면서 우주로 향해 나아가는 화면이 보였습니다.

그 후 잠깐잠깐의 지구의 모습 등과 여러 가지 인상적인 풍경들, 사람들 그리고 여러 동물 모습들이 보였습니다만 정확히 잘 기억이 나지 않습니다. 어제부터 탁기 배출이 심해지고 더욱 심해진 진동 탓인지 몸 군데군데가 쑤십니다. 그리고 하단전이 더욱 강해졌습니다.

그리고 백회를 중심으로 하여 인당 둘레로 6포인트에 압박이 오며 마치 보이지 않는 관을 쓴 것 같습니다. 위에서 보면 별모양인데, 기운이 들어오는 것을 도와주는 또는 걸러 주는 역할을 하는 것 같습니다. 추측으로는 벽사문이 업그레이드된 것이 아닌가 생각됩니다.

기운이 강해져서인지 난방을 켜 놓지 않았는데도 전연 춥지 않고 오히려 더워서 땀이 날 지경입니다. 글 쓰는 재주가 없어서 체험한 내용을 잘 표현하지 못하는 게 안타깝습니다. 현실인지 착각인지 실감이 나지 않을 정도로 대단한 기운을 받고 있는 것 같습니다. 선배 도우님들이 현묘지도 체험기에 적어 놓은 화두수련 시의 엄청난 기운을 간접적으로 체험하고 있는 것 같습니다. 이 기회를 빌려 더욱 수련에 정진하겠습니다. 삼공 스승님과 여러 선계 스승님들의 많은 가르침 다시 한 번 깊은 감사를 올립니다.

2012년 2월 7일
도쿄에서 전바울 올림

【필자의 회답】

그렇지 않아도 지금 실험 중인 상황이 궁금했었는데 전바울 씨가 좋은 체험 자료를 보내 주어 많이 참고가 되고 있습니다. 앞으로도 무슨 변화가 있을 때마다 계속 메일을 띄워 주기 바랍니다.

보험 들기

삼공 선생님 전 상서

그동안 안녕하셨는지요? 오랜만에 인사를 드립니다. 그간 수련에 대하여 선생님께 보고드릴 만한 내용은 없었으나, 세속사에 있어서는 되는 일이 없는 상태의 연속입니다. 그리고 이곳에 있으면서 그간 가까웠던 사람들과 연 1~2회씩 모이는 친목회의 멤버였으나 작년 말부터 그만두기로 하였습니다. 이유는 일본인 특유의 진실성보다는 형식적 만남인 면에 늘 저에게는 걸리적거렸었기에, 타국에서 의지할 수 있는 일종의 보험 들기와도 같은 것이었으나 모든 것을 버리고 혼자 가기로 하였기 때문입니다.

물론 현 직장에서도 붕 떠 있는 외톨이라는 점 또한 혼자이기에 대한 익숙함이라 할까, 마음의 불편함이 없이 그냥 수용이 되니 방향은 잘 잡았다는 생각이 듭니다. 그리고 세속사에 있어 거래하고 역지사지하는 범위는 불편함을 느낄 단계까지만 필요한 것이지 수용하고 포용할 수만 있다면, 그에 얽매여서는 안 될뿐더러 훌쩍 벗어나야만이 좀더 자유로워진다는 생각입니다.

아무튼 직장의 구성원 하나하나부터 북해도대학, 북해도, 일본... 지구, 우주 등이 제 안에 다 들어와 있으니 어떠한 상황도 수용이 되나, 품고 있다는 것은 즉 손아귀에 넣고 있다는 자만감의 표현이니 이 수용감마저 없어질 때까지 좀더 가야 할 것 같습니다. 아무튼 올 일 년은 철저한 외톨이로 부딪쳐 보고 느끼고 싶기에 기대가 되는 해가 될 것 같습니다. 그럼 늘 건강하시고 안녕히 계십시오.

2012년 2월 7일
나요로에서 제자 도욱 올림

【필자의 회답】

구도자는 사막 속에서도 고독감을 느끼지 않을 수 있어야 합니다. 생멸이 없는 우주가 바로 나 자신이니까요.

혼자 가기로 하였습니다

삼공 선생님 전 상서

늘 이끌어 주심에 깊은 감사를 드립니다. 우선 결론부터 말씀을 드리면, 그동안 공부에 많은 도움이 되었던 삼공선도도 내려놓고 혼자 가기로 하였습니다. 즉 삼공 공부가 깨닫기 위한 많은 방법 중의 하나였는데, 그동안 방법에만 의존해 왔던 것 같습니다. 아무튼 현 직장에서도 철저히 혼자 가기로 한 이상 곪고 터지더라도 하나하나 배워 나가기로 하였습니다. 그리고 도호(도욱)도 놓고 가겠습니다.

그동안 가르쳐 주신 고마움에 대하여는 한량이 없지만, 떠나야 할 때인 것 같아 떠날 뿐인 것입니다. 그럼 늘 건강하시고 안녕히 계십시오.

2012년 2월 16일
차주영 올림

【필자의 회답】

이렇게 일부러 떠난다는 메일이라도 보내 주어서 고맙습니다. 회자정리(會者定離)일 뿐입니다. 차주영 씨! 부디 소원 성취하시기 바랍니다.

나태한 저 자신이 너무 한심하여

삼공 선생님, 안녕하세요. 사모님도 안녕하시겠지요. 오랜만에 메일을 드리게 되어서 미안합니다. 수련도 벌써 4주씩이나 가지를 못했습니다. 점점 나태해지며 몸이 끌려다니는 저 자신이 너무 한심해서 수련을 가지 않았습니다. 이렇게 수련할 바에는 차라리 때려치우라며 저 자신을 채찍질하고 있습니다.

허나 어떤 일이 있더라도 수련을 포기할 수 없기에 집에서 『선도체험기』 펴 놓고 발버둥 치고 있습니다. 마음은 항상 삼공재에 가 있습니다. 어제도 삼공재 수련 시간 맞춰서 『선도체험기』 펴놓고 수련하는데 온몸이 후끈 달아오르며 단전에 따뜻함이 느껴졌습니다.

그 순간 선생님께서 이 못난 놈에게 기운을 보내 주셨구나 하는 마음에 너무 죄송스러웠습니다. 지금도 단전을 관하면 적게나마 따사로움이 느껴지고 있습니다. 선생님, 다시 한 번 분발해서 열심히 하겠습니다.

그 길만이 선생님께서 베풀어 주신 사랑에 조금이나마 보답하는 길이겠지요. 또 메일 올리도록 하겠습니다. 선생님과 사모님 두 분 모두 안녕히 계십시오.

2012년 3월 26일
김춘배 드림

【필자의 회답】

수련은 남을 위해서 하는 것이 아니라 자기 자신을 위해서 하는 것입니다. 수련하기가 따분하고 지루하더라도 인내력과 지구력을 발휘하여 과감하게 뚫고 나가야 수련하는 보람이 있습니다. 그런 의미에서 나태해지려고 할 때일수록 다른 수련생들이 모이는 곳에 가서 그들에게 지지 않도록 경쟁심을 발휘하여 보는 것도 한 방법이 될 수 있을 것입니다.

초심으로 돌아가

삼공 선생님.

보내 주신 메일을 고마운 마음으로 읽었습니다. 수련이 저 자신을 위한 수련이 되어야 한다는 말씀 가슴 깊이 새기도록 하겠습니다. 돌이켜 보니 재미와 성과를 바라는 욕심에 빠져 있었습니다. 그러니 따분하고 지루할 수밖에 없었겠지요. 고양이가 쥐구멍 앞에서 노려보듯 하지 못하고 수련은 한다고 하나 몸 따로 마음 따로 제각각 엉망이었습니다. 초심으로 돌아가 다시 시작하는 마음으로 하겠습니다.

이야기가 바뀌어 저에게는 희한한 일들이 자주 일어나고 있습니다. 출근길에 앞에서 오는 차가 중앙선을 넘어서 내 차로 달려들면 저는 기겁을 해서 쌍라이트와 경적을 울리며 급브레이크를 밟고서 정차하고 상대방 차는 속도도 줄이지 않고 히죽 웃으면서 지나갑니다.

처음에는 뭐 저런 놈이 다 있어 하다가 요즘에는 희한한 일도 다 있네 하면서 생각을 해 봅니다. 전생에 마차를 끌고 다니면서 사람들을 엄청 놀라게 했던 모양이다. 그것이 인과응보로 오늘 이런 일을 겪는구나 생각하면서도 아니 사람 목숨을 가지고 장난을 쳐? 내가 브레이크 안 밟으면 그대로 사고날 텐데 하며 한참을 씩씩대곤 합니다. 또한 내 잘못이 아닌데 나를 원망하는 일도 잦네요.

전세값을 올려 달래는데 돈이 모자라 대출받아서 집을 사게 되었는데 중도금 치르는 날 매도자가 잔금까지 다 달라는 거예요. 짐을 빼면 그리하마 했더니 짐은 한 달 있다가 뺀다고 미리 달라네요. 복덕방 사장한테 어떻게 해야 합니까 하고 물으니 그 집도 돈이 모자라서 팔고 나가는데 나중에 짐 안 빼 주면 어떻게 할 기에요? 하길래 그러면 내가 길에 나앉을 수도 있겠네요 했더니 짐 빼기 전에는 잔금을 주지 말아라 해서 그대로 얘기했더니 그 뒤로 사기를 엄청 보내데요.

그리고 3일 있다가 중도금 치르는 날 보니 매도자의 눈이 쑥 들어간 게 완전 병자 같더라고요. 지금도 문득 그때 생각이 나면 내가 잘못한 건가, 차라리 잔금까지 다 줄 걸 하는 후회가 들기도 합니다.

또 다른 분은 땅을 보러 가자고 해서 두 번을 봤는데 좀 비싼 것 같고 또 헛걸음하시는 게 미안하니 싼 땅이 나오면 소개해 주세요 했더니 내 돈이 귀하면 남의 돈도 귀하지 남의 땅을 거저먹으려 하느냐 하면서 두 번을 퍼대고, 지금도 가끔 들러서 땅 보러 가자고 합니다. 이런 일들이 여러 건 더 생기는 것을 보면서 내가 남에게 나쁜 짓을 많이 했구나 하는 반성과 앞으로는 행동하나 말 한마디도 조심을 해야 하겠다는 생각을 합니다.

선생님, 두서없는 글이 너무 길어진 것 같아서 죄송합니다. 역지사지 방하착하며 더욱 정진하겠습니다. 안녕히 계십시오.

2012년 3월 27일
김춘배 드림

【필자의 회답】

그처럼 나 자신에게 지금 일어나고 있는 무슨 불상사를 과거생의 내 잘못으로 돌리는 한 남을 원망하는 일은 없을 것이고, 그로 인해 마음은 그지없이 편할 것입니다. 마음이 언제나 편하면 부동심을 얻게 될 것이고 그 부동심이 올바른 관찰을 하게 하여 수련을 계속 향상시키게 될 것입니다.

이때 지혜의 눈이 떠지게 되어 있습니다. 매사를 그렇게 처리할 수만 있다면 이미 도인의 경지에 들어섰다고 할 수 있습니다. 계속 용맹정진하기 바랍니다.

화불단행(禍不單行)에서 경불단행(慶不單行)으로

안녕하세요? 하연식 인사드립니다. 넙죽~~~. 스승님과 사모님 건강은 어떠하신지요?

저는 염려해 주신 덕분에 대학병원에서 두 차례의 수술을 무사히 마치고, 지금은 재활병원에서 재활치료에 전념하고 있습니다. 사고 후유증으로 오른팔 신경이 부분 손상되었습니다. 의사가 정상으로 돌아오려면 시일이 좀 걸린다고 합니다.

학창 시절에 '화불단행' 고사성어를 배운 것 같아서 제목에 적어 보았는데 지금의 제 처지를 두고 하는 말 같습니다. 아버지께서 뇌경색으로 보름 전 입원하셨습니다. 예전에도 두어 차례 뇌경색으로 입원하신 전력이 있으셔서 이번에도 증세가 보이자 구급차를 타고 응급실로 빨리 이송된 덕분에 반신마비를 모면할 수 있었습니다. 당뇨 합병증인지 몰라도 입원 중에 왼쪽 눈 백내장까지 수술하셨습니다.

며칠 전에는 동생이 사업에 실패하여 신용카드로 빚을 돌려막기하고 있다는 소식을 접했습니다. 작년에도 큰돈을 들여 각종 대출금을 막아주었습니다만 이번에도 사정이 여의치 않았던 모양입니다.

제 경우는 재활치료가 끝나기도 전에 회사에서는 출근하랍니다. 안 그러면 퇴사시킬 기세입니다. 인생 공부 톡톡히 하는 것 같습니다. 가만히 생각해 보니 모든 것이 제가 욕심만 버리면 다 해결될 것 같습니다. 재활병원에 입원해 보니 뇌경색으로 인해 반신불수로 물리치료 받으시는 분들이 부지기수인 데 비해 아버진 어지러움증을 호소하시지만 그나마 다행이라고 생각될 정도입니다.

동생이 혼자 사업하다가 실패했으면 그나마 실패를 통해서 배운 것이라도 있겠지만 동업자의 뒤치닥거리를 하는 게 못 미더웠습니다. 제 충고도 무시하고 대출상환 독촉이 들어오자 도움을 요청하니 어이가 없었습니다. 그것도 다 동생의 업보라고 생각하고, 제 마음만 내려놓으면 된다고 생각하니 부글거리는 제 속이 그나마 가라앉는 것 같습니다.

외할머니께서 아들 출산 때문에 한이 맺히셔서, 안 태어날 뻔한 동생을 위해 작은 집을 대학 학자금으로 남겨 놓으셨는데 이번에 빚 청산으로 사용될 것 같습니다. 제 딴에는 동생 결혼자금으로 충당하려고 했는데 어찌 되었건 제 몫은 찾아가는 모양입니다.

이 모든 일이 제가 입원 중에 생겼습니다. 제 자성은 이번이 마음공부 제대로 시킬 기회라고 생각하는 모양입니다. 스승님께 묻고 싶은 것은 진작 따로 있습니다. 소위 말하는 '끌어당김의 법칙'에 관해 스승님의 고견을 듣고 싶습니다.

『시크릿』이라는 유명한 책이 있는데 혹 읽어 보셨는지요? 입원 기간 중에 읽었는데 이 책 주장대로라면 제 팔을 제가 스스로 분질렀다는 말이 됩니다. 마음으로 간절히 원하면 모든 것이 이루어진다고 주장합니다. 일부에서는 끌어당김의 법칙이라고도 합니다. 이와 유사한 주장을 하는 서적도 여러 권 있는 것으로 압니다.

저는 평소 회사생활이 탐탁지 않았습니다. 성취감도 없고 미래 비전도 보이질 않았습니다. 불규칙한 수면으로 건강도 해칠 것 같아서 이직을 나름대로 준비하고 있었습니다. 그러던 와중에 2012년 1월 초순 일을 하다가 눈에 순간접착제가 들어가서 실명 위기를 넘겼고, 이번에 큰 사고를 당했습니다.

　제가 이렇게 어리석은 질문을 드리는 이유는 끌어당김의 법칙이 정말로 맞다면 저는 앞으로 기존의 직장에 다녔다간 더 큰 화를 제가 스스로 불러들이지 않을까 하는 생각이 듭니다. 생계유지를 위해서 마지못해 직장을 다닐 것이 아니라 수입은 줄겠지만 제가 하고 싶은 일(주식 전업투자자)에 다시 도전하려고 합니다.

　예전에 한 번 실패해서 두려움이 없진 않지만, 수련 시간은 좀더 확보할 수 있을 듯합니다. 제가 사회에 첫발을 내디딜 때도 스승님께 전생의 직업이 보통은 현생의 직업이 되니 제가 어떤 직업을 가지면 좋은지 여쭈어보아도 아무 말씀 안 하셨던 것이 기억납니다.

　편지를 다시 읽어 보니 고견을 구하는 것이 아니라 제 넋두리만 늘어놓은 것 같아서 부끄럽습니다. 5월 중순에 퇴원 후, 집안 정리를 좀 하고 나면 6월에 찾아뵐 수 있을 듯합니다. 사고 당시 추락 후 119 구급차를 기다리면서 『천부경』을 외우고 단전호흡을 했던 열정으로 다시 인사 드리겠습니다.

2012년 5월 3일
하연식 올림

【필자의 회답】

끌어당김의 법칙이 있는가 하면 마음의 법칙도 있습니다. 비슷한 것이 아닌가 생각합니다. 세상일은 누구나 지금 무슨 마음을 먹고 있는가에 따라 결정되는 것이기 때문입니다. 기쁜 마음을 품고 있으면 기쁜 일이 일어나고 슬픈 마음을 품고 있으면 슬픈 일이 일어나는 것입니다. 부정적인 생각을 가지고 있으면 부정적인 일이 발생하고 긍정적인 생각을 늘 가지고 있으면 긍정적인 일이 일어납니다.

아무리 좋지 않은 일이 일어나도 마음속에 언제나 희망적이고 낙관적인 생각을 품고 있는 사람에게는 그의 뇌 조직의 메커니즘이 항상 긍정적인 일이 일어나도록 조성되는 것입니다. 바르고 착하고 지혜롭게 살기로 작정한 사람은 인과응보가 아닌 한 긍정적인 일이 늘 일어나게 될 것입니다.

따라서 화불단행(禍不單行)에서 경불단행(慶不單行)으로 의식을 바꾸는 것이 좋습니다. 화(禍)가 혼자 오지 않는다면 경사스러운 일도 혼자 오지 않기 때문입니다. 소문만복래(笑門萬福來)라는 속담도 있고 웃는 얼굴에 침 뱉으랴는 옛말 역시 공연히 나온 말이 아니라 조상들의 생활의 지혜입니다. 다음 달 6월에 만날 수 있기 바랍니다.

매도 먼저 맞는 편이

스승님 안녕하십니까? 부산에 박동주입니다. 스승님 사모님 모두 안녕하신지요? 두 달 전 인사드린 후 이제야 메일을 드립니다. 메일을 쓰고 보내지 않은 것만 서너 통이 되는데 정작 보내지를 못했습니다. 늘 미숙하고 구도자라고 하기엔 부족한 모습을 많이 보이게 되니 스승님께 메일 쓰기도 부끄럽습니다.

하지만 어차피 죽는 순간까지 수련을 하기로 한 이상 매도 먼저 맞는 편이 낫다고 생각합니다. 저번에 수련 중에 선계의 스승님이신지 제 지도령이신지는 모르겠지만 호되게 꾸지람을 하시는 것 같았습니다. 중심을 잃고 방황하는 제 모습을 꾸짖으시는 것 같았습니다.

아직까지 관이 잘 잡히지도 않았거니와 종전의 제 수련 방식도 친구인 지현이에게 너무 의존하는 부분이 많았습니다. 전생(헬렌 켈러)의 장애인으로의 삶 속에서 스승(앤 설리번)에 대한 무한 애정과 신뢰가 지금까지 영향을 끼쳐서, 수련적인 부분이나 일상사까지도 많이 의논하는 편이었습니다. 제가 너무 의존한다는 사실을 아는 그 친구도 제 수련에 빈번한 의사소통이 도움이 되지 않는다고 판단하여 지금은 서로 만나거나 전화 통화를 자제한 채 메일이나 문자만 주고받고 있습니다.

분가를 하면 아이들에게 더 신경을 쓰고 수련적인 부분에 더 많은 시간을 할애하려고 하였지만, 이사를 와서 수개월이 지나는 지금 저는 혹독한 이사 땜을 치르고 있는 중입니다. 시댁에서 분가하는 과정에서 우리가 형님네에게 빌려준 돈을 부모님이 대신 갚아 주시며 저희 전세금을 해 주셨습니다. 그 사실을 안 형님네가 부모님과 큰 다툼이 있었고, 가족들 모두와 의절하는 바람에 온 집안이 시끄러웠습니다.

이사 오자마자 큰아이가 다리를 많이 다치는 사고가 발생하고 가해자 측에서 치료비는커녕 진심 어린 사과 한마디 없자 화가 난 남편이 소송을 하겠다고 난리였습니다. 그것이 가까스로 일단락되자 이번에는 층간소음 문제로 밑에 집에서 하루가 멀다 하고 전화하고 찾아왔습니다. 큰아이가 한 달 정도 병원에 입원하고 퇴원하자마자부터였습니다.

아이들이 많다 보니 계속 미안하다 죄송하다 사과하고 수십만 원을 들여서 홈쇼핑에서 판매하는 층간소음 방지 매트까지 집 전체에 깔아도 소용이 없었습니다. 아이들에게는 거의 세뇌될 정도로까지 집에서 뛰지 말라고 일렀습니다.

그래도 소용이 없었고 나중에는 자기 집 창문을 깨부수고 옥상에 올라가서 역기를 던지는 등 어린 아이들이 있는 중에도 계속 공포분위기를 조성하고 급기야 큰 싸움이 되었습니다. 알고 보니 밑에 집 아저씨가 사고로 손가락이 절단되어서 우울증과 함께 외상 후 스트레스 장애가 있었습니다.

우리가 이사 오기 전 집주인 아주머니는 다 큰 아들과 둘만 사는데도 밑에 집 아저씨가 우리에게 했던 방식 그대로 난리를 쳤다고 하더군요. 급기야 셋째 아들 녀석이 열감기 증상으로 입원했는데 가와사키라는 병명으로 심장으로까지 전이되어 심하게 앓기까지 하고 있는 중입니다.

이사 와서 8개월 정도 지나는 중에 일어난 사건 사고입니다. 챙길 애들이 많은데다 큰아이까지 많이 다쳐서 깁스를 하고 있는 상황이었기에 육체적으로나 정신적으로 많이 지치고 힘들었습니다. 이럴 때일수록 더 수련에 매진하여 지혜를 발휘해야 하는데 솔직히 그러질 못했습니다.

그 순간부터 집에 들어오기가 싫어지면서 집에만 들어오면 멍해지고 당장 이사 가야 한다는 압박감에 꼬박 두 달을 집만 보러 다녔습니다. 혹 이사를 잘못 와서 이런 고초를 겪고 있나 하는 생각에도 이르렀습니다. 이렇게 정신을 못 차리고 방황하던 중 문득 이런 시점에서 어떻게 관을 한단 말인가, 관이란 도대체 무엇이지? 하는 생각이 들었습니다.

따지고 보면 발단은 나로부터였습니다. 제 욕심이 앞섰던 것이죠. 빨리 분가하고 싶었고 아이들에게만 신경 쓰고 싶은 마음에 부모님을 많이 서운하게 해 드렸습니다. 형님네, 큰아이의 다리를 부러뜨린 가해 아이의 부모 또 밑에 집 사람들 아무리 원망하고 미워하지 않으려 해도 분한 마음이 좀체 잘 가시지 않았습니다.

여기서부터 엄청난 손기가 시작되더니 몸과 마음이 급속도로 힘들어지며 일상생활이 힘들 정도가 되었습니다. 『선도체험기』 103권에도 나와 있더군요. 남을 미워하고 원망하는 마음 자체가 엄청난 손기를 불러온다고요. 특히나 수련하는 구도자는 일반인보다 몇십 배나 심한 것 같습니다.

수련하면서 몇 번이나 원망이나 미움의 감정을 해소해도 또다시 같은 상황에 맞닥뜨리게 되면 또다시 반복되다시피 하기를 여러 번, 다른 것도 아니고 아이가 다쳐서 심하게 아파하고 힘들어하는 과정을 계속해서 지켜보는 상황은 내려놓음이 잘되지 않았습니다.

분명히 저희가 이사를 잘못 온 까닭도 있겠지요. 이사 온 이 집이 분명 에너지가 별로 안 좋고 괜시리 피곤하고 짜증나고 힘들었던 부분이 있습니다. 그보다 더 중요한 것이 이러한 상황에 맞닥뜨린 나의 태도였습니다. 당장 이사 가야 한다는 압박감에 꼬박 두 달을 집만 보고 다녔습니다.

집 보러 다닌다고 아이들 건사는 제대로 되지도 않았고 온갖 빙의령들 때문에 더욱 힘들었습니다. 이렇게 몸과 마음이 지칠 대로 지친 후에야 무엇이 잘못되었는지 되짚어졌습니다. 진심으로 성심으로 관을 하며 내가 원망의 씨앗을 품고 있는 사람들을 하나씩 떠올리며 계속해서 안아 드렸습니다. 전생에 아님 그 전전생애에 내가 저질렀을 잘못들을 용서를 구했습니다.

컨디션이 예전만큼은 아니지만 그래도 많이 회복되었고 너무 길게 외도를 하고 온 느낌입니다만 다시금 정신을 가다듬고 제 자신을 돌아보는 계기가 되었습니다. 그리고 정말 느낀 것이 힘들 때일수록 『선도체험기』를 더 열심히 읽어야 한다는 사실입니다.

몇 번이나 메일을 썼었지만 이제야 보내게 됩니다. 현생에서 살아오면서 또는 전생부터 이어져온 습을 깨는 것은 정말 힘들고도 부단한 노력이 필요한 것 같습니다. 수십 번의 결심보다도 끊임없이 반복되는 연습만이 살길인 것 같습니다. 다음번에는 더욱 성숙된 모습으로 찾아뵙겠습니다. 안녕히 계십시오.

2012년 8월 27일
박동주 올림

【필자의 회답】

　박동주 씨에게 주어진 환경이 마음에 안 들어 이사를 하려고 해도 마음대로 안 되면 어떻게 하면 될까 관을 해 보시기 바랍니다. 관이란 지혜를 터득하기 위한 필수 과정입니다. 결국은 주어진 환경을 바꾸는 것은 내 마음을 바꾸기보다 어렵다는 것을 알게 될 것입니다.

　환경은 내 마음대로 할 수 없어도 내 마음만은 내 마음대로 바꿀 수 있으니까요. 어렵겠지만 내 마음을 내 마음대로 바꾸는 공부가 바로 수련입니다. 될 수 있는 대로 박동주 씨의 마음을 환경에 맞추도록 노력하시기 바랍니다. 박동주 씨의 마음을 주어진 환경에 적응시키는 것이야말로 수련에서 한소식하는 것임을 잊지 말기 바랍니다. 수련과 생활을 일치시키는 수행자야말로 진정한 수행의 승리자입니다.

　어찌 수행자뿐이겠습니까? 지구가 생긴 이래 45억 년 동안 변화무쌍한 지구 환경에 적응한 생물만이 지금까지 살아남은 것이 이것을 입증하고 있지 않습니까? 거대한 공룡은 사라졌어도 지구 환경에 적응하여 마음을 바꾸어 자기 몸을 계속 축소시킨 도마뱀은 끝내 살아남지 않았습니까? 요컨대 모든 일은 마음먹기에 달려 있습니다. 자기 마음을 환경의 변화에 따라 자유자재로 적응할 수 있는 구도자야말로 성통공완한 대자유인입니다.

중요한 것은 속도가 아니라 방향이었습니다

삼공 선생님께.

선생님, 안녕하십니까? 상주 이미숙 오랜만에 메일로 인사 올립니다. 최근 정좌 중 흰머리 독수리와 흰 호랑이가 나타나는 화면을 본 것이나, 엄청나게 들어오는 기운의 양과 질로 짐작하건대 선생님 말씀처럼 미진하게 끝났던 현묘지도 보충 수련 중임이 분명합니다.

비록 양손은 오므렸다 폈다 하는 것이 아직도 잘되지 않으며 힘쓰는 일은 거의 할 수 없는 상태이고, 다리는 자주 오그라들고 오금이나 무릎 옆을 칼로 에는 듯하여(류마티스 초기) 걷는 것조차 자유롭지는 못하지만 마음은 평온하고 매사 감사하며 지내고 있습니다.

2010년 6월 말 교통사고(국도변에서 남편이 몰던 코란도가 빗길에 미끄러지면서 건너편 트라제와 정면충돌, 두 차 다 폐차했으나 운전자는 모두 무사함. 조수석에 탔던 저만 왼쪽 가슴 타박상과 왼쪽 발목 인대 파열로 인해 3주 진단받고 깁스함. 1주일 만 입원 후 학교 사정이 다급하여 쉬지 못하고 바로 복귀함. 이때 파열된 부분 깁스 외에 주사나 약물 치료는 안 하고 준단식을 하여 인대는 잘 붙음) 때 왼쪽 치골이 젖혀진 것을 몸살림운동법으로 잡았으나 계속 무리한 것이 화근이 되었는지 2011년 2월에 오른쪽 어깨와 손, 손목에 이상이 생기기 시작하였습니다.

그런데 3월 초 고3 전담을 하기로 하고 요청교사로 간 학교에서 하루가 다르게 증세가 악화(손끝이 타들어 가듯 칼로 예리하게 베는 듯 어딘가 살짝 닿아도 자지러지듯 아픈 통증이 하루 종일 계속되고, 팔꿈치는 찌릿찌릿 내려도 올려도 모로 돌려도 아팠습니다. 거기다 견갑골이 툭 튀어나와 한 번씩 졸도할 만큼 아프기도 하고 30km 정도 떨어진 학교까지 운전해 가노라면 허리마저 끊어지듯 아팠음)되니 난감하였습니다. 이 학교는 경북 북부에서 다섯 손가락 안에 드는 이름난 곳인데, 고3 국어 수업을 맡을 교사를 못 구하고 있다가 학교장 요청으로 제가 담임은 안 하되 고3을 전담하는 조건을 걸고 갔기 때문에 책임이 막중하였습니다.

그래서 허리 보호대를 하고 목엔 경추칼라를 끼고서 수업을 강행했고 나중엔 왼손으로 판서도 해 보고 다른 사람에게 워드 작업을 시키면서 버텨 보았으나 결국엔 5월 한 달 병가를 내고 쉬게 되었습니다. 그런데 두어 달이 지나도 차도가 없자 이향애 원장님이 다시 진단하게 되었고 그 결과 경추 및 흉추 추간판 탈출증에 손목터널 증후군이 겹쳐 나타난 것임을 알게 되었습니다. 교정으로 뼈가 제자리를 찾아 들어가도 근육이 아직 덜 풀려 긴장되어 있으니 나으려면 시간이 오래 걸릴 것이라 하기에 그때부턴 자연치유력을 믿고 수련에 박차를 가했습니다.

방석 숙제와 걷기 숙제를 매일 기본으로 하면서 경추 교정을 위해 틈나는 대로 거꾸로 매달리고 흉추 교정을 위해 아프지만 허리 세우고 계속 산에 올랐습니다. 그러면서 2011년을 보냈고 병세는 조금씩 나아졌으나 손목터널 증후군 증세가 많이 남아 있어 2012년에 휴직을 할까 고민하던 차에 '교원평가 학습년제 특별연수'에 뽑혔습니다. 병고 속에서도 열심히 수업한 것을 아이들이 좋게 잘 봐줘서 5점 만점에 평점 4.8점이라는 높은 점수를 얻어 경북 전체에서 초등학교 교사 10명, 중·고등학교 교사 10명을 뽑는 자리에 올랐습니다.

도입 2년째인 이 제도 덕분에 올해는 학교로 출근하지 않고 대학에 가서 강의도 듣고 평소 관심 있던 분야의 공부도 자유롭게 하고 있습니다. 가끔은 단체 연수를 받으러 청원, 대구, 구미, 경주 등 여러 도시를 가기도 하고 연수 시간도 360시간이나 채워야 되긴 하지만 그 밖의 시간에는 삼공 공부에 집중할 수 있어 좋습니다.

물론 제 아픈 사정을 아는 주위 사람들은 평소에도 늘 하던 공부니깐 연수는 기본만 하고 병 고치는 데에 온힘을 다하라 하지만 선도 공부를 하는 저로서는 이 병고가 모두 마음에서 왔고 제 인과응보 때문이라는 것을 잘 알기에 의학에 의존하지 않고 수련에 더욱 매진하고 있습니다.

3월 1일부터 다시 읽기 시작한 『선도체험기』 1권에서 103권까지 다섯 번째 정독을 8월 24일에 드디어 마쳤습니다. 통증이 너무 심할 때는 잠시 잠깐 유혹에 흔들려 침을 맞아 보기도 하고 자극요법을 받기도 하였으나, 이젠 모두를 내려놓고 몸 깊숙한 곳에 숨어 있던 병 기운이나 탁기가 배출되는 이 길고 긴 명현반응을 친구라고 여기며 감사히 받아들이고 있습니다.

설마설마했는데 역시 그랬군요. 병고는 미망을 깨치기 위한 내 자성의 작용임이 분명합니다. 이 병고 덕분에 마음이 더 너그러워지고 부드러워지면서 대범해진 듯합니다. 바삐 달려가던 것들을 멈추고 진심으로 몰입하여 읽으면서 사물과 사태를 대하는 제 자신을 냉철하게 들여다보았고, 나와 남이 따로 있는 것이 아니고 모든 것은 변한다는 진리를 온몸으로 받아들이게 되었습니다.

두어 달 전부터는 얼굴, 손, 팔에 햇볕 알레르기라는 또 새로운 명현반응까지 나타나고 있지만 일희일비하지 않고 차분히 대처하고 있습니다. 몸은 이러하지만 기운은 매일같이 폭포처럼 무섭게 들어오고 있으니 자연치유력을 믿으며 또 하루를 조심스레 보냅니다.

그동안 정좌를 하지 않아도 단전이 용광로처럼 뜨거울 때가 많으며 커다란 기운이 묵직하게 몸통을 감싸 큰 원통 기둥 속에 제가 들어가 있는 기분이 들기도 하였습니다. 또 정좌 때 가끔 TV 화면 조정할 때처럼 지지지 하는 장면이 보이기도 하고 주황빛과 푸른 새벽빛이 교대로 번져 나오기도 하며, 또 어떨 땐 한쪽에서 밝은 빛이 희미하게 비추기도 합니다.

백회로 기운이 그렇게 들어와도 청신하게 느껴지며 인당엔 커다란 띠를 두른 듯하고 온몸을 돌아가며 혈들이 숨쉬는 느낌이 잦습니다. 그리고 평소엔 다리가 아려 한 자세로 30분 있기가 힘든데 정좌는 1시간 이상 가능할 때가 많으니 참으로 감사할 일입니다. 언제일지 모르지만 어느 때인가는 끝날 때가 있겠지요.

오늘 오후에 삼공재를 방문하고 나서 다음주 9월 4일부터 12일까지 7박 9일 북유럽으로 국외 공무연수를 갑니다. 갔다 와서 또 뵙겠습니다. 그럼 안녕히 계십시오.

2012년 9월 1일
아침 상주에서 이미숙 올립니다.

【필자의 회답】

난관과 역경이 진로를 가로막을 때마다 스스로 알아서 척척 해내시니 스승이 따로 필요 없겠습니다. 4년 전에 마친 현묘지도 수련은 이제 보니 기초 과정이었고 본격적인 보충 수련이 지금 시작되고 있는 것이 틀림없습니다. 원자로가 스스로 움직이고 자정 작용 역시 이상 없이 가동되고 있습니다. 앞으로 용맹정진만 남았습니다. 부디 좋은 열매 맺기만을 기다리겠습니다.

저자 약력

경기도 개풍 출생
1963년 포병 중위로 예편
1966년 경희대학교 영어영문학과 졸업
코리아 헤럴드 및 코리아 타임즈 기자생활 23년
1974년 단편 『산놀이』로 《한국문학》 제1회 신인상 당선
1982년 장편 『훈풍』으로 삼성문학상 당선
1985년 장편 『중립지대』로 MBC 6.25문학상 수상

저서로는 단편집 『살려놓고 봐야죠』(1978년), 대일출판사, 민족미래소설 『다물』(1985년), 정신세계사, 장편 『소설 한단고기』(1987년), 도서출판 유림, 『인민군』 3부작(1989년), 도서출판 유림, 『소설 단군』 5권(1996년), 도서출판 유림, 소설선집 『산놀이』 ①(2004년), 『가면 벗기기』 ②(2006년), 『하계수련』 ③(2006년), 지상사, 『선도체험기』 (1990년~2020년), 도서출판 유림 및 글터, 한국사 진실 찾기(2012), 도서출판 명보 등이 있다.

약편 선도체험기 23권

2022년 9월 20일 초판 인쇄
2022년 9월 30일 초판 발행

지 은 이   김 태 영
펴 낸 이   한 신 규
본문디자인 안 혜 숙
표지디자인 이 은 영
펴 낸 곳   글터
주   소   05827 서울특별시 송파구 동남로 11길 19(가락동)
전   화   070 - 7613 - 9110 Fax02 - 443 - 0212
등   록   2013년 4월 12일(제25100 - 2013 - 000041호)
E-mail   geul2013@naver.com

ISBN 979 - 11 - 88353 - 50 - 7   04810   정가 20,000원
ISBN 979 - 11 - 88353 - 23 - 1(세트)